古典詩歌研究彙刊

第二十輯

龔鵬程　主編

第 14 冊

明、清詩話對《古詩十九首》的
接受研究(下)

葉宛樺　著

國家圖書館出版品預行編目資料

明、清詩話對《古詩十九首》的接受研究（下）／葉宛樺 著
－ 初版 － 新北市：花木蘭文化出版社，2016〔民 105〕
目 2+172 面；17×24 公分
（古典詩歌研究彙刊 第二十輯；第 14 冊）
ISBN 978-986-404-835-9（精裝）
1. 明代詩 2. 清代詩 3. 詩評
820.91   105015106

ISBN-978-986-404-835-9

9 789864 048359

古典詩歌研究彙刊
第二十輯　第十四冊
ISBN：978-986-404-835-9

明、清詩話對《古詩十九首》的接受研究（下）

作　　者　葉宛樺
主　　編　龔鵬程
總 編 輯　杜潔祥
副總編輯　楊嘉樂
編　　輯　許郁翎、王筑　美術編輯　陳逸婷
出　　版　花木蘭文化出版社
社　　長　高小娟
聯絡地址　235 新北市中和區中安街七二號十三樓
　　　　　電話：02-2923-1455／傳真：02-2923-1452
網　　址　http://www.huamulan.tw 信箱 hml810518@gmail.com
印　　刷　普羅文化出版廣告事業
初　　版　2016 年 9 月
全書字數　256443 字
定　　價　第二十輯共 18 冊（精裝）新台幣 28,800 元

明、清詩話對《古詩十九首》的接受研究(下)

葉宛樺 著

目
次

第四章 《古詩十九首》極得《詩經》遺意之述評

　　《古詩十九首》，南朝梁劉勰《文心雕龍・明詩》稱其內容：「直而不野，婉轉附物，怊悵切情，實五言之冠冕也。」〔註1〕鍾嶸在《詩品》中又進一步認為《古詩十九首》承襲《詩經》而來，將其列為上品之首，稱許：「其體源出於國風。……文溫以麗，意悲而遠，驚心動魄，可謂幾乎一字千金。」〔註2〕而明、清二代對《古詩十九首》之評述，亦溯源至《詩經》，並讚賞其「極得《三百篇》遺意」〔註3〕，具「《國風》清婉之微旨」〔註4〕等等。

　　而明、清二代闡發《古詩十九首》「極得《三百篇》遺意」、「清婉之微旨」，多圍繞著「真」而發端，如：論其內容為「首首皆情」

〔註1〕〔南朝梁〕劉勰、〔清〕黃叔琳注、〔清〕李詳補注、〔民國〕楊明照校注拾遺：《增訂文心雕龍校注》，（北京：中華書局，2005 年），上冊，卷二〈明詩第六〉，頁 65。

〔註2〕〔南朝梁〕鍾嶸著、〔民國〕汪中選注：《詩品注》，（臺北：正中書局，1969 年），卷上〈古詩〉，頁 51。

〔註3〕〔明〕王世貞：《藝苑卮言》卷二，收錄於周維德集校：《全明詩話》，（濟南：齊魯書社，2005 年），第三冊，頁 1896。

〔註4〕〔明〕王世貞：《藝苑卮言》卷二，收錄於周維德集校：《全明詩話》，第三冊，頁 1897。

〔註 5〕、「人同有之情」〔註 6〕，故「讀《古詩十九首》，要知情眞、景眞、事眞、意眞。澄至清，發至情」〔註 7〕，並認爲作者創作時是「本乎情之眞，未必本乎情之正」〔註 8〕，然而「無視爲淫詞、鄙詞者，以其眞也」〔註 9〕，而其他評述，如：「平平道出，且無用工字面」〔註 10〕、「不拘流例，遇物即言」〔註 11〕、「讀之久自能感人」〔註 12〕……等，或多或少觸及了《古詩十九首》之「眞」的意蘊或表現方式。

再者，《古詩十九首》與《詩經》實有許多共通之處，如就時代背景而言，《十九首》爲漢朝之詩，《詩經》約爲西周武王初年至東周春秋晚期〔註 13〕，皆是時代動盪、戰亂頻仍之際；如就地理位置而言，《十九首》作者位長安至洛陽一帶，與《詩經》作者位黃河流域一帶有所重疊。而二者之時代背景、地理環境相似，反映在詩歌內容與取材上亦會有所類近：《十九首》之內容「大率逐臣棄妻，朋友闊絕，遊子他鄉，死生新故之感」〔註 14〕，正與《詩經》之《風》、《雅》反

〔註 5〕 〔明〕陸時雍：《詩鏡總論》，收錄於周維德集校：《全明詩話》，第六冊，頁 5116。
〔註 6〕 〔清〕陳祚明：《采菽堂古詩選》，卷之三〈漢三〉，收錄於《續修四庫全書》編纂委員會編：《續修四庫全書‧集部‧總集類》，（上海：上海古籍出版社，據遼寧省圖書館藏明刻本影印原書，2005 年），第 1590 冊，頁 642。
〔註 7〕 〔明〕梁橋：《冰川詩式》卷之九〈學詩要法上〉，收錄於周維德集校：《全明詩話》，第二冊，頁 1743。
〔註 8〕 〔明〕許學夷：《詩源辯體》卷三〈漢魏總論　漢〉，收錄於周維德集校：《全明詩話》，第四冊，頁 3206。
〔註 9〕 〔清〕王國維著、徐調孚校注：《校注人間詞話》，（臺北：頂淵文化事業有限公司，2007 年），頁 36。
〔註 10〕 〔明〕謝榛：《四溟詩話》卷三，收錄於周維德集校：《全明詩話》，第二冊，頁 1338。
〔註 11〕 〔明〕譚浚：《說詩》卷之中〈章句‧雜詩〉，收錄於周維德集校：《全明詩話》，第三冊，頁 1828。
〔註 12〕 〔清〕費錫璜：《漢詩總說》，第三十一條，收錄於丁福保編：《清詩話》，（臺北：明倫出版社，1976 年），頁 947。
〔註 13〕 詳見葉慶炳：《中國文學史》，（臺北：臺灣學生書局，1997 年），上冊，頁 5～7。
〔註 14〕 〔清〕沈德潛：《說詩晬語》卷上，第五十條，收錄於丁福保編：《清

映人民怨懟、男女相詠之情……等相呼應；《十九首》之取材多爲日常生活中所見、所感，正如《詩經》之寫實、樸質風格。是故，明、清所論《古詩十九首》之意蘊與《詩經》密切相關，其「眞」之審美心理內涵，或可從《詩經》找尋線索。

　　對於《詩經》，孔子極力推賞，提倡學之，因爲：

　　　　《詩》可以興，可以觀，可以群，可以怨，邇之事父，遠之事君，多識於鳥獸草木之名。〔註15〕

而清初王夫之進一步詮釋：

　　　　興、觀、羣、怨，詩盡於是矣。經生家析〈鹿鳴〉、〈嘉魚〉爲羣，〈柏舟〉、〈小弁〉爲怨，小人一往之喜怒耳，何足以言詩？「可以」云者，隨所以而皆可也。《詩三百篇》而下，唯《十九首》能然。李杜亦髣髴遇之，然其能俾人隨觸而皆可，亦不數數也。又下或一可焉，或無一可者。故許渾允爲惡詩，王僧孺、庾肩吾及宋人皆爾。〔註16〕

王夫之認爲「興、觀、羣、怨，詩盡於是矣」，並從審美角度去分析作者之「興觀群怨」如何「能俾人隨觸而皆可」，進而使讀者閱讀時能「隨所以而皆可」，使讀者產生自我的「興觀群怨」，對「興觀群怨」的探討突破了以往的社會功用論，認爲「興觀群怨」包含了作者和讀者的二重層次。〔註17〕

　　　　詩話》，頁530

〔註15〕〔魏〕何晏集解、〔宋〕邢昺疏：《論語注疏・陽貨第十七》，收錄於〔清〕阮元校勘：《十三經注疏》，（臺北：藝文印書館，1997年），第八冊，頁156。

〔註16〕〔清〕王夫之：《薑齋詩話》卷下，第一條，收錄於丁福保編：《清詩話》，頁8。

〔註17〕對孔子「興觀群怨」的詮釋，到清初王夫之有實質性的突破，在王夫之諸多評語與評選當中，皆對「興觀群怨」有所討論，近人對此已有研究，於此略做說明——近人研究如：蕭馳〈論船山對儒家傳統詩學「興觀羣怨」概念之再詮釋〉，其分析道：「在船山的再詮釋裏，此概念卻同時涵攝了詩的創作和閱讀兩個方面，即：船山是從讀者的接受需要而討論作者在創作時如何『能俾人隨觸而皆可』的問題，從而建立了一個從作者之『意』到作品（在閱讀中呈現）之

　　此外，在這段論述中，王夫之亦提出「興觀群怨」是「《詩三百篇》而下，唯《十九首》能然」，這正間接說明：《十九首》承自《詩經》，亦有其「興觀群怨」，而「詩盡於是」，《十九首》亦當盡於是。

　　而王夫之眞正將「興觀群怨」與《古詩十九首》做連結，則是在《古詩評選》中評及第一首〈行行重行行〉時，論道：

> 十九首該情一切，群、怨具宜，詩教良然，不以言著。
> 入興易韻，不法之法，俱已浮雲而蔽，衰哉，白日去矣。
> 〔註18〕

提出《古詩十九首》有「興觀群怨」的審美心理內涵，但未有進一步的分析和說明。倒是後來朱筠在《古詩十九首說》將孔子之言和《古詩十九首》做了聯繫：

> 詩有性情，興觀群怨是也。詩有倚托，事父事君是也。詩有比興，鳥獸草木是也。言志之格律，盡於此三者矣。後人詠懷寄托（按：「托」應作「託」）不免偏有所著。十九首包涵萬有磕著即是。凡五倫道理，莫不畢該，卻又不入理障，不落言詮，此所以獨高千古也。〔註19〕

『義』的圓融的，和相對開放的詩歌美學生命存在的結構。」蕭馳認爲王夫之超越傳統侷限於社會功用的觀點，「以詩人的非自覺性、非目的性與讀者的『涵泳玩索』相聯繫，將創作與閱讀一起納入一個意義開放的過程之中，並以此認定了詩歌乃在不同個體的生命體驗中獲得生命。」詳見蕭馳：〈論船山對儒家傳統詩學「興觀羣怨」概念之再詮釋〉，（《中國文哲研究集刊》，第 19 期，2001 年 9 月），頁 109～146。而崔海峰亦認爲王夫之的詮釋：「既不拘泥孔子的原典，又突破了經學的藩籬。」並論證：「王夫之用『情』把興、觀、群、怨貫通起來，用博古通經的眼光和心胸，把從孔子起發展演變著的興觀群怨說加以總結、調整、闡發，在有意無意之間創立了他本人的興觀群怨說。」詳見崔海峰：〈興觀群怨說──從孔子到王夫之〉，（《船山學刊》，第 4 期，2009 年），頁 5～10。

〔註18〕〔清〕王夫之：《古詩評選》，卷四，收錄於〔清〕王夫之：《船山全書》，（長沙：嶽麓書社，1996 年），第十四冊，頁 644。

〔註19〕〔清〕朱筠口授、〔清〕徐昆筆述：《古詩十九首說・總說》，收錄於隋樹森編著：《古詩十九首集釋》，（香港：中華書局，據單行本，1989 年），卷三〈彙解〉，頁 51。

　　朱筠不僅將《古詩十九首》以孔子論《詩》之言做了闡釋，更進一步將孔子論「興觀群怨」強調啓發讀者等的社會功能，轉而論述作品的審美心理內涵，亦即對作者著作時之「興觀群怨」、讀者閱讀時之「興觀群怨」做一融合闡釋。〔註20〕

　　由此發現，明、清推崇《古詩十九首》「極得《三百篇》遺意」，而「興、觀、羣、怨，詩盡於是矣」，《十九首》亦當盡於是。因此，明、清所論《古詩十九首》之「眞」，可從「興觀群怨」去探究其審美心理內涵。然而，清代葉燮提出《古詩十九首》「不可謂即無異於《三百篇》」〔註21〕，因此又必須回歸探討《詩經》與《十九首》兩者在「興觀群怨」的不同處，關於這一點，明、清二代亦提供線索：清初王夫之以「情」貫通「興觀群怨」，而明、清二代曾以「氣骨」來評述《十九首》，是故《十九首》異於《詩經》之處，可推溯情之內質──「風」，以及辭之內質──「骨」來探討。

　　筆者有鑑於此，以明、清對《古詩十九首》之評述爲基礎，進而

〔註20〕朱筠此段詮解，近人張清鐘亦有相似的論述：「興、觀、群、怨者詩之性情；事父、事君者詩之倚托；鳥獸草木者詩之比興。言志之格律，盡於此三者，古詩十九首可以興感人之情意，可以考見得失，觀察流俗。其辭溫柔敦厚，和而不流，言情怨而不怒，哀而不傷，寫家庭之情感，陳政治之得失，刺人倫之道，無不該括，其中多託物比興，用鳥獸草木爲譬，足以資多識。凡詩之性情、倚托、比興三者，莫不包涵，其所以能獨高千古，蓋得助於三百篇之遺意。」見張清鐘：《古詩十九首彙說賞析與研究》，（臺北：臺灣商務印書館股份有限公司，1994年），頁175。此論述正爲朱筠的詮解做了補充說明，《詩》之所以「可以興，可以觀，可以群，可以怨」（孔子之言），具有使讀者「可以興感人之情意，可以考見得失，觀察流俗」之功能，正是因《詩》本身富有了「興觀群怨」的特點，亦即作者在創作時融入了自身的「興觀群怨」而成。可以發現：自孔子提出「興觀群怨」後，對此一詞的詮釋從社會功能性（對讀者的啓發、對社會的功用），到清代王夫之、朱筠漸漸趨向從審美角度去探討作品的內涵。

〔註21〕〔清〕葉燮：《原詩》卷一〈內篇上〉，收錄於丁福保編：《清詩話》，頁566。

延伸探討。首先，對《十九首》文本進行分析、比較〔註22〕，以「興」、「觀」、「群」、「怨」分別探析《十九首》的所「興」、所「觀」、所「群」、所「怨」。其次，探究「興觀群怨」兼具對《十九首》的影響（同於《詩經》之處），並推溯《十九首》之「情辭」內質美——「風骨」，了解《十九首》獨特之處（異於《詩經》之處）。以期知悉明、清二代所闡發《古詩十九首》「極得《三百篇》遺意」、「清婉之微旨」之「真」如何呈現，並從而了解明、清詩話各家對《十九首》評述之緣由。

第一節　悲喜不傷，美刺不露

　　明、清所論《古詩十九首》之意蘊與《詩經》密切相關，並指出「興觀群怨」是《詩三百篇》而下，唯《十九首》能然。關於《古詩十九首》之所「興」、所「觀」、所「群」、所「怨」如何呈現，其實南朝梁劉勰已發其端——稱《古詩十九首》「婉轉附物，怊悵切情」，至明代朱權亦指出《古詩十九首》之動人處正在於：

> 或興起，或比起，或賦起。須要寓意深遠，託辭溫厚，反覆優游，雍容不迫。或感古懷今，或懷人傷己，或瀟灑閒適。寫景要雅淡，推人心之至情，寫感慨之微意，悲喜含蓄而不傷，美刺宛曲而不露，要有《三百篇》之遺意。〔註23〕

胡應麟亦論其風格：

> 隨語成韻，隨韻成趣，辭藻氣骨，略無可尋，而興象玲瓏，意致深婉，真可以泣鬼神，動天地……詩之難，其《十九首》乎？蓄神奇於溫厚，寓感愴於和平。意愈淺愈深，詞

〔註22〕本章中的《古詩十九首》均採用自〔南朝梁〕蕭統編、〔唐〕李善注：《文選》，（臺北：華正書局有限公司，新校胡刻宋本，2000年），卷第二十九〈雜詩上〉，頁409～412。茲將《十九首》全文收編於附錄三，本章述及《十九首》詩句時，就不另贅註。

〔註23〕〔明〕朱權：《江西詩法・五言古詩法》，收錄於周維德集校：《全明詩話》，第一冊，頁80。此論述亦為李贄《騷壇千金訣》完整收錄，詳見〔明〕李贄：《騷壇千金訣・詩學正源・詩准繩》，收錄於周維德集校：《全明詩話》，第三冊，頁2088。

愈近愈遠。篇不可句摘，句不可字求。〔註24〕

正可謂概括指出了《古詩十九首》「眞」之審美心理內涵——「興觀群怨」。

　　至於「興觀群怨」的定義，因從孔子提出後，歷經了孔安國、鄭玄、朱熹、王夫之等人的釋義，其或從詩教論述，或從審美觀點言之，造成「興觀群怨」的定義不盡相同。而本章旨在探討：明、清二代推許《三百篇》遺意」的《古詩十九首》之內涵意蘊——圍繞著「眞」而發——如何透過「興觀群怨」來呈現。是故，爲求貼合《古詩十九首》的內涵，筆者在作法上採用清初王夫之將「興觀群怨」釋爲作者和讀者角度的二重層次，在意義上則取捨孔安國、鄭玄、朱熹、王夫之，以及葉朗〔註25〕的看法，再融合己見，綜合詮釋，以期解釋《古詩十九首》的「興觀群怨」更爲切合。以下茲就「興」、「觀」、「群」、「怨」順序來探討《古詩十九首》。

一、隨物宛轉之「興」

　　明代胡應麟曾評《古詩十九首》：

　　東西京興象渾淪，本無佳句可摘，然天工神力，時有獨至。

〔註26〕

〔註24〕〔明〕胡應麟：《詩藪》內編卷二〈古體中　五言〉，收錄於周維德集校：《全明詩話》，第三冊，頁2502～2503。

〔註25〕葉朗針對孔子所提之「興觀群怨」，說道：「一般認爲，孔子在這裏談的是詩的社會作用。如果從孔子的整段話來看，這樣說自然沒有錯。但是如果單就『興』、『觀』、『群』、『怨』這組概念來說，我以爲主要是對詩歌欣賞的美感心理特點的一種分析。孔子關於詩的社會作用的理論，就是建立在他對美感心理特點的這一分析的基礎之上的。」見葉朗：《中國美學史》，（臺北：文津出版社，1996年），頁39。葉朗認爲孔子所提之「興觀群怨」，不僅是談社會作用，亦是從詩歌欣賞的美感心理特點來立論。是故，葉朗亦從審美角度定義「興觀群怨」，將之視爲「美感心理特點」。然而，葉朗僅就詩歌欣賞者（讀者）的角度來定義「興觀群怨」，是其美中不足之處。

〔註26〕〔明〕胡應麟：《詩藪》內編卷二〈古體中　五言〉，收錄於周維德集校：《全明詩話》，第三冊，頁2503。

馮復京亦同意，評之爲：

> 章法之妙，不見句法。句法之妙，不見字法。鏡花水月，
> 興象玲瓏，其神化所至邪！〔註27〕

皆提到「興象渾淪」、「興象玲瓏」，「象」即物也，「興象」即託物起興，而之所以能「渾淪」、能「玲瓏」，正是因《十九首》「本乎情興」〔註28〕，因此《十九首》「比物託興，婉轉不定」〔註29〕，故作詩不必執題。

至於「興」的解釋，歷來有所不一：孔安國釋「興」爲「引譬連類」〔註30〕；朱熹釋「興」爲「感發意志」〔註31〕；王夫之將「興」分爲作者和讀者角度釋之，就作者角度要「泳游以體情，可以興矣」〔註32〕，就讀者而言是「得其揚扢鼓舞之意則『可以興』」〔註33〕；而今人葉朗對於「興」的解釋僅就讀者角度言之，綜合了朱熹和孔安國的意見，將「興」解釋爲：「所謂『興』，詩歌可以使欣賞者的精神感動奮發。這種精神的感發，是和欣賞者的想像和聯想活動不可分的，因而是和詩歌的審美形象不可分的」，並且進一步將這裡的「興」

〔註27〕〔明〕馮復京：《說詩補遺》卷二，收錄於周維德集校：《全明詩話》，第五冊，頁3859。

〔註28〕明代許學夷認爲：「《十九首》固皆本乎情興，而出於天成。」見〔明〕許學夷：《詩源辯體》卷三〈漢魏總論　漢〉，收錄於周維德集校：《全明詩話》，第四冊，頁3213。

〔註29〕明代郝敬：「《詩》自有不須題者，如後世《十九首》之類。比物托（按：「托」應作「託」）興，婉轉不定，而以題擬之，亦莫不肖。……故說《詩》非必執題，賦、比與興合，文辭與志合，即妙達風人之旨矣。」見〔明〕郝敬：《讀詩》，收錄於周維德集校：《全明詩話》，第四冊，頁2868。

〔註30〕〔魏〕何晏集解、〔宋〕邢昺疏：《論語注疏・陽貨第十七》，收錄於〔清〕阮元校勘：《十三經注疏》，第八冊，頁156。

〔註31〕〔宋〕朱熹：《四書章句集注》，（高雄：復文書局，1990年），頁178。

〔註32〕〔清〕王夫之：《四書訓義》，卷二十一，收錄於〔清〕王夫之：《船山全書》，第七冊，頁915。

〔註33〕〔清〕王夫之：《四書箋解》，卷四，收錄於〔清〕王夫之：《船山全書》，第六冊，頁259。

和藝術創作手法的「賦比興」的「興」（聯想）分別開來。〔註34〕

筆者綜合古今對「興」的解釋，並鑑於《古詩十九首》亦承襲了《詩經》六義之「興」（聯想）〔註35〕，故認爲這裡所談的「興觀群怨」之「興」，可以和藝術創作的「興」（聯想）作一個結合，也就是作者的精神受到感發後，在創作詩歌時，以藝術手法之「興」託物言情。是故，筆者側重王夫之以作者和讀者角度釋義，並融合孔安國、朱熹、葉朗的解釋，再進一步將藝術創作之「興」（聯想）一同納入解釋，使之內涵更臻於完備，也更符合《古詩十九首》中的「興」。

於是，「興」乃定義爲：指作者和讀者的精神受到感發。亦即：作者或由眼前景物興發感觸，以藝術創作之「興」（聯想）託物言情，或因對人生、自身的行爲等有所反思，精神受到感發而抒發；讀者見其詩歌，體會作者之情意，進而結合自己的生活經驗，其精神亦受到感動。

（一）以興起詩

《古詩十九首》，在開頭運用「興」者，共有十四首，分別是：第二首〈青青河畔草〉、第三首〈青青陵上柏〉、第五首〈西北有高樓〉、第六首〈涉江采芙蓉〉、第七首〈明月皎夜光〉、第八首〈冉冉孤生竹〉、第九首〈庭中有奇樹〉、第十首〈迢迢牽牛星〉、第十一首〈迴車駕言邁〉、第十三首〈驅車上東門〉、第十五首〈生年不滿百〉、第十六首〈凜凜歲云暮〉、第十七首〈孟冬寒氣至〉、第十九首〈明月何皎皎〉。

第二首〈青青河畔草〉，作者以首二句「青青河畔草，鬱鬱園中

〔註34〕葉朗：《中國美學史》，頁39～40。

〔註35〕梁啓超認爲：「十九首第一點特色在善用比興。比興本爲詩六義之二，三百篇所恆用，國風尤什居七八，降及楚辭，『美人芳草』，幾舍比興無他技焉。漢人尚質，西京尤甚，其作品大率賦體多而比興少。長篇之賦，專事鋪敘無論矣，即間有詩歌，也多半是徑情直遂的傾瀉實感。到十九首纔把國風楚辭的技術翻新來用，專務『附物切情』……，實文學界最高超的技術。」見梁啓超：《中國之美文及其歷史》，（臺北：臺灣中華書局，1987年），頁113。

柳」起興，思婦見眼前春景，青草綿延不盡，望盡天涯也望不盡，正如思婦守在家鄉，望不到遠在天涯的遊子，因而興發起思念，而此思愁就如同春草般綿延不盡。思婦目光一轉，移至近處的園中柳，蓊鬱茂密的柳，刺激了思婦的感官，再加上自古有以柳贈別之風俗，於是引發了思婦愁緒，其思愁強烈如柳之蓊鬱，也充滿了憂鬱。作者見眼前生機蓬勃的春景，精神受到感發，因草興發細長、綿延不盡之情，以柳興發濃烈、憂鬱之愁，作者以藝術創作之「興」（聯想）將所感發的情愁化作詩句，雖「語斷而意屬，曲折有餘而寄興無盡」〔註36〕，讀者讀之，則可體會作者之愁思，進而結合自身經驗，精神亦受到感動。

　　和〈青青河畔草〉同樣是思婦因景物興發思念，將其「興」置於開首的篇章，第九首〈庭中有奇樹〉，首四句「庭中有奇樹，綠葉發華滋。攀條折其榮，將以遺所思」，乃是作者見到庭中奇美之樹，欲折其花送給良人，但良人卻遠在他鄉，因而引發「路遠」、別「經時」的悵然之情，徒留滿懷的「馨香」。而第八首〈冉冉孤生竹〉首二句以「冉冉孤生竹，結根泰山阿」起興，為作者見竹生泰山，因而興起與新婚丈夫久別之怨。以「孤生竹」喻己，以「泰山阿」喻丈夫，託物言己新婚之喜悅，不料新婚後卻久別，如今見其景興起落寞和相思之怨。第十首〈迢迢牽牛星〉，首二句「迢迢牽牛星，皎皎河漢女」除了以藝術創作之「興」（聯想）呈現外，更融合「比」（譬喻）來託物言情：作者因抬頭望星而興發感動，以牽牛、織女星隔著一銀河，觸發作者別離之愁，進而作者比擬自己和良人的關係如織女望牽牛，是可望而不可及的無奈，以「相去復幾許」寫出彼此現實距離之近，以「迢迢」寫與良人心理距離之遠，以「皎皎」表明自己堅貞不移之情。〔註37〕

〔註36〕〔明〕胡應麟：《詩藪》內編卷二〈古體中　五言〉，收錄於周維德集校：《全明詩話》，第三冊，頁2508。

〔註37〕清人張庚闡釋〈迢迢牽牛星〉：「蓋『皎皎』光輝潔白之貌，今機杼

　　至於第十六首〈凜凜歲云暮〉和第十七首〈孟冬寒氣至〉皆是因冬寒興發思念良人之情，正所謂「感時入興」〔註38〕，前者在首二句「凜凜歲云暮，螻蛄夕鳴悲」起興，以觸覺的「凜凜」點出「歲暮」，以聽覺的「螻蛄」叫聲點出思愁之苦，由此興發感動，推測「涼風」應猛烈，遙想他鄉的良人是否安好，猜想是否另結新歡等等，由想而入夢，夢醒後備感悵然。後者則以首六句「孟冬寒氣至，北風何慘慄！愁多知夜長，仰觀眾星列。三五明月滿，四五詹兔缺」起興，因天寒引發作者離別之愁而無寐，而感到「夜長」，進而仰觀星空，聯想到自己已孤單地歷經許多個「三五明月滿，四五詹兔缺」，而月圓月缺的聯想又再使人聯想到自身所遭遇的人生離合之苦〔註39〕，於是觸景傷情，興發起久別之傷。而第十九首〈明月何皎皎〉〔註40〕，作者以

之勤，所守之貞，不肯渡河，並不肯告語，皆織女之『皎皎』也。……又上既云『迢迢』下復曰『相去復幾許』……蓋從乎情之不得通而言，則見為『迢迢』；從乎地之相阻而言，則仍『幾許』。」見〔清〕張庚：《古詩十九首解》，收錄於隋樹森編著：《古詩十九首集釋》，（據《藝海珠塵》本），卷三〈彙解〉，頁31～32。

〔註38〕明代鍾惺評〈凜凜歲云暮〉之語。見〔明〕鍾惺：《詞府靈蛇二集·神集·起首入興體例》，收錄於周維德集校：《全明詩話》，第五冊，頁4028。

〔註39〕清人張庚闡釋〈孟冬寒氣至〉說道「三五明月滿，四五詹兔缺」非實寫：「『眾星列』，則是下浣之夕，非有月時也。而『三五』云云，是因見『眾星列』而追數從前之月圓月缺，不知經歷多少孤悽之夜矣，以見別離之久，起下『客從』云云：故『三五』『四五』連敘，非真見月也。」見〔清〕張庚：《古詩十九首解》，收錄於隋樹森編著：《古詩十九首集釋》，卷三〈彙解〉，頁36。近人馬茂元亦同意此見解，說道：「『三五明月滿，四五蟾兔缺』二句是虛敘，『明月』是因『仰視眾星』而引起的聯想。」並進一步分析：「這種聯想包涵了兩層意義：月圓月缺，象徵人間的會合與別離，這會引起人們今昔之感；月圓月缺標誌著時間流駛的過程，在孤單生活中，往往因此而感歎於別離歲月的深長；而這兩者都足以勾起往事的回憶的。」見馬茂元：《古詩十九首探索》，（高雄：復文圖書出版社，1991年），頁168～169。

〔註40〕明、清二代對〈明月何皎皎〉的詮釋，有二說：一則以為是思婦之詩，如明初劉履、清代張玉穀；二則主張為客子思歸之作，如清代姜任脩、朱筠、方東樹等等。然正如明代王世懋評《古詩十九首》

首二句「明月何皎皎，照我羅床幃」起興，同樣在夜裡無寐，見月景興起獨守空閨之悲，以「皎皎」暗指自己堅定不移的情意。

作者將「興」置於詩句開頭者，除了上述的思婦興發感動外，尚有以遊子為主人翁，如：遊子嘆人生短暫應及時行樂的第三首〈青青陵上柏〉、第十一首〈迴車駕言邁〉、第十三首〈驅車上東門〉，分別在一開頭以「青青陵上柏，磊磊礀中石」、「迴車駕言邁，悠悠涉長道。四顧何茫茫，東風搖百草。所遇無故物，焉得不速老」、「驅車上東門，遙望郭北墓。白楊何蕭蕭，松柏夾廣路。下有陳死人，杳杳即長暮」來起興，以柏石長存、時序物遷之速、淒涼墓景來興發人生苦短應及時行樂之念。亦有遊子嘆知音難遇的第五首〈西北有高樓〉，寫道：「西北有高樓，上與浮雲齊；交疏結綺牕，阿閣三重階。上有絃歌聲，音響一何悲！誰能為此曲？無乃杞梁妻！清商隨風發，中曲正徘徊；一彈再三歎，慷慨有餘哀」，從開頭至第十二句以大篇幅敘寫遊子聽到高樓悲歌，興起知音難覓之情，雙寫歌者和己意，願與歌者同攜遠去。

再者，亦有遊子因景物而思妻的第六首〈涉江采芙蓉〉，開頭四句即以「涉江采芙蓉，蘭澤多芳草。采之欲遺誰，所思在遠道」起興，和第九首〈庭中有奇樹〉的思婦起興近似，作者見到眼前的「芙蓉」、「芳草」，憶起喜愛「芙蓉」、「芳草」的妻子，於是採下它們，但採後方覺妻子不在身邊，無法寄給「遠道」的妻子，因而興發悵然之愁。

至於第七首〈明月皎夜光〉，為遊子諷友不義之作，開頭八句「明月皎夜光，促織鳴東壁；玉衡指孟冬，眾星何歷歷？白露沾野草，時節忽復易；秋蟬鳴樹間，玄鳥逝安適」，作者因見眼前景物感於時節

可「人自為說」、清初王夫之論其「俾人隨觸而皆可」……，在在顯示無須拘泥於追究何說為正，或評價孰優孰劣。是故，無論主張詩中的主人翁為思婦或客子，對探討其詩「真」之審美心理內涵，並不會造成阻礙。而筆者因考量論述的一致性，在此僅採明、清皆有主張的「思婦之詩」觀點來做說明。

更迭之速，興發人情冷暖亦變化快速之嘆；仰觀星空是何其歷歷，但星宿有名無實，興發友人達官顯貴後，不念昔日友誼，徒有「朋友」之空名。

除了前述十三首以景起興之外，第十五首〈生年不滿百〉開頭便道：「生年不滿百，常懷千歲憂。晝短苦夜長，何不秉燭遊？」作者非由景而興，而是因感於人生短促而興起及時行樂之念。

（二）突有所興

《古詩十九首》作者將「興」置於詩句篇中者，共有四首，分別是：第一首〈行行重行行〉、第四首〈今日良宴會〉、第十四首〈去者日以疎〉、第十八首〈客從遠方來〉。

第一首〈行行重行行〉，作者抒發別離相思之愁，採「先敘事後衣帶入興」〔註41〕，前六句敘寫分別之狀，到了第七、八句「胡馬依北風，越鳥巢南枝」運用「比」、「興」，以「胡馬」、「越鳥」喻不忘本，委婉表露心中盼望遠方的良人能惦念故鄉與自己，同時亦似是抒發自己的眷戀、忠心不二之情。

而第四首〈今日良宴會〉的「興」為第三至六句「彈箏奮逸響，新聲妙入神。令德唱高言，識曲聽其真」，作者在宴會上聽到「逸響」和「新聲」之美妙，興發對自己的期許，期盼自己能成為政壇上的新秀，且能有一番不同凡響的作為。然後，聽見知音「令德」委婉地唱出自己欲出仕的心聲，作者認為其「含意俱未申」，於是興發人生苦短應亟於出仕之念。

第十四首〈去者日以疎〉則在第三至八句「出郭門直視，但見丘與墳。古墓犁為田，松柏摧為薪。白楊多悲風，蕭蕭愁殺人」起興，作者出郭門，目之所視為遭人毀壞的古墳，耳之所聞為風吹拂白楊「蕭蕭」之聲，而聲本無哀樂，卻由於作者因眼前之景而心生

〔註41〕明代鍾惺評〈行行重行行〉之語。見〔明〕鍾惺：《詞府靈蛇二集・神集・起首入興體例》，收錄於周維德集校：《全明詩話》，第五冊，頁4028。

「悲」、生「愁」，再加上「當衰邁之年，處竄逐之地，思還無因，願乞骸骨而不得，一旦溘逝，數片骨頭，更不知拋露於何所」〔註42〕，不僅擔憂目前孤苦無依，更憂心去世後飄零無歸，遂稱白楊「多悲風」、「愁殺人」。因此，作者興發起人生逆旅、滄海桑田之感，進而產生思歸故闊之情。明代鍾惺指出此爲「把聲入興」，以「心聞」而興發情愁。〔註43〕

至於第十八首〈客從遠方來〉，在第五至八句寫道：「文綵雙鴛鴦，裁爲合懽被。著以長相思，緣以結不解」，是作者得綺製被而興，感謝遠方的良人託友寄來「一端綺」，知良人心意如我，喜悅之餘，將綺製成被，因綺上繡有鴛鴦花紋，於是裁成兩面，合縫成「合懽被」，表示自己和良人情意相合；在充棉入被時，又以棉絮之長絲，興發自己對良人的思念綿長如絲；在縫被的邊飾時，因被緣興起自己和良人之緣份結深、解不開。此四句爲作者以「比」、「興」、雙關語興發伉儷情深之感動。

綜上所論，《古詩十九首》詩句中的「興」除了置於篇首和篇中外，尚有散見於詩各處者，即第十二首〈東城高且長〉，分別是首六句「東城高且長，逶迤自相屬。迴風動地起，秋草萋已綠。四時更變化，歲暮一何速」，作者因見物遷之速，因而興起人生短促之嘆，進而興發及時行樂之念；第十一至十六句「燕趙多佳人，美者顏如玉。被服羅裳衣，當戶理清曲。音響一何悲，絃急知柱促」，爲作者在及時行樂過程中，聽見佳人理清曲，興發知音難尋之悲。此詩「興」的運用兼篇首和篇中，可見得作者思想的轉折，因物興及時行樂，在行樂中又嘆知音難覓之悲。

〔註42〕〔清〕饒學斌：《月午樓古詩十九首詳解》，收錄於隋樹森編著：《古詩十九首集釋》，（據單行本），卷三〈彙解〉，頁 104。

〔註43〕明代鍾惺評〈去者日以踈〉爲「把聲入興」，並指出「白楊多悲風，蕭蕭愁殺人」二句爲「心聞」。見〔明〕鍾惺：《詞府靈蛇二集・神集・起首入興體例》，收錄於周維德集校：《全明詩話》，第五冊，頁 4029。

　　《古詩十九首》作者因物興發感動，進而託物言情，以藝術創作「興」婉轉抒寫情意，或不以景物興發，而是因反思行爲、人生，產生精神觸動，將其化爲詩句抒發。在安排「興」的位置，有開頭便起興者，亦有僅見篇中者，甚至有兼篇首和篇中者。在此形式安置上，可見作者思緒的脈絡。讀者透過其詩句，從其文意、形式，得作者之情意，進而結合自己的生命歷程和經驗，因而產生感動，此便是「興」矣！

二、設身處地之「觀」

　　歷來對於「觀」的釋義：鄭玄認爲是「觀風俗之盛衰」〔註44〕；朱熹釋爲「考見得失」〔註45〕；王夫之認爲「觀」在作者角度而言，是「褒刺以立義，可以觀矣」〔註46〕，在讀者角度來說，則要「得其推見至隱之深則『可以觀』」〔註47〕；而葉朗僅從讀者角度解釋，綜合了鄭玄和朱熹的看法，將「觀」視爲一種認識活動，讀者「通過詩歌可以了解社會生活、政治風俗的情況（盛衰得失）」，以及「『觀志』……從詩中看出詩人之志，以及誦詩人之志」。〔註48〕

　　筆者有鑑於此，綜合各家說法，將「觀」由作者和讀者角度釋之。對「觀」定義爲：指作者觀社會風俗而作，讀者通過其詩歌可以觀當時之風、觀作者之志。亦即：作者就其所處的社會環境，有所感而作，詩句中或多或少透露出當時的生活風俗，讀者經由詩句，可明瞭當時景況，進而可設身處地去理解作者之心志。

　　《古詩十九首》生成約於東漢末年，當時政局動盪，外戚專政、

〔註44〕　〔魏〕何晏集解、〔宋〕邢昺疏：《論語注疏·陽貨第十七》，收錄於〔清〕阮元校勘：《十三經注疏》，第八冊，頁156。
〔註45〕　〔宋〕朱熹：《四書章句集注》，頁178。
〔註46〕　〔清〕王夫之：《四書訓義》，卷二十一，收錄於〔清〕王夫之：《船山全書》，第七冊，頁915。
〔註47〕　〔清〕王夫之：《四書箋解》，卷四，收錄於〔清〕王夫之：《船山全書》，第六冊，頁259。
〔註48〕　葉朗：《中國美學史》，頁40。

宦官弄權，如《資治通鑑》記載：「及孝和以降，貴戚擅權，嬖倖用事，賞罰無章，賄賂公行，賢愚渾殽，是非顛倒，可謂亂矣。」〔註49〕東漢和帝以降，因皇帝年幼，政權操控在外戚和宦官手上，到了漢桓、靈帝年間，甚至「主荒政謬，國命委於閹寺，士子羞與為伍，故匹夫抗憤，處士橫議，遂乃激揚名聲，互相題拂，品覈公卿，裁量執政，婞直之風，於斯行矣」〔註50〕，有志之士有感於政治亂象，上書建言卻遭逢兩次黨錮之禍，使得文士對國家的期望落空，抱負亦無法施展。一直到漢靈帝時，黃巾之亂起，黨錮之禍才稍平息，但國家的綱紀文章已蕩然無存了。〔註51〕

　　《古詩十九首》作者，處於此動盪不安的時代，難以施展抱負，面對政治理想的落空、遠離家鄉親人的悲苦，作者不禁對人生和生命有所感慨、反思，《古詩十九首》即是在此背景下產生，因而有所「觀」之處，而這種「觀」正是作者設身處地「觀」而感、而作；讀者透過詩歌，以同理心去「觀」，則可了解當時之風，亦可體會作者之志。筆者鑑於東漢時代動盪，造成家庭離析、親友離別的社會現象，以及失意文士政治理想破滅，轉而對人生、生命有所反思的情況，將《古詩十九首》的「觀」分為觀離別時局、觀人生苦短來進行探析。

（一）觀離別時局

　　作者觀於因時局動盪而與親友分別，抒發離別之情的有：第一首〈行行重行行〉，其中寫道：「行行重行行，與君生別離。相去萬餘里，

〔註49〕　〔宋〕司馬光撰、〔元〕胡三省音註：《資治通鑑》，（臺北：啓明書局，1960 年），卷六十八〈漢紀六十〉，頁 457。

〔註50〕　〔南朝宋〕范曄撰、〔唐〕李賢等注：《後漢書》，（臺北：史學出版社，1974 年），卷六十七〈黨錮列傳〉，頁 2185。

〔註51〕　《後漢書》記載：「中平元年，黃巾賊起，中常侍呂彊言於帝曰：『黨錮久積，人情多怨，若久不赦宥，輕與張角合謀，為變滋大，悔之無救。』帝懼其言，乃大赦黨人，誅徙之家皆歸故郡。其後黃巾遂盛，朝野崩離，綱紀文章蕩然矣。」見〔南朝宋〕范曄撰、〔唐〕李賢等注：《後漢書》卷六十七〈黨錮列傳〉，頁 2189。

各在天一涯。道路阻且長，會面安可知」，可知時勢混亂造成非自願
性的分離，而且道路除了遙遠外，更有許多阻礙，其阻礙或為具象的
交通不便，或為抽象的人情阻礙，可觀當時之風和作者堅定不移的心
志。

　　和此相似情調的「觀」，為第六首〈涉江采芙蓉〉，道出「還顧望
舊鄉，長路漫浩浩。同心而離居，憂傷以終老」，以及第九首〈庭中
有奇樹〉，道出「馨香盈懷袖，路遠莫致之。此物何足貢，但感別經
時」，前者是遊子感於「道路阻且長」，因而道出和妻子「同心而離居」、
此生恐無緣再聚之悲，後者是思婦除了感於「路遠」外，亦感慨離別
之久。

　　而第十首〈迢迢牽牛星〉則是思婦感於和良人分隔二地，獨守空
閨、無心織布之哀怨；讀者透過詩句，可觀其社會風俗，觀作者以織
女自喻，織女有著高潔素靜的儀表、勤奮認真的做事態度，尤其是其
堅定不移的情志，都是觀作者之志的線索。

　　而第十六首〈凜凜歲云暮〉、第十七首〈孟冬寒氣至〉均是作者
因歲暮天寒遙想異地遊子，前者因想而夢，夢而悲，猜想良人是否「錦
衾遺洛浦，同袍與我違」，讀者由此詩歌可觀當時社會風氣，推知當
時時局動盪，造成夫婦離居，在外的遊子或許另結新歡，而拋家棄子，
可見政治動盪影響了家庭離析的現象。後者，因冬寒憶起三年前丈夫
託人寄來的信：「客從遠方來，遺我一書札。上言長相思，下言久離
別」，並說道自己的回應是「置書懷袖中，三歲字不滅。一心抱區區，
懼君不識察」，讀者經由詩句，觀當時社會交通書信往來不便，觀作
者情志堅定。

　　和〈孟冬寒氣至〉可觀當時交通不便者，為第十八首〈客從遠方
來〉，作者感於異地丈夫寄來綺布，將其製被，讀者透過此詩歌，亦
可了解當時的社會生活、製被的狀況，並從「合懽」、「相思」、「緣」
等雙關語得作者之志。

　　當然，作者觀時局之別離，對於長年在外的丈夫，不免盼望他早

歸，如：第十九首〈明月何皎皎〉道出「客行雖云樂，不如早旋歸」，讀者由此詩中除了觀作者之怨，亦可從「明月何皎皎，照我羅床幃」觀當時以輕柔的羅綺作為床帳的情況。而從第八首〈冉冉孤生竹〉中，作者以新婚別，盼君「執高節」，寫出怨情；讀者由此觀當時局勢動亂，即便是新婚也不能逃過「生別離」之苦，站在作者角度設身處地觀其詩歌，可得作者無奈之怨情。至於第二首〈青青河畔草〉，寫道：「昔為倡家女，今為蕩子婦。蕩子行不歸，空牀難獨守」，為作者感於自身遭遇耐不住別離之苦而作，讀者若設身處地觀之，則能體會作者守與不守之苦，非以淫鄙之辭看待，此外，從此詩句中，亦可知當時社會風氣和倡家女的命運。除了夫婦相思之情外，第七首〈明月皎夜光〉為作者觀於時勢動盪，友人得志、富貴後，離棄舊交而作；讀者透過詩歌，可觀當時情勢雖動亂，但社會風氣仍是汲汲於功名利祿，觀作者刺友不義之怨。

（二）觀人生苦短

除了作者觀於因時代動盪而離別的現象外，尚有因時局不定而引發對生命的感慨。

例如：文士抒發不平的第三首〈青青陵上柏〉和第四首〈今日良宴會〉，皆感慨生命短暫，前者追求及時行樂，提到城中的交通和貴族生活的情景：「洛中何鬱鬱，冠帶自相索。長衢羅夾巷，王侯多第宅。兩宮遙相望，雙闕百餘尺」，讀者透過其詩句，可觀當時貧富生活情貌、王公貴族結黨勾心之狀，以及得作者提倡及時行樂之心志；後者表明亟欲出仕的想法，讀者從「齊心同所願，含意俱未申」可觀當時社會多是失意的文士，欲出仕卻不能大聲疾呼，僅能委婉道出，推知時局噤若寒蟬，得作者感於貧富待遇懸殊，亟欲出仕的心情。

而第五首〈西北有高樓〉和第十二首〈東城高且長〉，均是作者感於局勢不安、嘆知音稀少之作，讀者由作者對歌者的描寫：高樓深閨、「理清曲」、音響悲鳴等等，可知身為知音的作者雖描寫歌者，亦

是自己的心情寫照，憐惜歌者，實憐惜自己，嘆時局動盪，無人賞識重用，空有一身才學和理想。

　　而第十一首〈迴車駕言邁〉正是作者感慨時序物遷之速，嘆「盛衰各有時，立身苦不早」、「奄忽隨物化，榮名以為寶」，唯有早早立身，享有富貴和名聲，才能在這世上留下身後榮名；讀者觀其詩，可得作者欲出仕之意，以及樹立名聲享譽後世之願，亦可見當時社會風氣。

　　至於第十三首〈驅車上東門〉和第十四首〈去者日以疎〉，均是作者觀於墓景，引發人生苦短之作，前者因而欲及時為樂，後者是引發思歸之情，讀者透過此二詩除可得作者之志外，亦可知當時社會墳墓的設置地點和栽植的墓樹，以及得知時人有「服食求神仙，多為藥所誤」之情況。

　　而同樣勸人及時行樂的第十五首〈生年不滿百〉，亦是作者感於時局不安，勸人把握當下；讀者以同理心觀之，便可知在當時社會環境下，作者倡及時行樂，實是無奈之舉，並了解當時人有「常懷千歲憂」者、有「愚者愛惜費」，甚至還有欲成仙者，此都是在混亂時勢下，產生的心情和作為。

　　在時局動盪下，產生離別之愁、生命之反思，作者設身處地觀此而作，讀者透過詩歌，可觀當時的生活情貌、人情世故，以同理心得作者之悲苦和無奈。

三、相示情意之「群」

　　歷來對於「群」的釋義：孔安國釋為「群居相切瑳」〔註52〕；朱熹釋為「和而不流」〔註53〕；王夫之則從作者和讀者二方面討論，認為：「群」，是指作者「出其情以相示」〔註54〕，讀者通過詩歌可「得

〔註52〕〔魏〕何晏集解、〔宋〕邢昺疏：《論語注疏・陽貨第十七》，收錄於〔清〕阮元校勘：《十三經注疏》，第八冊，頁156。
〔註53〕〔宋〕朱熹：《四書章句集注》，頁178。
〔註54〕〔清〕王夫之：《四書訓義》，卷二十一，收錄於〔清〕王夫之：《船

其溫柔正直之致」〔註55〕；而葉朗綜論之，認爲「群」即「詩歌可以在社會人羣中交流思想情感，從而使社會保持和諧」〔註56〕。

　　筆者採用王夫之從作者和讀者角度釋義的說法，並綜合以上各家解釋，進而融合王國維在《人間詞話》讚許《古詩十九首》的「眞」和「不隔」看法，以期使「群」的釋義更貼切。

　　於是，將「群」定義爲：指作者「出其情以相示」，讀者通過詩歌可「得其溫柔正直之致」。換言之，作者以詩歌來抒情言志，不僅和當代人群共鳴、交流情感，也經由詩歌的流傳，與後代的人們產生了共鳴、交流了情志。

　　而《古詩十九首》如何與人交流？清代王國維提供了我們看法：從作者角度探討，王國維在《人間詞話‧六二》讚許〈青青河畔草〉、〈今日良宴會〉爲「眞」：

> 「昔爲倡家女，今爲蕩子婦。蕩子行不歸，空牀難獨守。」
> 「何不策高足，先據要路津？無爲久貧（當作『守窮』）賤，
> 轗軻長苦辛。」可謂淫鄙之尤。然無視爲淫詞、鄙詞者，
> 以其眞也。五代北宋之大詞人亦然。非無淫詞，讀之者但
> 覺其親切動人。非無鄙詞，但覺其精力彌滿。可知淫詞與
> 鄙詞之病，非淫與鄙之病，而游詞之病也。「豈不爾思，
> 室是遠而。」而子曰：「未之思也，夫何遠之有？」惡其
> 游也。〔註57〕

王國維認爲〈青青河畔草〉、〈今日良宴會〉雖有直接坦率之字詞，但非著意於淫、鄙字詞的經營，而是以此寄託內心的眞誠情感，這種情感是有個性，所體現的是其人的「眞感情」，故稱二詩爲「眞」。

　　　山全書》，第七冊，頁915。
〔註55〕〔清〕王夫之：《四書箋解》，卷四，收錄於〔清〕王夫之：《船山全書》，第六冊，頁259。
〔註56〕葉朗：《中國美學史》，頁40。
〔註57〕〔清〕王國維著、徐調孚校注：《校注人間詞話》，頁36。括弧小字爲校注者加註。

〔註58〕「眞」即是對作者的要求：創作態度眞誠無矯、情感誠摯，才能「精力彌滿」、「親切動人」。

　　從讀者角度探討，王國維在《人間詞話・四一》讚賞〈生年不滿百〉、〈驅車上東門〉爲「不隔」：

　　　　「生年不滿百，常懷千歲憂。畫短苦夜長，何不秉燭遊？」
　　　　「服食求神仙，多爲藥所誤。不如飲美酒，被服紈與素。」
　　　　寫情如此，方爲不隔。〔註59〕

「王氏認爲不論寫情還是寫景，凡是直接能給人一種鮮明、生動、眞切感受，即爲『不隔』」〔註60〕。換言之，凡是作品與讀者之間毫無距離，讀者和作者有共感，能爲作品所感動、感同身受，便可稱之「不隔」。〈生年不滿百〉和〈驅車上東門〉作者有感於當時情勢動盪而作，道出的不僅是作者之切身感受，亦是當代失意文人的心理，而不得志之感亦是人類或多或少有過的感受。而且，〈生年不滿百〉和〈驅車上東門〉皆是「感到人生只是向終極的不幸即死亡推移的一段時間而引起的悲哀」〔註61〕，是古今中外人類的共感。是故，讀者可產生共鳴，情能「不隔」。

〔註58〕蘇珊玉老師論及王國維《人間詞話・六二》時，認爲：「詩歌之淫、鄙，關鍵不在題材內容、情感意蘊與用字遣詞，而是寫作態度之爲『淫、鄙』，之爲『游』。三者皆提醒讀者，閱讀審美過程中，應掌握、著意於作品情感之眞誠無矯，作者所體現人格角色、創作動機與文辭自然，而非以內容情感之貞淫，判別高下。……就（作者）能感進一步說，人物語言之個性化，由於出自天然本色，故情感『精力彌滿』，動人不隔。」見蘇珊玉老師：《人間詞話之審美觀》，（臺北：里仁書局，2009年），頁228。
〔註59〕〔清〕王國維著、徐調孚校注：《校注人間詞話》，頁26。
〔註60〕蘇珊玉老師：《人間詞話之審美觀》，頁233。
〔註61〕吉川幸次郎在〈推移的悲哀──古詩十九首的主題〉中所論及：由於意識到時間的推移而產生的悲哀。將其分爲三類：一、對不幸時間的持續而起的悲哀，二、在時間的推移中由幸福轉到不幸的悲哀，三、感到人生只是向終極的不幸即死亡推移的一段時間而引起的悲哀。然雖可分爲以上三類，但「其實這三類悲哀本來都各有關聯、互相連續，或在一首裏同時錯雜出現。不過無論屬於那一類，有一點是相同的。那就是這些悲哀都是由於意識到時間的推移而產生的悲哀」。詳見吉川幸次郎著、鄭清茂譯：〈推移的悲哀（上）──古

　　由王國維提出的「眞」和「不隔」來看，可知作者只要情感眞誠、態度誠摯、觀察感受眞實〔註62〕，其所營造出來的文辭就能自然無矯，可以給讀者（無論是否經歷過動盪時代）生動、鮮明、眞切的感受，有所共鳴，而能「不隔」。由此得知，作品有「眞」才能「不隔」，才能達到「群」。

　　綜觀《古詩十九首》，十九首作者非同出於一人〔註63〕，雖然同樣因爲時代動亂，或感到離別相思之苦，或對人生有所反思，其所呈現的詩句仍有不同的生命情調，即爲作者「眞感情」的體現，有其個性。

　　如：寫離別相思，有勸君「努力加餐飯」的〈行行重行行〉；有面對「空牀難獨守」的〈青青河畔草〉；採芳望鄉，嘆「同心而離居」的〈涉江采芙蓉〉；諷友「不念攜手好，棄我如遺跡」的〈明月皎夜光〉；新婚別，盼君「執高節」的〈冉冉孤生竹〉；折芳嘆「路遠莫致

　　　詩十九首的主題〉，（《中外文學月刊》，第6卷第4期，1977年9月），頁24～54。〈推移的悲哀（下）——古詩十九首的主題〉，（《中外文學月刊》，第6卷第5期，1977年10月），頁113～131。由此觀之，《古詩十九首》因意識到時間推移而產生的無可奈何之悲哀，是古今中外人類的共感。
〔註62〕蘇珊玉老師論及「不隔」的審美特徵有三：一爲性情眞，二爲態度眞，三爲觀察感受眞。詳見蘇珊玉老師：《人間詞話之審美觀》，頁241。
〔註63〕《古詩十九首》，非一時之作、一人之言，或可能作者有相同者，如〈涉江采芙蓉〉和〈庭中有奇樹〉，因相似的敘述手法，被認爲是姊妹篇，如馬茂元：「『涉江采芙蓉』和『庭中有奇樹』這一胎雙生的姊妹篇就是一個非常鮮明的例證。這兩篇不但所表現的思想情感大致相同，而且在語言，技巧和篇幅長短上也沒有什麼兩樣。一篇是遊子的歌聲，一篇是思婦的篇什；前者是遠客思婦之作，後者爲居人遠念之詞；而這兩篇所示的折芳寄遠的形象，纏綿悱惻的意境，都是從『楚辭』中的『九歌』脫化而出。從這些痕跡來看，如果說，這兩篇同出一人之手，該不是大膽的假設吧。」見馬茂元：《古詩十九首探索》，頁26～27。雖部分作品可能同出一人，但若是一人在不同的時間或面對不同的景況，亦會有不同的想法和感受，更何況整體而言，《十九首》非一人之言，作者的生活背景和經歷亦會有所差異，故在情、辭的表現亦會有所不同。

之」、「別經時」的〈庭中有奇樹〉；以織女自況，悲可望而不可及的
〈迢迢牽牛星〉；「獨宿累長夜」而產生夢想的〈凜凜歲云暮〉；「仰觀
眾星列」而憶起三年之信的〈孟冬寒氣至〉；因得綺製被，感到「故
人心尚爾」，寫伉儷情深的〈客從遠方來〉；以及，勸君「早旋歸」的
〈明月何皎皎〉。

又如：寫人生、生命的反思，有感嘆「極宴娛心意，戚戚何所迫」
的〈青青陵上柏〉；要「何不策高足，先據要路津」的〈今日良宴會〉；
「不惜歌者苦，但傷知音稀！願爲雙鳴鶴，奮翅起高飛」的〈西北有
高樓〉；嘆「盛衰各有時，立身苦不早」、「奄忽隨物化，榮名以爲寶」
的〈迴車駕言邁〉；有「蕩滌放情志」，願與知音「思爲雙飛鷰，銜泥
巢君屋」的〈東城高且長〉；認爲人生苦短「不如飲美酒，被服紈與
素」的〈驅車上東門〉；感嘆滄海桑田，「思還故里閭」的〈去者日以
疎〉；提倡「晝短苦夜長，何不秉燭遊」的〈生年不滿百〉等。

《十九首》中，十一首離情，八首人生看法，有著不同情調，均
是作者對自身經驗有感而發，是「眞感情」，其文辭自然貼切，無一
矯揉造作，可謂之「眞」。作者示其「眞感情」於時人、後人，彼此
因其「眞」而可有所共鳴、交流情感，也因爲情眞，方能「和而不流」，
保有其個性。同時，因爲作者情感眞誠、創作態度誠摯，故能給讀者
「不隔」的感受，讀者透過其詩歌，可得作者「溫柔正直之致」，能
有共感、共鳴，達到情感交流。是故，《古詩十九首》因其「眞」，而
「不隔」，而「群」。

四、溫柔敦厚之「怨」

對於「怨」的解釋，歷來分歧：孔安國釋義爲「怨刺上政」〔註64〕；
朱熹釋爲「怨而不怒」〔註65〕；王夫之就作者角度言之，釋爲「含其情

〔註64〕〔魏〕何晏集解、〔宋〕邢昺疏：《論語注疏・陽貨第十七》，收錄於
〔清〕阮元校勘：《十三經注疏》，第八冊，頁156。
〔註65〕〔宋〕朱熹：《四書章句集注》，頁178。

而不盡於言」〔註66〕，就讀者角度則釋爲「得其悱惻纏綿之情」〔註67〕；而葉朗僅以讀者角度釋之，認爲「凡是對現實的社會生活（政治風俗等等）表示一種帶有否定性的情感都屬於『怨』。『可以怨』，就是說詩歌可以引起欣賞者對於社會生活的一種情感態度」〔註68〕。

筆者綜合各方解釋，融合己意，對「怨」這個審美層次作出定義，以期完善。於是，將「怨」定義爲：指作者對現實生活有所否定性的情感，以「含其情而不盡於言」創作詩歌，委婉表達深切的哀怨；讀者透過詩歌，可以「得其悱惻纏綿之情」。亦即：作者在創作詩歌時，雖有滿腔的負面情感，但不盡言，僅取一二事道出，讀者讀其詩歌，或前後推敲、或連貫作者之意後，方可得其所欲表達的感情，進而引起讀者思考，選擇出面對生活的情感態度。

《古詩十九首》作者多借景抒情，將心中之悲慟、無奈寄託金石草木，婉轉道出深切的哀怨。

第一首〈行行重行行〉以「浮雲蔽白日，遊子不顧反」喻憂丈夫在外受到誘惑而不歸，含情不露，末句「棄捐勿復道，努力加餐飯」更是寫出思婦雖滿懷哀怨，卻選擇捨棄不說，只勸君「努力加餐飯」，既是勸君，亦自勉也。

第二首〈青青河畔草〉，先是借景委婉描繪思婦之情，再以末句「空牀難獨守」表明「這個女子現在還是在『守』，只不過她內心之中正進行著『守』與『不守』的矛盾掙扎」〔註69〕，流露出其身爲蕩子婦的悲哀。雖詩中之怨較其他首刻露，「但就詩論詩，卻只說到『難獨守』就戛然而止，還只是怨，怨而不至於怒。這並不違背溫柔敦厚

〔註66〕〔清〕王夫之：《四書訓義》，卷二十一，收錄於〔清〕王夫之：《船山全書》，第七冊，頁915。

〔註67〕〔清〕王夫之：《四書箋解》，卷四，收錄於〔清〕王夫之：《船山全書》，第六冊，頁259。

〔註68〕葉朗：《中國美學史》，頁40。

〔註69〕葉嘉瑩：《葉嘉瑩說漢魏六朝詩》，（北京：中華書局，2010年），頁89。

的詩教」〔註70〕。

第三首〈青青陵上柏〉，借長存的「柏石」感嘆人生如「遠行客」之哀，又見王公貴族結黨勾心，提出「遊戲宛與洛」等及時行樂想法，但「宛與洛」爲讀書人求取功名之地，作者以「遊戲」一詞詮釋此行，可見作者的無奈之情，欲以此想法來寬慰自己，並視人生爲「遊戲」，以反問句「極宴娛心意，戚戚何所迫」感嘆汲汲功名有何用，不如及時行樂。此詩作者在面對時代動亂、政治失意，未直接抱怨在位者，反而描寫王公貴族「戚戚所迫」之狀，進而提出及時行樂的想法，在大聲疾呼之下委婉流露無奈和怨情。〔註71〕

而第四首〈今日良宴會〉透過樂曲和人情雙寫，寄託自己欲出仕成爲政壇的新秀，就如「彈箏奮逸響，新聲妙入神」般完美、成功，並且以「何不策高足，先據要路津」、「無爲守窮賤，轗軻長苦辛」等表面看似意氣風發的規勸語勉勵自己與世人，但面對此動盪時局，無奈難以成爲政壇「新聲」，更無法「據要路津」，故此雙關和規勸語其實是委婉道出了失意文士之怨。

第五首〈西北有高樓〉透過寫歌者之清高、絃歌悲音，來寫自己的心境。是故，其高樓悲歌，「不惜歌者苦，但傷知音稀」等等，實爲作者之情感投射，寫歌者亦寫自己，以此雙寫，委婉感嘆自己難遇知音、無人賞識之怨。

〔註70〕朱自清：《古詩十九首釋》，（臺北：五南圖書出版股份有限公司，2011年），頁36。

〔註71〕正如馬茂元說明此詩：「不是爲了功名利祿，就不會來到『宛與洛』，而功名利祿無望，這又怎樣解釋呢？祇有把它說成『遊戲』，看看熱鬧罷了。『遊戲』這一表面看來似乎不很恰當的詞彙出現在這句裏，卻深刻而曲折地表現了主觀願望與客觀現實的矛盾，對現實處境絕望的悲哀。同時，在悲哀和絕望中又透漏出一種牢騷不平的抑鬱之感，就是『斗酒』『駑馬』的貧賤處境和『冠帶自相索』『極宴娛心意』的豪華生活的對比。『斗酒』『駑馬』，就是『裘敝』『金盡』的客中落拓之感，『聊厚不爲薄』，並不是什麼『無入而不自得』的達人心情，『曠達之士，能不以利祿介懷』（王世貞語）的想法，而是無可奈何中姑作解嘲的苦語。」見馬茂元：《古詩十九首探索》，頁71～72。

　　第六首〈涉江采芙蓉〉以採芳望鄉，引起「同心而離居，憂傷以終老」之慨，婉轉道出離情之無奈。再者，詩中對「同心」何以「離居」，甚至到「終老」都無法相見，其原因皆不見作者說明與埋怨，亦見作者之敦厚。

　　第七首〈明月皎夜光〉以「南箕北有斗，牽牛不負軛；良無盤石固，虛名復何益」，道出星宿有名無實，正如忘義之友辜負了「朋友」之名，用比喻法來委婉諷友得志後，遺棄舊交。

　　第八首〈冉冉孤生竹〉以「傷彼蕙蘭花，含英揚光輝。過時而不采，將隨秋草萎」喻己，憂年華逝去，丈夫未歸，為久別之怨。而抒發其怨情時，「情纏綿悱惻，詞尤溫柔敦厚。通首無一句咎人語，詩之正聲，可以羣，可以怨也」〔註72〕。

　　第九首〈庭中有奇樹〉作者將樹謂之「奇樹」，可見其「華」之可貴，故欣喜欲「遺所思」，但「路遠莫致」，欲送所思之人卻毫無途徑與辦法，於是便說此物不珍貴，進而感嘆「別經時」。在一前一後的心境對比下，可知「奇樹」之所以「奇」、珍貴，是由於所思之人的緣故，而如今「馨香盈懷袖」，已無任何意義，反倒平添空虛寂寞之感。由此脈絡可體會作者以前後心境的對比，婉轉地流露出離別相思之苦。

　　第十首〈迢迢牽牛星〉作者以織女望牽牛為喻，委婉流露與丈夫離別的可望而不可及的哀怨：以「織女」喻己表明自己盡守本分、忠貞，而與丈夫卻是「盈盈一水閒，脈脈不得語」，彼此間的心理距離可謂「迢迢」。

　　第十一首〈迴車駕言邁〉以遊歷來時路「所遇無故物」，引發「立身苦不早」之憾，欲託身後之名來安慰自己。然而，就現實而言，是難以實現，故在作者「奄忽隨物化，榮名以為寶」此大聲疾呼的背後，實幽微地流露了作者對現實、政治、社會的怨情。

〔註72〕〔清〕劉光蕡：《古詩十九首注》，收錄於隋樹森編著：《古詩十九首集釋》，（據《煙霞草堂遺書》本），卷三〈彙解〉，頁121。

　　第十二首〈東城高且長〉「晨風懷苦心，蟋蟀傷局促」用《詩經》典故，引發「蕩滌放情志，何爲自結束」的反詰語，作者勸己不必自我拘束，但在縱情娛樂中，聽到佳人「理清曲」，嘆知音難遇，怨自己懷才不遇，可見作者心境上仍拘束、憂慮，怨情纏綿悱惻。

　　第十三首〈驅車上東門〉因墓景而生人生短促之悲，嘆連聖賢都不能度，何況是凡人的自己，而時人服食求仙之路也是不可行，更增添哀愁，最後提出「不如飲美酒，被服紈與素」，作者在面對時代動亂、政治理想破滅，反而勸人、勸己要及時行樂，從「不如」一詞，可知作者內心的掙扎，及時行樂實是身在亂世中不得已的選擇。

　　第十四首〈去者日以疎〉因見古墓遭破壞而感嘆「去者日以疎，生者日以親」，思還故鄉，卻「道無因」，只說沒有辦法回去，而不盡言，可見其怨情含蓄而不露。

　　第十五首〈生年不滿百〉對人生短促有所無奈，見時人「常懷千歲憂」、「愚者愛惜費」、求仙等等行爲，感到無奈，進而提出秉燭夜遊之想法，這看似積極的做法，實仍是作者在此時勢混亂下的一種無奈的選擇。

　　第十六首〈凜凜歲云暮〉因多寒而想，想而夢，夢而悲，猜想良人是否「錦衾遺洛浦，同袍與我違」，以洛神喻美人，深憂良人另結新歡而拋棄糟糠之妻，透過夢境的美好對比現實的落寞，婉轉道出獨守空閨之怨。

　　第十七首〈孟多寒氣至〉因多寒無寐，而「仰觀眾星列」怨離別之久，以「置書懷袖中，三歲字不滅。一心抱區區，懼君不識察」婉轉道出對丈夫這三年了無音訊之怨，以及自己堅定之情唯恐丈夫不察。

　　第十八首〈客從遠方來〉作者得綺製被，在過程中「文綵雙鴛鴦，裁爲合懽被。著以長相思，緣以結不解」，因棉被上的文綵，而加以聯想、比喻、雙關，同時亦可體會作者委婉流露了伉儷情深「同心而離居」之怨。

第十九首〈明月何皎皎〉以「客行雖云樂」一句概括自己憂慮丈夫在外的情形，並以「不如早旋歸」婉轉勸君早回，亦流露對丈夫長年不歸之怨，以及自身的獨守空閨之怨。

誠如明代胡應麟所評：「詩之難，其《十九首》乎？蓄神奇於溫厚，寓感愴於和平。意愈淺愈深，詞愈近愈遠。」《古詩十九首》中有閨怨、失意文士之怨，皆「平平道出」，或借景抒情，或言不盡意，留下許多空間給讀者想像詮釋，可見作者雖怨，但保有溫柔敦厚，「寫感慨之微意，悲喜含蓄而不傷，美刺宛曲而不露」；而讀者據詩歌背景、前後文句推敲，可得作者「悱惻纏綿之情」，進而引發讀者思考，結合自身生命經驗，選擇出面對生活的情感態度。

第二節　承繼《詩經》之轉變——四情無窒，兼融風骨

《古詩十九首》作者創作時，透過了隨物宛轉之「興」、設身處地之「觀」、以情相示之「群」、溫柔敦厚之「怨」來呈現其「情感真誠、態度誠摯、觀察感受真實」〔註73〕。每一首詩皆「興觀群怨」相輔相成，是故本節首先欲探討「興觀群怨」四情無窒對《古詩十九首》產生的影響（同於《詩經》之處）。

再者，《古詩十九首》雖承《詩經》富含「興觀群怨」四情的審美心理內涵，但「不可謂即無異於《三百篇》」。對於這個問題，有鑑於清初王夫之「從『情』的角度把興觀群怨貫通起來」〔註74〕，再加

〔註73〕蘇珊玉老師論及「不隔」的審美特徵有三：一為性情真，二為態度真，三為觀察感受真。詳見蘇珊玉老師：《人間詞話之審美觀》，頁241。是故，作者創作時若能秉持著這三項要領，則其作品可謂之「真」，如此即能使讀者在閱讀時達「不隔」之效。

〔註74〕崔海峰論王夫之「興觀群怨」詮釋在詩學上的突破，其一為提出「四情及其相互關係」的概念：「興，兼容各種情感類型和傾向。怨是一種情感態度。觀和群原本不是情感，但卻在詩歌情感活動中生發出來，始終與情感相因應，呈現為感性直觀和審美體驗的狀態，而非

上明、清二代以「氣骨」評價《古詩十九首》。因此,《古詩十九首》不同於《詩經》之處,或可推溯情之內質——「風」,以及辭之內質——「骨」來探討。

一、四情「隨所以而皆可」

分別從「興」、「觀」、「群」、「怨」四者探析《古詩十九首》後,可以發現《十九首》「真」之審美心理內涵:「興」為作者設身處地之「觀」而作,用來「群」交流情感,其情為不盡言的「怨」;對於讀者而言,「觀」作者以「真感情」創作的詩歌,而能觀當時風俗、觀詩人之志,也由於作品之「真」,故而「不隔」,使讀者在精神上有所「興」,能和詩人情感交流、而「群」,得詩人委婉之「怨」情。可見《古詩十九首》中的「興觀群怨」四者相輔相成,不可截然劃分。

《古詩十九首》每一首詩兼具「興觀群怨」,是故,誠如王夫之所言:

> 於所興而可觀,其興也深;於所觀而可興,其觀也審。以其群者而怨,怨愈不忘;以其怨者而群,群乃益摯。出于四情之外,以生起四情;遊於四情之中,情無所窒。作者用一致之思,讀者各以其情而自得。〔註75〕

甚而又言「可以興觀者即可以群怨」〔註76〕,認為「興觀群怨」四者密不可分,更能體現其情之「深」、「審」、「不忘」、「摯」。

除此之外,「興觀群怨」四情無窒後,則能達「作者用一致之思,

以理性認識的狀態。」「詩以道情,詩以情動人,王夫之把詩的這種本質特性奉為圭臬,從情的角度把興觀群怨貫通起來,以辯證的眼光看待四情之間的關係,也就是在肯定興具有感發、統攝的支配作用的同時,明確強調四情之間相輔相成或相得益彰的關係,充分認定四情通過讀者的鑑賞而生成並可以相互轉化。」詳見崔海峰:〈興觀群怨說——從孔子到王夫之〉,頁9。

〔註75〕〔清〕王夫之:《詩譯》,收錄於〔清〕王夫之:《船山全書》,第十五冊,頁808。

〔註76〕〔清〕王夫之:《四書訓義》,卷二十一,收錄於〔清〕王夫之:《船山全書》,第七冊,頁915。

讀者各以其情而自得」，此亦是歷來對《古詩十九首》有著多種詮解之因，或以爲男女之情，或認爲是文士託諷之作，「其故在讀者自得之」（註77）。

對此，葉嘉瑩在論及《古詩十九首》之特點時做了闡釋。葉嘉瑩認爲《十九首》具有「渾成」和「引人產生自由聯想」等特點（註78），而「引人產生自由聯想」之特點正是造成《十九首》詮解分歧之因。葉嘉瑩論道：

> 但十九首之所以妙就妙在不知作者——連作者是誰都不知道，你怎樣去確定作者的原意？因此，對這十九首詩，每一個讀者都可以有自己的理解、自己的聯想。〔註79〕

認爲《十九首》之所以有如此分歧的詮解，推究其緣由，是不知作者爲誰，因而作品能「引人產生自由聯想」，每一位讀者可以用自己的理解方式、聯想方式去詮釋。葉嘉瑩並進一步綰合西方「接受美學」補充之：

> 接受美學認爲，一篇作品是不能夠由作者單獨完成的，在讀者讀到它之前，它只是一個藝術的成品，沒有生命，沒有意義，也沒有價值；只有讀者才能使它得到完成，只有讀者通過閱讀給它注入生命的力量，它才成爲一個美學欣賞的對象，才有了意義和價值。然而，不同的讀者有不同的經歷和閱讀背景，因此對同一首詩可以有不同的理解和解釋。〔註80〕

指出《十九首》能「引人產生自由聯想」，除了不知作者外，更重要的是：一篇完整的作品必須由作者和讀者共同完成，而不同的讀者有著不同的生活經歷與閱讀背景，亦即：不同的讀者閱讀同一篇作品時，會產生不同的「興觀群怨」，進而「讀者各以其情而自得」，因此

〔註77〕清人張庚評〈客從遠方來〉之語。見〔清〕張庚：《古詩十九首解》，收錄於隋樹森編著：《古詩十九首集釋》，卷三〈彙解〉，頁37。
〔註78〕詳見葉嘉瑩：《葉嘉瑩說漢魏六朝詩》，頁71～73。
〔註79〕葉嘉瑩：《葉嘉瑩說漢魏六朝詩》，頁73。
〔註80〕同上註。

對「作者用一致之思」之作品，會有不同的理解和解釋。

　　是故，《古詩十九首》承襲《詩經》富含「興觀群怨」四情的審美心理內涵，使其情更為「深至」與「婉暢」〔註 81〕，並使「作者用一致之思，讀者各以其情而自得」——作品除有作者的「興觀群怨」外，不同的讀者在閱讀時，亦可產生自我的「興觀群怨」，甚至進而賦予了作品不同的「興觀群怨」。可見《古詩十九首》既有作者真誠的創作，又有讀者自我真實的感發，因此作品詩意豐富，卻又不失「情感真誠、態度誠摯、觀察感受真實」，故「此等詩不必拘定一說」〔註 82〕。

二、「文字有氣骨」復具「漢魏風骨」

　　《古詩十九首》承襲《詩經》，後復吸收《楚辭》、漢樂府等等養分，而成為「五言之冠冕」，是故「不可謂即無異於《三百篇》」。若就明、清各家探究《十九首》「真」之內涵來看，回歸到《詩經》與《十九首》兩者在「興觀群怨」的不同處，則可從「風骨」來探討。

　　明代胡應麟《詩藪》評《古詩十九首》：「隨語成韻，隨韻成趣，辭藻氣骨，略無可尋……。」〔註 83〕對於「氣骨」，清代方東樹在《昭昧詹言》論五言古詩時，指出古今有所不同，間接肯定了《古詩十九首》「文字有氣骨」：

　　　　古人皆於本領上用工夫，故文字有氣骨。今人只於枝葉上

〔註 81〕語出明代何良俊、周子文評《古詩十九首》。詳見〔明〕何良俊：《元朗詩話》卷一，收錄於周維德集校：《全明詩話》，第二冊，頁 1423。以及〔明〕周子文：《藝藪談宗》卷之五〈四友齋叢說〉，收錄於周維德集校：《全明詩話》，第四冊，頁 3117。明人對《古詩十九首》情意多予以「深至」、「婉暢」之評價，相關論述詳見本論文第二章第二節「三、『蓄神奇於溫厚，寓感愴於和平』之風格」中的「（一）情意深至婉暢」。

〔註 82〕〔清〕朱筠口授、〔清〕徐昆筆述：《古詩十九首說》，收錄於隋樹森編著：《古詩十九首集釋》，卷三〈彙解〉，頁 61。

〔註 83〕〔明〕胡應麟：《詩藪》內編卷二〈古體中　五言〉，收錄於周維德集校：《全明詩話》，第三冊，頁 2502。

粉飾，下梢又並枝葉亦沒了。文字成，不見作者面目，則
其文可有可無。詩亦然。〔註84〕

方東樹認爲今人作詩「只於枝葉上粉飾」，「枝葉」爲文章的情辭，存
乎文章的表面，缺乏「氣骨」內質，故「文字成，不見作者面目」。
相反地，古人作詩「文字有氣骨」，故文字成，則能有「作者面目」。
如此說來，「文字有氣骨」亦是「眞」之體現。

　　而明、清對《古詩十九首》、五言古詩之「氣骨」論，其意義大抵
與「風骨」無異，是故，可追溯至劉勰《文心雕龍・風骨》，其論道：

詩總六義，風冠其首，斯乃化感之本源，志氣之符契也。
是以怊悵述情，必始乎風，沈吟鋪辭，莫先於骨。故辭之
待骨，如體之樹骸；情之含風，猶形之包氣。結言端直，
則文骨成焉；意氣駿爽，則文風清焉。〔註85〕

近人童慶炳對歷來「風骨」的釋義〔註86〕，予以考核，最後截長補短，
回歸原典，認爲劉勰提出的「風骨」意義爲：

〈風骨〉篇從內質美的角度，對「情」與「辭」作出了規
定。「風清」是對「情」的內質美的規定，「清」，清新眞切
之意，「風清」就是要求情感的表達應「清新眞切」，發自
胸臆，有生命活力；「骨峻」是對「辭」的內質美的規定，
「峻」，峻拔遒勁，「骨峻」就是要求辭語的表達應「峻拔
遒勁」，出言有力，能給人以感染。〔註87〕

〔註84〕 〔清〕方東樹：《昭昧詹言》，（臺北：漢京文化事業有限公司，2004
　　　　年），卷一〈通論五古〉，第四條，頁2。
〔註85〕 〔南朝梁〕劉勰、〔清〕黃叔琳注、〔清〕李詳補注、〔民國〕楊明照
　　　　校注拾遺：《增訂文心雕龍校注》，上冊，卷六〈風骨第二十八〉，頁
　　　　388。
〔註86〕 童慶炳對歷來「風骨」內涵的解說，歸納爲十種：一、「風意骨辭」
　　　　說，二、「情志事義」說，三、「風格」說，四、「剛柔之氣」說，五、
　　　　「情感思想」說，六、「感染力」說，七、「精神風貌美」說，八、「內
　　　　容形式」說，九、「形式內容」說，十、認爲要從「劉勰的理論體系
　　　　的相互關係」中來看「風骨」。詳見童慶炳：《童慶炳談文心雕龍》，
　　　　（開封：河南大學出版社，2008年），頁121～127。
〔註87〕 童慶炳：《童慶炳談文心雕龍》，頁133～134。

又說道：

> 作家的氣有剛有柔，柔氣從內心發動，表現於外在的形相，
> 就是「文風」生成；作家的剛氣從內心發動，表現於外在
> 的形相，就是「文骨」生成；若是作家內心發動的氣剛柔
> 相濟，那麼表現於外在的形相，就是整個「風清骨峻」的
> 高品味的境界生成了。〔註88〕

簡而言之，一篇作品包含「情」與「辭」──「風」是「情」的內質
美，是發諸胸臆，即：「情思經過自己內心的『蓄憤』、『鬱陶』、沉思、
醞釀，已經詩意化深刻化」〔註89〕，故「風的內涵包括有生氣、清新、
爽朗和動人」〔註90〕；而「骨」是「辭」的內質美，「文骨的形成要
求有力量、勁健、精約和峻拔」〔註91〕，是故「有骨的作品就應該言
簡意賅，言辭有序」〔註92〕。

　　而《古詩十九首》之「風骨」，誠如清代陳祚明在《采菽堂古詩
選》中對《十九首》情辭內涵之分析，其論道：

> 《十九首》所以為千古至文者，以能言人同有之情也。人
> 情莫不思得志，而得志者有幾？雖處富貴，慊慊猶有不足，
> 況貧賤乎？志不可得，而年命如流，誰不感慨？人情於所
> 愛，莫不欲終身相守，然誰不有別離？以我之懷思，猜彼
> 之見棄，亦其常也。夫終身相守者，不知有愁，亦復不知
> 其樂；乍一別離，則此愁難已。逐臣棄妻與朋友闊絕，皆
> 同此旨。故《十九首》唯此二意，而低迴反復，人人讀之，
> 皆若傷我心者，此詩所以為性情之物。而同有之情，人人
> 各具，則人人本自有詩也；但人有情而不能言，即能言而
> 言不能盡，故特推《十九首》以為至極。言情能盡者，非
> 盡言之之為盡也，盡言之則一覽無遺；惟含蓄不盡，故反

〔註88〕 童慶炳：《童慶炳談文心雕龍》，頁142。
〔註89〕 童慶炳：《童慶炳談文心雕龍》，頁136。
〔註90〕 童慶炳：《童慶炳談文心雕龍》，頁136。
〔註91〕 童慶炳：《童慶炳談文心雕龍》，頁137。
〔註92〕 童慶炳：《童慶炳談文心雕龍》，頁137。

言之，乃使人足思。蓋人情本曲，思心至不能自已之處，徘徊度量，常作萬萬不然之想。今若決絕一言則已矣，不必再思矣。故彼棄予矣，必曰亮不棄也。見無期矣，必曰終相見也。有此不自決絕之念，所以有思，所以不能已於言也。《十九首》善言情，惟是不使情爲逕直之物，而必取其宛曲者以寫之，故言不盡而情則無不盡。〔註93〕

其論說道「人情莫不思得志」、「人情於所愛，莫不欲終身相守」，指出「思得志」與「欲終身相守」是人們共同的情感，但人有情卻「不能言」或「能言而言不能盡」，而《古詩十九首》「大率逐臣棄妻，朋友闊絕，遊子他鄉，死生新故之感」，「低迴反復」道出了「人同有之情」，「人人讀之，皆若傷我心者」，可見《古詩十九首》所道出的「人同有之情」是經過沉思、醞釀、詩意化、深刻化後，發諸胸臆，因而能動人。是故，《古詩十九首》所表現的「人同有之情」可謂之「風」。而《古詩十九首》作者在面對怨情時，不採「奪他人之酒杯，澆自己之壘塊」〔註94〕、「發狂大叫，流涕慟哭，不能自止」〔註95〕等方式來「盡言之」，反而選擇作「不自決絕之念」想，如：「彼棄予矣，必曰亮不棄也」、「見無期矣，必曰終相見也」，以「含蓄不盡」、「反言之」來敘述其怨情，故其辭富含作者「有力量、勁健、精約和峻拔」之「剛氣」而成，是「骨」的表現。

而《古詩十九首》之「風」、「骨」的形成皆受到時代背景的影響：《古詩十九首》約產生於東漢末年，當時，時代動盪不安，內有外戚專政、宦官弄權，外有戰爭起義，此時知識分子備受打壓，有黨錮之禍，難以出仕施展抱負，於是有所悲慨，興發對人生意義的

〔註93〕〔清〕陳祚明：《采菽堂古詩選》，卷之三〈漢三〉，收錄於《續修四庫全書》編纂委員會編：《續修四庫全書・集部・總集類》，第 1590 冊，頁 642。

〔註94〕〔明〕李贄：《焚書》，（臺北：漢京文化事業有限公司，1984 年），卷三〈雜說〉，頁 97。

〔註95〕〔明〕李贄：《焚書》，卷三〈雜說〉，頁 97。

反思。〔註96〕而《古詩十九首》內容，皆是作者身處於此政治、社會動盪之際，眼見生靈塗炭，面對出仕願望落空、親友別離之痛，而抒發的不平之鳴，其情調抑鬱悲苦，語言或慷慨、或幽婉，因此，《古詩十九首》文字所呈現的「氣骨」即是「漢魏風骨」。

換言之，《古詩十九首》文字之「氣骨」反映了「漢魏風骨」，其「風」——「大率逐臣棄妻，朋友闊絕，遊子他鄉，死生新故之感」，正是《十九首》作者在此動盪不安的時代下，面對家庭離析、親友離別的社會現象，以及政治理想破滅後，抒發的思念之情與感時之愁，其詩句或多或少表現了亟欲出仕、一展抱負之胸懷，或流露人生苦短、身世無依之悲憫。而作者秉持「不自決絕之念」，以「含蓄不盡」、「反言之」娓娓道出其怨情，故語言勁健精約，情調抑鬱悲苦。

據上所述，再參照清初王夫之「從『情』的角度把興觀群怨貫通起來」〔註97〕的論點，可以發現《古詩十九首》獨特之處在於：以「人同有之情」貫通其「興觀群怨」，其「興觀群怨」之辭富含「不自決絕之念」的「剛氣」。

茲將《古詩十九首》之「風」分爲思念之情與感時之愁，再分別

〔註96〕據《資治通鑑》記載了東漢和帝以降，外戚專政、宦官弄權的現象：「及孝和以降，貴戚擅權，嬖倖用事，賞罰無章，賄賂公行，賢愚渾殽，是非顛倒，可謂亂矣。」見〔宋〕司馬光撰、〔元〕胡三省音註：《資治通鑑》卷六十八〈漢紀六十〉，頁457。在《後漢書》中詳述東漢桓、靈二帝時，文士清議而遭黨錮之禍，直至靈帝黃巾之亂起，黨錮之禍才平息，如：「逮桓靈之間，主荒政謬，國命委於閹寺，士子羞與爲伍，故匹夫抗憤，處士橫議，遂乃激揚名聲，互相題拂，品覈公卿，裁量執政，婞直之風，於斯行矣。」又：「中平元年，黃巾賊起，中常侍呂彊言於帝曰：『黨錮久積，人情多怨，若久不赦宥，輕與張角合謀，爲變滋大，悔之無救。』帝懼其言，乃大赦黨人，誅徙之家皆歸故郡。其後黃巾遂盛，朝野崩離，綱紀文章蕩然矣。」見〔南朝宋〕范曄撰、〔唐〕李賢等注：《後漢書》卷六十七〈黨錮列傳〉，頁2185、2189。大抵而言，東漢時局受到外戚和宦官的干政、黨錮之禍、戰爭的紛擾，文人難以在此動盪不定的時代，施展其抱負，於是興發感慨和反思。

〔註97〕崔海峰：〈興觀群怨說——從孔子到王夫之〉，頁9。

舉出詩中足以代表整首詩旨的「不自決絕之念」辭句〔註98〕，並引述明、清二代對《十九首》的釋義〔註99〕，來分析其詩句中「骨」之呈現。

（一）思念之情——幽婉深刻

《古詩十九首》作者觀於時代造成親友離析，興發了思念之情的篇章多達十一首。作者面對親人離別、良人棄捐、朋友不義等等，不直接揭露或控訴親友之不仁，反採「不自決絕之念」，以「含蓄不盡」、「反言之」等溫柔敦厚的方式來傾訴其怨，而其「含蓄不盡」、「反言之」之詩句，富含「力量、勁健、精約、峻拔」之「文骨」，故怨雖幽婉，卻愈深刻不忘。以下逐首說明之。

第一首〈行行重行行〉，作者於文末道出「棄捐勿復道，努力加餐飯」，對於自己前述的哀怨，以「勿復道」戛然而止，下以「加餐飯」慰勉自己，也期望良人保重。誠如清人吳淇所言：

> 「棄捐」二句，又承人老歲晚，當生別之時，已分棄捐，

〔註98〕《古詩十九首》大部分的詩句，或渾化了《詩經》、《楚辭》、漢樂府等等成辭，或運用比興、雙關……等修辭，使其怨情「含蓄不盡」，卻也「言簡意賅」。是故，大部分的詩句，都具有作者「不自決絕之念」的「剛氣」，只是有的明顯可感，有的須經反覆推敲、究其緣由，方可得作者之意。筆者有鑑於此，一則考量避免逐一分析，而過於細碎，二則若從足以代表整首詩旨的詩句來看，則能了解作者對怨情處理的總體態度，而由此亦可推知其他字辭的用意。因此，這裡對此十九首詩之「骨」的探究，舉出足以代表整首詩旨的「不自決絕之念」，以期了解作者、作品之「風骨」。

〔註99〕明、清二代對《古詩十九首》的釋義，多見於單行本，而其釋義的內容，誠如方祖燊所言：「常喜歡用漢儒說詩的『美刺之義』，所以十九首多被解作『臣不得於君』的話。」此外，方祖燊又鑑於現代學者「雖沒有美刺之說，但卻加上個人主觀的時代性，於是十九首就被看成含有濃厚的厭世的色彩，享樂主義的謳歌，帶有悲觀消極的氣象。」因此，方祖燊選擇：「單就『詩』來解釋『詩』，可能比較能忠於原作之意罷！」見方祖燊：《漢詩研究》，（臺北：正中書局，1969年），頁32。是故，筆者秉持「以詩解詩」的規準，對明、清各家的釋義內容去蕪存菁，以期能對《十九首》之「風骨」做出適切的說明。

卻又不忍明明說出，至此歲晚人老，方才說明，然猶不肯
灰心。「努力加餐飯」，蓋欲留得顏色在，尚冀他日之會面
也。〔註100〕

可見作者以「不自決絕之念」來作為對良人棄捐的回應。

第二首〈青青河畔草〉，清人姜任脩評述：

繹曰：傷委身失其所也。妙在全不露怨語，只備寫此間、
此物、此景、此情、此時、此人、色色俱佳，所不滿者，
獨不歸之蕩子耳。結只五字，抵後人數百首閨怨詩。〔註101〕

婦人對行不歸蕩子的怨懟，應是日復一日、日積月累而成，但僅以
結語「空牀難獨守」五字，表達對那位行不歸蕩子的不滿，而此五
字，亦涵括了身世之悲、夫婦分別之苦、內心之痛苦掙扎等，可見
作者「言簡意賅」地述說思念之苦，並且「只說到『難獨守』就戛
然而止」〔註102〕，留與讀者無窮想像：表露「這個女子現在還是在
『守』，只不過她內心之中正進行著『守』與『不守』的矛盾掙扎」
〔註103〕，或者可視為婦人對蕩子的埋怨「反言」，內心仍盼望蕩子
早歸等等。由此可見，作者文辭「言簡意賅」，承載了其「不自決絕
之念」。

第六首〈涉江采芙蓉〉，透過採芳而感嘆「同心而離居」之悲哀，
清人朱筠對此闡釋道：

如此「同心」，卻致「離居」，「憂傷」其胡能已。然豈為
「憂傷」而有兩意，亦惟「憂傷以終老」焉已耳！何等凜
然！〔註104〕

〔註100〕 〔清〕吳淇：《古詩十九首定論》，收錄於隋樹森編著：《古詩十九
首集釋》，（採自《選詩定論》原刻本），卷三〈彙解〉，頁10。

〔註101〕 〔清〕姜任脩：《古詩十九首繹》，收錄於隋樹森編著：《古詩十九
首集釋》，（據單行本），卷三〈彙解〉，頁38～39。

〔註102〕 朱自清：《古詩十九首釋》，頁36。

〔註103〕 葉嘉瑩：《葉嘉瑩說漢魏六朝詩》，頁89。

〔註104〕 〔清〕朱筠口授、〔清〕徐昆筆述：《古詩十九首說》，收錄於隋樹
森編著：《古詩十九首集釋》，卷三〈彙解〉，頁54。

指出作者雖有「離居」之苦，但仍抱持二人「同心」之情，即便「憂傷」，甚至終老都不復相見，亦不會有貳心，可見作者情意凜然。而若就另一方面來看，「同心」何致「離居」，是環境使然，抑或良人見棄……，作者皆未提及隻字片語，僅表自己區區心意。由此可知，詩中「憂傷以終老」五字是作者「不自決絕之念」的呈現。

第七首〈明月皎夜光〉，是十九首中唯一以朋友負義爲主旨，詩中以星宿有名無實來諷刺友人得志之後的背棄，而清人姜任脩從「撫時思自立」的角度來闡釋作者心境：

> 繹曰：撫時思自立也。清秋其忽戒矣。物換星移。我友富貴相忘，棄舊不顧，何以異是。雖有同門式好之名，亦無益耳。箕斗罔施，牽牛弗御，鑒此而悟交之不固，人之不足倚也；可不自立哉？舊說以爲刺友，然君子不責人以恕己，非徒朋友相怨已也。〔註105〕

而朱筠則進一步從「萬事皆空」的角度去談「虛名」：

> 世上事從此推去，無不是空，因起首從星說起，此便就星上指點。由南而看有箕，由北而看有斗，由中而看有牽牛；然箕不可簸，斗不可酌，牽牛不可負軛，則萬事皆空矣。人生在世，無磐石之固，而乃縈縈於虛名，豈不大愚？掃得空，說得盡，妙妙！〔註106〕

綜合二者的闡釋，更可以了解詩中「南箕北有斗，牽牛不負軛；良無盤石固，虛名復何益」之意義，作者以星宿爲喻，以「虛名復何益」反詰，除諷刺友人外，更含有對世事無奈之怨：是對時序更迭迅速之無奈，亦是對現實之感慨，更是欲擁有功名、富貴、朋友等等「虛名」之無能爲力感。由此可知作者透過比喻、反詰等「不已於言」、「言簡意賅」的方式抒發其怨，使文辭具有「力量、勁健、精約和峻拔」之「剛氣」。

〔註105〕〔清〕姜任脩：《古詩十九首繹》，收錄於隋樹森編著：《古詩十九首集釋》，卷三〈彙解〉，頁40。

〔註106〕〔清〕朱筠口授、〔清〕徐昆筆述：《古詩十九首說》，收錄於隋樹森編著：《古詩十九首集釋》，卷三〈彙解〉，頁55。

第八首〈冉冉孤生竹〉中，最足以表露作者「不自決絕之念」者，殆為「君亮執高節，賤妾亦何為」二句。對此，清人吳淇、朱筠、方東樹說得最好：

> 「君亮」句，指「軒車來遲」，為所思之人占地步，政自占地步。言君之來遲，信執高節矣；我亦何為不持高節哉？〔註107〕（吳淇：《古詩十九首定論》）

> ……卻用忠厚之筆代原一句曰，君非棄我也，乃執高節也；然君既不來，我豈可屈節以往？雖欲共成經濟，亦何為哉？惟有安穩泰山之阿而已。〔註108〕（朱筠：《古詩十九首說》）

> 「君亮」二句，逆挽「會有宜」，結出「高節」，收束通篇。不言己執高節，卻言君亮非不執高節，棄賢不用者，此等妙恉，皆得屈子用意之所以然。〔註109〕（方東樹：《昭昧詹言》）

作者遭逢新婚別，觸景生情，並怨丈夫「思君令人老，軒車來何遲」，從此句便可推知作者丈夫遲遲未歸，或許早已背棄了婚約。但即便如此，作者仍於文末一轉，道出「君亮執高節」，從字面看來，作者仍選擇相信丈夫是信守承諾，這也是作者內心所期盼的；從內涵分析，則可知詩中「執高節」者，其實僅作者一人，其丈夫是否「執高節」，便無確切答案，作者不言自己抱區區之心，反道出丈夫「亮不棄」。其「含蓄不盡」、「反言之」，除流露作者之忠厚外，亦「使人足思」。

第九首〈庭中有奇樹〉，與前述第六首〈涉江采芙蓉〉皆因採芳寄遠而產生感觸，但此首多著墨於採芳前後心境的轉折——欣喜見「奇樹」「發華滋」到期盼「將以遺所思」，轉而感嘆「路遠莫致之」，

〔註107〕 〔清〕吳淇：《古詩十九首定論》，收錄於隋樹森編著：《古詩十九首集釋》，卷三〈彙解〉，頁16。

〔註108〕 〔清〕朱筠口授、〔清〕徐昆筆述：《古詩十九首說》，收錄於隋樹森編著：《古詩十九首集釋》，卷三〈彙解〉，頁55。

〔註109〕 〔清〕方東樹：《昭昧詹言》，卷二〈漢魏〉，第十八條，頁57。

徒留「馨香」不值得珍惜，故謂「此物何足貢，但感別經時」。誠如
清人朱筠所言：

> 此與「涉江采芙蓉」一種筆墨。看他因人而感到物，由物
> 而說到人，忽說物可貴，忽又說物不足貴，何等變化。「庭
> 中有奇樹」，因意中有人，然後感到樹，蓋人之相別，卻在
> 樹未發華之前，覩此華滋，豈能漠然？「攀條折其榮，將
> 以遺所思」，因物而思緒百端矣。設其人若在，則豈獨「馨
> 香盈懷袖」哉？「路遠莫致」，為之奈何？下又用一折筆曰，
> 「此物何足貢」，非因物而始思其人也？別離經時，便覺觸
> 目增愴耳。數語中多少婉折，風人之筆。〔註110〕

物之所以可貴、值得珍惜，是由於作者可因物思人，此物富含二人共
同的回憶等等；物之所以不可貴、不足貢，則因為物是人非，觸景傷
情，亦是感嘆「路遠」而無法將思念透過「馨香」來「致之」。最後
於是歸結「此物何足貢，但感別經時」，流露作者孤獨、惆悵的思念
之情──「『別經時』原是一直感著的，盼望采花打個岔兒，卻反添
上一層失望」〔註111〕。從詩中文辭轉折的安排，以及文末「此物何
足貢」的反詰，可知作者所欲透露的是「物輕人重」〔註112〕之意，
但不盡言之，亦見其「文骨」處。

第十首〈迢迢牽牛星〉，首二句便道「迢迢牽牛星，皎皎河漢女」，
以織女星喻己，牽牛星喻良人，後復道「河漢清且淺，相去復幾許」，
既然僅相去無幾，但卻謂良人「迢迢」，原因則在「盈盈一水閒，脈
脈不得語」。可見作者以牽牛織女星為喻，來道出自己堅守情意與可
望而不可及的怨懟。正如明初劉履所闡述：

> 夫河漢既清且淺，相去甚近，一水之間，分明盼視，而不
> 得通其語，是豈無所為哉？含蓄意思，自有不可盡言者

〔註110〕〔清〕朱筠口授、〔清〕徐昆筆述：《古詩十九首說》，收錄於隋樹
　　　　森編著：《古詩十九首集釋》，卷三〈彙解〉，頁56。
〔註111〕朱自清：《古詩十九首釋》，頁112。
〔註112〕朱自清：《古詩十九首釋》，頁111。

爾。〔註113〕

而清人張庚亦解釋道：

> 蓋「皎皎」光輝潔白之貌，今機杼之勤，所守之貞，不肯
> 渡河，並不肯告語，皆織女之「皎皎」也。……又上既云
> 「迢迢」下復曰「相去復幾許」……蓋從乎情之不得通而
> 言，則見爲「迢迢」；從乎地之相阻而言，則仍「幾許」。
> 〔註114〕

由此可見，作者透過牽牛織女星爲喻，使其怨寫來「含蓄不盡」，令
人足思。

　　第十六首〈凜凜歲云暮〉，作者以夢境的美好來寄託自己心中的
期盼，可見其「不自決絕之念」。誠如清人饒學斌闡述：

> 「良人」四句是夢見，下四句乃因想而夢見，合八句止是
> 一個「夢想見容輝」。「良人」四句是述夢，「既來」四句是
> 想夢，「眄睐」四句是尋夢，以下方是正寫「思」字。「眄
> 睐」二句，既覺而復迷也，緣所夢而冀倖其夢之克驗也。……
> 「徙倚」二句，黯然而自傷也，辜所望而悼惜所夢之徒虛
> 也。……「垂涕霑扉」時，當越想越杳，而終不死心，兀
> 自以着門兒，呆呆以望也。〔註115〕

作者因想而夢，夢境愈美好，醒來後就愈傷感，但仍「冀倖其夢之克
驗」，於是雖無「晨風翼」飛到良人身旁，亦要「引領遙相睎」，「此
時似夢非夢，半醒不醒，螻蛄滿耳，涼風滿窗，『徙倚感傷』，『垂涕
霑扉』，不知良人亦同此苦否？」〔註116〕由此夢見、述夢、想夢、尋

〔註113〕〔明〕劉履：《古詩十九首旨意》，收錄於隋樹森編著：《古詩十九
　　　　首集釋》，（採自《選詩補注》元刊本），卷三〈彙解〉，頁4。
〔註114〕〔清〕張庚：《古詩十九首解》，收錄於隋樹森編著：《古詩十九首
　　　　集釋》，卷三〈彙解〉，頁31～32。
〔註115〕〔清〕饒學斌：《月午樓古詩十九首詳解》，收錄於隋樹森編著：《古
　　　　詩十九首集釋》，卷三〈彙解〉，頁109～110。
〔註116〕清人朱筠闡釋〈凜凜歲云暮〉之語。見〔清〕朱筠口授、〔清〕徐
　　　　昆筆述：《古詩十九首說》，收錄於隋樹森編著：《古詩十九首集釋》，
　　　　卷三〈彙解〉，頁59。

夢等文辭,可體悟到作者「終不死心」、「不自決絕之念」。

第十七首〈孟冬寒氣至〉,作者以一封良人三年前託人帶來的書信,委婉地表達自己的堅貞情意。如清人張庚所闡釋:

> 此婦人以君子久役不歸而致其拳拳也。……客從遠方遺書,亦是追憶昔日之事。書中所言如此,其情非不拳拳於我,因而珍之重之,以置諸懷袖中,見其書如見君子。三歲以來,字猶不滅,區區一心,所抱如此,而良人至今不歸,豈有中變耶?故曰「懼君不識察」。月之圓缺,亦是借喻君子之離合。「眾星」喻宵小布列。恐君子信讒不察,故因所遺之書,以表區區懷抱也。深情婉曲,愈味愈旨,上下兩層皆為追想,製局極精。〔註117〕

作者感於春去冬來,仰觀夜空眾星,而聯想自己歷經了許多個月圓月缺孤單的日子,並從月的圓缺進而聯想到夫婦離合,一方面感傷久別,一方面憂懼良人變節。而下卻舉三年前良人託人帶來的書信,並提及信中良人「上言長相思,下言久離別」的拳拳心意,由此可知,作者在仰視眾星興起對良人變節的憂懼時,以此書信來作為良人情意堅貞的證明。作者因此珍視之,將之置於「懷袖中」,而「三歲字不滅」,既委婉表達自己的區區心意,更是期盼良人心意能如同信中之字不滅。於是道「一心抱區區,懼君不識察」,寫出自己的堅貞與擔憂,而「懼」只是擔憂,並未將話說死,仍對良人抱持著希望。是故,此詩以「客從遠方來,遺我一書札。上言長相思,下言久離別。置書懷袖中,三歲字不滅。一心抱區區,懼君不識察」等八句,最能看出作者的「不自決絕之念」。

第十八首〈客從遠方來〉,這首詩表現出夫婦雖「同心離居」,但仍能伉儷情深,尤以製綺為被的過程:「文綵雙鴛鴦,裁為合懽被。著以長相思,緣以結不解」,最能具體顯現作者的情意,如清人張庚說道:

〔註117〕 〔清〕張庚:《古詩十九首解》,收錄於隋樹森編著:《古詩十九首集釋》,卷三〈彙解〉,頁36。

綺爲雙鴛鴦，宜爲合歡所設，於是「裁爲合歡被」，以俟君
子之歸。然又未卜即能歸止，故仍「著以長相思」，「緣以
結不解」，以致深思極感之意。〔註118〕

但作者在此製被過程中，表面上看似欣喜、甜蜜，實際上卻飽含相思
之苦，茲引清人朱筠的闡述來說明：

因即「一端綺」暢言之，「文彩雙鴛鴦，裁爲合歡被」，於
不能合歡時作合歡想，口裏是喜，心裏是悲；便「著以長
相思，緣以結不解」，無中生有，奇絕幻絕。說至此，一似
方成鸞交，未曾別離者。結曰「誰能」，形神俱忘矣；又誰
知不能別離者現已別離。〔註119〕

作者雖寫伉儷情深如「以膠投漆中」，但如此「同心」何以致「別離」，
而相見之期更無法確定，於是只能以製被過程：「文綵雙鴛鴦，裁爲
合懽被。著以長相思，緣以結不解」來聯想、比喻、雙關，以作爲自
己孤獨、愁苦的慰藉。而此正是作者情愁「含蓄不盡」而「反言之」
之處。

第十九首〈明月何皎皎〉，詩中作者極寫自己相思之孤獨、苦楚，
如清人張庚釋道：

因「憂愁」而「不寐」，因「不寐」而「起」，既「起」而
「徘徊」，因「徘徊」而「出戶」，既「出戶」而「徬徨」，
因「徬徨無告」而仍「入房」，十句中層次井井，而一節
緊一節，直有千迴百折之勢，百讀不厭。「入房」上著「引
領」二字妙：……當茲無可告語而入房，猶不遽入而延頸
若有所望；又著一「還」字，言終無告矣，只得入房也。
〔註120〕

可見作者欲語還休之「徘徊」、「徬徨」，深深盼望良人早日旋歸，但

〔註118〕 〔清〕張庚：《古詩十九首解》，收錄於隋樹森編著：《古詩十九首
集釋》，卷三〈彙解〉，頁37。

〔註119〕 〔清〕朱筠口授、〔清〕徐昆筆述：《古詩十九首說》，收錄於隋樹
森編著：《古詩十九首集釋》，卷三〈彙解〉，頁60。

〔註120〕 〔清〕張庚：《古詩十九首解》，收錄於隋樹森編著：《古詩十九首
集釋》，卷三〈彙解〉，頁38。

詩中並未直言，反倒從良人「客行雖云樂，不如早旋歸」來訴說，正如清人張玉穀所言：

> 中二申己之望歸也。卻反從彼邊揣度「客行雖樂，不如早歸」，便覺筆曲意圓。末四句只就出戶入房，徬徨淚下，寫出相思之苦，收得盡而不盡。〔註121〕

由此可知此詩之「骨」處，在於寫己之愁緒層層遞進，一層苦深一層，寫「己之望歸」反就良人角度言之，將對良人久別之怨、擔憂之情寫得「含蓄不盡」。

（二）感時之愁──慷慨反言

《古詩十九首》作者觀於時代動盪，政治理想破滅，進而對人生或生命產生反思，興發時序短促之愁，其篇章有八首。在詩中，作者對人生如寄感到深沉的悲哀，欲在短促的年歲中實現心願，但在此紛亂的時代、政局裡，終究是難以實踐，因此在詩中往往以慷慨激昂或含蓄概括之辭，來表達自己不得志之苦、欲出仕之心聲。由是可推知，其辭實是作者的「不自決絕之念」，是無可奈何的悲哀。以下逐首說明之。

第三首〈青青陵上柏〉，詩中首先慨歎人生短促不若柏、石之長存，於是以下便提出及時行樂的觀點：以「斗酒」為厚相娛，策「駑馬」到京城「宛與洛」「遊戲」，見王公貴族的豪奢「第宅」，亦不足欽羨，因為其結黨勾心，而人生短暫如寄，「戚戚何所迫」，只須及時為樂。從作者這些及時行樂的作為來看，彷彿可見作者對功名富貴不以為意，將自己塑造成無入而不自得的曠達之士，如清人吳淇、張庚之闡述：

> 目前斗酒相娛，固是素位而行；即有時馳驅繁華之地，遊戲王侯之間，亦無入不得。……斗酒雖微，卻於親戚隣里

〔註121〕〔清〕張玉穀：《古詩十九首賞析》，收錄於隋樹森編著：《古詩十九首集釋》，（採自《古詩賞析》漢文大系本），卷三〈彙解〉，頁72～73。

之間，寫得親親暱暱，見人自爲薄，我自爲厚，五字中分明預先畫出一箇陶元亮來。「驅車」以下，全用世態形出。……上只著「遊戲」二字，便覺在我者重，在彼者輕，雖極宴娛志，總不失我藐大人襟懷。〔註122〕（吳淇：《古詩十九首定論》）

此高曠之士，自言其無入不自得也。……今惟以斗酒之薄，而聊厚之以自娛，即入極豪華之場而極宴之，以我視之，亦不過娛心意爲樂，與斗酒何異？所以無入不自得。……宛洛以下寫得極繁盛，上卻著「遊戲」二字，見得人以富貴眩我，我只如遊戲也。其襟懷何等高曠！即富貴不能淫，貧賤不能移身分。〔註123〕（張庚：《古詩十九首解》）

在在表現了「然彼之極宴，豈不過於奢靡？而我之斗酒相厚，殆不失性情之正者歟」〔註124〕的潔身自重的風範。然而，作者何嘗不想擁有功名，躋身王公貴族之列？但客觀現實卻不允許，於是寫求取功名之地以「遊戲」之辭，寫王公貴族以「戚戚何所迫」之語，可見實爲「反言」。茲引馬茂元的說法來闡釋：

不是爲了功名利祿，就不會來到『宛與洛』，而功名利祿無望，這又怎樣解釋呢？祇有把它說成『遊戲』，看看熱鬧罷了。『遊戲』這一表面看來似乎不很恰當的詞彙出現在這句裏，卻深刻而曲折地表現了主觀願望與客觀現實的矛盾，對現實處境絕望的悲哀。同時，在悲哀和絕望中又透漏出一種牢騷不平的抑鬱之感，就是『斗酒』『駑馬』的貧賤處境和『冠帶自相索』『極宴娛心意』的豪華生活的對比。『斗酒』『駑馬』，就是『裘敝』『金盡』的客中落拓之感，『聊厚不爲薄』，並不是什麼『無入而不自得』的達人心情，『曠

> 達之士，能不以利祿介懷』（王世貞語）的想法，而是無可
> 奈何中姑作解嘲的苦語。〔註125〕

由此可知，作者及時行樂之語，實際上並非著重物質的享樂，而是隱含了許多對現實的矛盾與無奈，可見其「文骨」。

第四首〈今日良宴會〉，亦是有感於時序如流，「表現出『貧士失職而志不平』的憤激心情」〔註126〕，大聲疾呼「策高足」、「據要路津」，但客觀現實卻難以實現，只能「守窮賤」、「轗軻長苦辛」，可見其慷慨激昂的激勵語確是無奈的「反言」——明知難以實現心願，卻道能實現。〔註127〕如明初劉履所言：

> ……且得時行道之願，人人所同；今乃未獲申其志意，則
> 人生寄世，如颶風飛塵，幾何而不至息滅耶？故又設爲反

〔註125〕馬茂元：《古詩十九首探索》，頁71～72。

〔註126〕馬茂元：《古詩十九首探索》，頁76。

〔註127〕除認爲是明知難以實現心願，卻道能實現的「反言」外，清人亦有以爲是甘於守窮賤，卻大聲疾呼出仕的「反言」，如吳淇闡釋爲：「……故爲婉商之曰：『何不』，曰『無爲』，其詞大類《論語》『富而可求，雖執鞭之士，吾亦爲之。』卻將『如不可求，從吾所好』，雷作歇後。此詩人之妙也。而後人指爲激詞，目爲詭調，皆未會其意。」見〔清〕吳淇：《古詩十九首定論》，收錄於隋樹森編著：《古詩十九首集釋》，卷三〈彙解〉，頁13。張庚同意吳淇說法，說道：「然細玩『何不』『無爲』語意，有『然有命也，不可倖致』意，故吳氏……此語極好。」見〔清〕張庚：《古詩十九首解》，收錄於隋樹森編著：《古詩十九首集釋》，卷三〈彙解〉，頁27。而劉光賁亦論：「『無爲守窮賤』，正是甘守窮賤，而不效彼據要路者之所爲也。」見〔清〕劉光賁：《古詩十九首注》，收錄於隋樹森編著：《古詩十九首集釋》，卷三〈彙解〉，頁120。皆是以儒家「君子固窮」的觀念解釋之，而朱自清則提出：「『何不』四語便是那悵惘不甘之情的表現。……明代鍾惺說，『歡宴未畢，忽作熱中語，不平之甚。』陸時雍說，『慷慨激昂。「何不——苦辛」，正是欲而不得。』清代張玉穀說，『感憤自嘲，不嫌過直。』都能搔著癢處。詩中人卻並非孔子的信徒，沒有安貧樂道，『君子固窮』等信念。他們的不平不在守道而不得時，只在守窮賤而不得富貴。這也不失其爲眞。有人說是『反辭』、『詭辭』，是『諷』是『譎』，那是蔽於儒家的成見。」見朱自清：《古詩十九首釋》，頁58。朱自清在此段文字中所論的「反辭」，殆是就吳淇等人的闡釋而發，認爲不必囿於儒家「君子固窮」等觀念。

辭以寓憤激之情焉。黃文雷曰，舍要津，守窮賤，豈人情
哉？其必有説矣。〔註128〕

明人陸時雍亦道：

忼慨激昂。何不策高足，先據要路津？無為守窮賤，轗軻
長苦辛，正是欲爾不得。〔註129〕

清人朱筠亦同意，認為「人生」以下「俱是反言」〔註130〕。而此慷
慨激昂之「反言」，正是作者「不自決絕之念」的呈現，讀之使人備
感作者深沉的無奈，此最足以代表本詩的「骨峻」之處。

　　第五首〈西北有高樓〉，旨在感嘆人生知音難求，抒發身懷才學
卻無人賞識的心情。以聽曲想像歌者之清高、悲哀，而歌者是作者情
感的投射，寫歌者實寫自己，誠如清人朱筠所說：

此轉言我自有我之志節，我自有我之氣概，豈肯逐逐流俗
為？〔註131〕

作者表達曲高和寡之心情，雖不得志，但仍保有志節，不願隨波逐流，
故末道「願為雙鳴鶴，奮翅起高飛」，但願覓得知音，相知相惜。不
過，終究是「願」，歌者居高樓無法奮飛，成為「雙鳴鶴」的願望本
難以實現，故欲得到知音賞識的心願終究只能抱憾，其「願」實為作

〔註128〕〔明〕劉履：《古詩十九首旨意》，收錄於隋樹森編著：《古詩十九
　　　　首集釋》，卷三〈彙解〉，頁2。

〔註129〕〔明〕陸時雍編：《古詩鏡》，卷二〈漢第二〉，收錄於〔清〕紀昀：
　　　　《景印文淵閣四庫全書‧集部‧總集類》，（臺北：臺灣商務印書館，
　　　　據國立故宮博物院藏本影印，1986年），第1411冊，頁28。

〔註130〕清人朱筠闡釋〈今日良宴會〉：「此與下一首合看，此章所謂姑妄言
　　　　之也。……『人生』二句作一紐，言行樂能有幾日？下便索性說到
　　　　沒理性處去，『何不策高足』而據要路，窮賤辛苦，斷無個樂處也。
　　　　俱是反言。」見〔清〕朱筠口授、〔清〕徐昆筆述：《古詩十九首說》，
　　　　收錄於隋樹森編著：《古詩十九首集釋》，卷三〈彙解〉，頁53。朱
　　　　筠認為此詩中的慷慨之語，為「姑妄言之」，是故亦同意此為作者
　　　　明知難以實現心願，卻道能實現的「反言」。

〔註131〕〔清〕朱筠口授、〔清〕徐昆筆述：《古詩十九首說》，收錄於隋樹
　　　　森編著：《古詩十九首集釋》，卷三〈彙解〉，頁53。

者「不自決絕之念」。〔註132〕此詩文辭除了顯現作者對黑暗時代一切被壓抑者的憐惜〔註133〕，亦投射了作者之志節、骨氣，並以「不自決絕」之「願」作結，可見其「文骨」。

第十一首〈迴車駕言邁〉，作者將生意盎然的春天寫成似一幅蕭瑟的秋景，清人吳淇道：

> 宋玉悲秋，秋固悲也，此詩反將一片豔陽天氣，寫得衰颯如秋，其力真堪與造物爭衡，那得不移人之情？「四顧茫茫」，正摹寫「無故物」光景；「無故物」正從東風句逼出，蓋草經春來，便是新物；彼去年者，蓋爲故物矣。草爲東風所搖，新者日新，則故者日故，時光如此，人焉得不老？
> 老得不速？〔註134〕

作者感於時序推移，慨歎「所遇無故物，焉得不速老」，此二句以平淡的字辭道出了深沉的悲慟〔註135〕，正如明人陸時雍所言，此二句「語素而老」〔註136〕，能感染人至深。而作者意識到死亡將至，一

〔註132〕 朱自清詮釋〈西北有高樓〉時，亦說道：「唯其那歌者不能奮飛，那聽者才『願』爲鳴鶴，雙雙奮飛。不過，這也只是個『願』，表示聽者的『惜』的『傷』，表示他的深切的同情罷了，那悲哀終於是『綿綿無盡期』的。」見朱自清：《古詩十九首釋》，頁71。

〔註133〕 馬茂元認爲〈西北有高樓〉：「寫出黑暗時代所帶給一切被壓抑者的苦悶與悲哀，以及他們不甘於現實的想法。」而詩中悲哀的「絃歌聲」之所以引起詩人共鳴，馬茂元認爲是因爲：「這種共鳴擴大和加深了詩人的人生經驗和感覺，『不惜歌者苦，但傷知音稀』，他的感慨，顯然是對一切被壓抑者的同情，而不僅局限在歌者一人身上了。」詳見馬茂元：《古詩十九首探索》，頁86～90。

〔註134〕 〔清〕吳淇：《古詩十九首定論》，收錄於隋樹森編著：《古詩十九首集釋》，卷三〈彙解〉，頁19。

〔註135〕 馬茂元亦認爲：「這首詩，從寫景到抒情，中間以『所遇無故物，焉得不速老』爲紐帶。這兩句是就客觀事物最通常的現象，用極爲樸質的而又是極爲概括的語言寫出人生最深切的經驗感覺；因而它是『人人意中所有』的東西，但同時也是『人人筆下所無』的境界；所以就顯得動魄驚心，力透紙背。」見馬茂元：《古詩十九首探索》，頁106。

〔註136〕 〔明〕陸時雍編：《古詩鏡》，卷二〈漢第二〉，收錄於〔清〕紀昀：《景印文淵閣四庫全書·集部·總集類》，第1411冊，頁29。

方面感傷終其一生抑鬱不得志，而嘆「盛衰各有時，立身苦不早」，一方面則更強烈漚欲在所剩之年逐其心願，於是大聲疾呼「奄忽隨物化，榮名以爲寶」。但正如明人王世貞所言：

> 「奄忽隨物化，榮名以爲寶。」不得已而托（按：「托」應作「託」）之名也。「千秋萬歲後，榮名安所之。」名亦無歸矣……。〔註137〕

清人陳祚明則將「榮名」詮釋爲「身後之名」：

> 慨得志之無時，河清難俟，不得已而託之身後之名；名與身孰親？悲夫！古今唯此失志之感，不得已而託之名，託之神仙，託之飲酒；惟知道者，可以冥忘；有所託以自解者，其不解彌深。〔註138〕

無論「榮名」是人生在世之榮祿、名聲，抑或身後之名，皆是作者不得已而託之，亦是作者「不自決絕之念」的流露。從此詩將春景寫成了蕭瑟之悲秋，以淡語寫內心之哀慟，最後不得已託「榮名以爲寶」，其文辭經反覆咀嚼，可見其「力量、勁健、精約、峻拔」之處，顯得驚心動魄。

　　第十二首〈東城高且長〉，清人張庚評其「句句相生」，足以動人：

> 古人詩句句相生，如此詩起云：「東城高且長」，下就「長」字接「逶迤相屬」句，以足「長」字之勢；就「逶迤」字生出「迴風動地」句；就「地」字生出「秋草」句；就「秋草」字生出「四時變化」句；就「時變」字生出「歲暮速」句；就「速」字生出「懷」「傷」二句；就「懷」「傷」二字，生出「放情」二句；就「放情不拘」生出下半首。眞

〔註137〕　〔明〕王世貞：《藝苑卮言》卷三，收錄於周維德集校：《全明詩話》，第三冊，頁1910。

〔註138〕　〔清〕陳祚明：《采菽堂古詩選》，卷之三〈漢三〉，收錄於《續修四庫全書》編纂委員會編：《續修四庫全書・集部・總集類》，第1590冊，頁644。

　　　一氣相承不斷，安得不移人之情？〔註 139〕

作者上半首觸景生情，句句相生、層層遞進，愁緒亦隨詩句一層生出一層，感嘆歲月變化之速，因而提倡及時行樂；下半首極寫行樂之事，在「放情不拘」的過程中，與前述第五首〈西北有高樓〉意境相似，皆因聽曲而心有戚戚焉，「反映出詩人空虛而無著落的現實苦悶和悲哀」〔註 140〕，進而提出「思爲雙飛鷰，銜泥巢君屋」的願望。如張庚所言：

　　　……既而終以爲不可，因思身不得巢君之屋，惟燕子得以

　　　巢之，遂「思爲飛燕」也。〔註 141〕

在現實中，欲得到知音的願望是難以直言，故作者託爲「飛燕」婉轉道出，並僅言「銜泥巢君屋」，清人陳祚明對此闡釋道：

　　　懷才未遇，而無緣以通，時序遷流，河清難俟。飛燕營巢，

　　　言但得廁身華堂足矣。其所望，必且登之細旃，坐而論道，

　　　三沐而升，九賓而禮，方遂本懷；而僅言銜泥巢屋者，此

　　　亦言情不盡也。〔註 142〕

由此可知，作者上半首寫愁緒以「句句相生」層層堆疊出「蕩滌放情志」及時行樂的提議，下半首聽曲欲「放情不拘」，終究卻感傷懷才不遇，含蓄道出「思爲雙飛鷰」等「不自決絕之念」。整首詩看似放情灑脫，但經反覆探究後，可知實爲失意之人的「反言」。

　　第十三首〈驅車上東門〉，亦同其他篇章爲觸景傷情，但此首所見之景爲墓景，更能體悟「萬歲更相送」、「年命如朝露」、「人生如寄」的感受，對所剩年歲的計畫更感迫切。作者感嘆世人「服食求神仙，

〔註 139〕　〔清〕張庚：《古詩十九首解》，收錄於隋樹森編著：《古詩十九首集釋》，卷三〈彙解〉，頁 33～34。

〔註 140〕　馬茂元：《古詩十九首探索》，頁 109。

〔註 141〕　〔清〕張庚：《古詩十九首解》，收錄於隋樹森編著：《古詩十九首集釋》，卷三〈彙解〉，頁 33。

〔註 142〕　〔清〕陳祚明：《采菽堂古詩選》，卷之三〈漢三〉，收錄於《續修四庫全書》編纂委員會編：《續修四庫全書·集部·總集類》，第 1590 冊，頁 645。

多為藥所誤」，長生不老是不可為，於是提出「不如飲美酒，被服紈
與素」的及時享樂，看似實際許多，但對於不得志之士，所剩年歲僅
能及時享樂，終其一生無法獲致重用，其悲慟、遺憾之深是可以想見
的。誠如明人王世貞所言：

> 「奄忽隨物化，榮名以為寶。」不得已而托（按：「托」應
> 作「託」）之名也。「千秋萬歲後，榮名安所之。」名亦無
> 歸矣，又不得已而歸之酒，曰：「使我有身後名，不如且飲
> 一杯酒。」「服食求神仙，多為藥所誤」，亦不得已而歸之
> 酒，曰：「不如飲美酒，被服紈與素。」至於被服紈素，其
> 趣愈悲，而其情益可憫矣。〔註143〕

清人陳祚明亦評之：

> 此詩感慨激切甚矣，然通篇不露正意一字。蓋其意所願，
> 據要路，樹功名，光旂常，頌竹帛，而度不可得，年命
> 甚促，今生已矣，轉瞬與泉下人等耳。神仙不可至，不
> 如放意娛樂，勿復念此；其無復念此者，正不能不念也。
> 夫飲酒被紈素，果遂足樂乎？與極宴娛心意、榮名以為
> 寶，同一旨，妙在全不出正意，故佳。愈淋漓，愈含蓄。
> 〔註144〕

作者選擇「飲酒」、「被服」縱情娛樂，不再追求「策高足」、「據要路
津」，實際上「無復念此者，正不能不念也」，是不得已而作此「反言」，
含蓄地道出心中的無奈。雖「通篇不露正意一字」，但感人邃深，是
具「文骨」之作。

第十四首〈去者日以疎〉，與上一首〈驅車上東門〉同樣是見墓
景而感嘆年命如流，而此首所見之墓卻是「古墓犂為田，松柏摧為薪」
的殘破之景，因此除感嘆人生在世流離失所外，亦擔憂「去者日以疎，

〔註143〕 〔明〕王世貞：《藝苑卮言》卷三，收錄於周維德集校：《全明詩話》，
第三冊，頁1910。

〔註144〕 〔清〕陳祚明：《采菽堂古詩選》，卷之三〈漢三〉，收錄於《續修
四庫全書》編纂委員會編：《續修四庫全書・集部・總集類》，第1590
冊，頁645。

生者日以親」，更憂傷逝世後不得落葉歸根，於是回鄉之念迫切，但無奈「欲歸道無因」，作者對此未說明。如明人陸時雍所言：

> 失意悠悠，不覺百感俱集。羈旅廓落，懷此首丘。若富貴而思故鄉，不若是之語悴而情悲也。〔註145〕

又誠如清人朱筠所闡釋：

> 日月易逝，歲不我與，不如早還鄉閭，幸向所親者未盡死去；安可蹉跎歲月，徒羈他鄉？無如欲歸雖切，仍多羈絆，不能自主，奈何，奈何！此二句不說出所以不得歸之故，但曰「無因」；凡羈旅苦況，欲歸不得者盡括其中，所以為妙。〔註146〕

可知作者「思還故里閭，欲歸道無因」，涵括了作者無法衣錦還鄉之悲，亦盡括羈旅身不得已之苦況。此二句雖是概括之語，但卻承載了作者身前、身後之愁，是為「骨峻」之處。

第十五首〈生年不滿百〉，作者在詩意上，濃縮、取捨了《詩經‧唐風》之〈蟋蟀〉和〈山有樞〉的及時行樂想法；在字辭上，明顯由漢樂府〈西門行〉增損而成。作者對「常懷千歲憂」、「愛惜費」、求長生不老等三種人，揭露其虛妄，並指出人生在世惟有把握「不滿百」的「生年」才是實際，因此提倡及時行樂。而既然「生年不滿百」，及時勢必迫切，故倡言「晝短苦夜長，何不秉燭遊」。不過，正如清人方東樹所言：

> 萬古名言，即前〈驅車〉篇意。而皆重在飲酒，及時行樂，是其志在曠達。漢、魏時人無明儒理者，故極其高志，止此而已。君子為善，惟日不足，一息不懈，死而後已，固不可以是繩之耳。起四句奇情奇想，筆勢崢嶸飛動。收句逆接，倒捲反掉，另換氣換勢換筆。〔註147〕

〔註145〕〔明〕陸時雍編：《古詩鏡》，卷二〈漢第二〉，收錄於〔清〕紀昀：《景印文淵閣四庫全書‧集部‧總集類》，第1411冊，頁30。

〔註146〕〔清〕朱筠口授、〔清〕徐昆筆述：《古詩十九首說》，收錄於隋樹森編著：《古詩十九首集釋》，卷三〈彙解〉，頁58。

〔註147〕〔清〕方東樹：《昭昧詹言》，卷二〈漢魏〉，第二十五條，頁59。

馬茂元對方東樹之言亦解釋道：

> 方東樹評這首詩的起四句，說它「奇情奇想，筆勢崢嶸飛
> 動。」(《昭昧詹言》) 其實這也是人人都能想到的極平常的
> 話，可是由於作者對人生的感慨深，所以問題的提出透，
> 因而它緊緊地抓住了讀者的心靈，產生了極爲巨大的震撼
> 力量。〔註148〕

合觀二者之論，可以了解作者以平常之語寫出的曠達之志，其實是對
人生有極深的感慨，因此雖以淡語寫出，卻能道出「人同有之情」，
撼動讀者的心靈。此外，其秉燭夜遊等及時行樂的想法，看似曠達，
但「對榮祿和聲名的嚮往，是一般失意之士最現實的心情，特別是當
他們意識到盛年已過，衰老和死亡的不可避免，這種嚮往更加迫切」
〔註149〕，可見此曠達之語，實與〈驅車上東門〉同樣是「無復念此
者，正不能不念也」，在失意、遺憾之下，不得已而作出曠達之「反
言」。是故，此詩雖渾化了《詩經》、漢樂府之詩意，卻進而以極平常
的話蘊含了深沉的憂愁，既道出「人同有之情」，亦流露其無奈的心
情，形成具有「力量、勁健、精約、峻拔」的「文骨」，緊緊扣住讀
者的心靈。

綜上所論，明、清二代所闡發《古詩十九首》「極得《三百篇》
遺意」、「清婉之微旨」之「眞」的審美心理內涵爲：隨物宛轉之「興」、
設身處地之「觀」、以情相示之「群」、溫柔敦厚之「怨」。從作者角
度言之，作者透過設身處地的「觀」，觀離別時局、觀人生苦短，精
神有所感發，或以藝術創作之「興」（聯想）託物言情，或僅取一二
事道出哀怨，流露出溫柔敦厚的「怨」，而且其怨情爲作者由衷而發，
情感眞誠、創作態度誠摯，是「眞」之作，因而對讀者而言能產生「不
隔」之效，進而能達到情感交流的「群」。從讀者角度言之，讀者透

〔註148〕馬茂元：《古詩十九首探索》，頁 122。

〔註149〕馬茂元說明〈迴車駕言邁〉之語，正可用來解釋《古詩十九首》作
　　　　者普遍的心境。見馬茂元：《古詩十九首探索》，頁 105。

過詩歌，可以「觀」當時社會生活，如：時勢混亂造成非自願性的分離、造成家庭離析，就連新婚也不例外，分隔「阻且長」的兩地，此外，亦可見當時王公貴族結黨勾心、時人面對生活的態度等等，進而以同理心「觀」作者之志，因其「不隔」而能與作者情感交流，得其溫柔敦厚的怨情，在精神上有所「興」，進而結合自身生活經驗，有所感動和反思，選擇出面對生活的情感態度。是故，無論從作者或讀者角度言之，《古詩十九首》都兼有「興觀群怨」，而且此四者是「四情無窒」，密不可分。

而《古詩十九首》在「四情無窒」的前提下，則能達到「作者用一致之思，讀者各以其情而自得」，使作品詩意豐富，卻又不失「真」。

由此可知，《古詩十九首》承繼《詩經》，首首皆呈現「興觀群怨」四情無窒，並能使「讀者各以其情而自得」。然而，《古詩十九首》之「興觀群怨」實有獨特之處——其「文字有氣骨」不僅呈現出「作者面目」，而且因四情兼具「風骨」，作者在「興觀群怨」時以「不自決絕之念」道出「人同有之情」：或憐惜良人，或悲嘆身世，或欲立功立事，或感慨人生苦短，以「含蓄不盡」、「反言之」，或婉轉，或平淡的方式來訴說內心深沉的哀慟與怨懟，使作品語言勁健精約、情調抑鬱悲苦，除極具「漢魏風骨」外，更使人感到驚心動魄。誠如近人張清鐘評價：「古詩十九首其純樸婉轉，真情洋溢之風格，不為形式所限，在情意自然流露中，一字如一石，一句如一級，一石一級渾然凝結，創造出如古埃及金字塔，雄偉驚心之作品，在千百年後，仍不失其魄力風骨之美。」〔註150〕

〔註150〕張清鐘：《古詩十九首彙說賞析與研究》，頁179。

第五章　結　論

　　《古詩十九首》，自《文選》以降，歷代對其作者、版本、情辭詮釋……等皆各執一辭，分歧情況甚爲嚴重。推究其緣由，正是因《文選》未著錄《十九首》作者名氏，故造成其年代不確定，而且，陸機擬作、《玉臺新詠》等等各家收錄的詩篇、斷章方式不同，呈現多種版本，又加上《十九首》無題，故後來詮釋者無迹可循，往往以己意度之，甚至穿鑿附會。雖然分歧情形嚴重，但仍不影響歷來對《十九首》的評價——將之奉爲「五言之冠冕」〔註1〕。

　　直至明、清對《古詩十九首》亦重視之，屢次在詩話中提及，或詳盡論之，或統整評述，亦出現單行本來闡釋其詩意，並且對於歷代或當時論者對《十九首》眾說紛紜的情況做出回應，予以啓發性的觀點。

　　是故，綜觀從明過渡到清的變化，首先歸納明、清二代對《古詩十九首》評述的重點與差異；其次，對明、清各家提出的觀點，歸納其意義與影響，說明明、清二代如何回應歷來及當代論述分歧的情況。

〔註1〕劉勰評《古詩十九首》之語。見〔南朝梁〕劉勰、〔清〕黃叔琳注、〔清〕李詳補注、〔民國〕楊明照校注拾遺：《增訂文心雕龍校注》，（北京：中華書局，2005年），上冊，卷二〈明詩第六〉，頁65。

第一節　明、清評述《古詩十九首》之重點與差異

　　明、清對《古詩十九首》之評述重點，大抵以探討其作者、版本、內容、句法、格律、風格、承襲與影響等爲主要。

　　而明人論述詳盡，或相應和，或提異議，討論豐富。此外，明人論詩，由於受到了「文必秦漢，詩必盛唐」的影響，大多於論詩之先，追溯詩源背景，而《古詩十九首》屢次被提及，由是可知明人認爲《十九首》是盛唐詩歌汲取的養分之一，並予以五言成熟之作的評價，推許其淳厚之風是明代所無。

　　相較於明人詳細的討論與評述，清人採重點簡評，以條列方式呈現，形成比較嚴肅的讀書札記面貌。〔註2〕是故，對於《古詩十九首》的探討，相較明代詩話汲取他人見解的現象，多半是個人的讀書心得。

　　雖然明、清二代在論述風格上具有差異，但其評述《古詩十九首》皆以「眞」爲主軸來探討各重點，同時亦出現了兼顧作者、作品、讀者三方面的聲音。因此，本節首先以「眞」爲主軸來貫串自明至清評述《十九首》之重點，歸納從明過渡到清的變化；其次，對明、清二代主張詮釋《十九首》採審美主、客體兼顧的論者做一統整，綜覽從明到清此一主張的擴展。

一、以「眞」爲主軸的承與變

　　對《古詩十九首》明確以「眞」字來作爲評價者，大約可追溯到元朝陳繹曾，其在《詩譜》之《古詩十九首》條下評：

　　　情眞，景眞，事眞，意眞。澄至清，發至情。〔註3〕

〔註2〕郭紹虞：「明人詩話多文學批評之作，清人詩話則於論文談藝之外，更是當時學者比較嚴肅的讀書札記。」見郭紹虞：《清詩話‧前言》，收錄於丁福保編：《清詩話》，（臺北：明倫出版社，1976年），頁3。郭紹虞認爲丁福保《清詩話》未能將此特色明顯突出，但筆者以爲若此書與明代詩話兩相比較，確實不同於明代詩話的風格，多呈現出條列式的讀書札記面貌。

〔註3〕〔元〕陳繹曾：《詩譜》，收錄於丁福保輯：《歷代詩話續編》，（臺北：木鐸出版社，1983年），中冊，頁627。

此語為後代明・梁橋轉化評論讀《古詩十九首》的要法：「讀《古詩十九首》，要知情眞、景眞、事眞、意眞。澄至清，發至情。」〔註4〕

雖然明確以「眞」字來評價《古詩十九首》於元朝之時已出現，然而在明、清以前，對其「眞」之評述，無論直接或間接的說明，都相當有限。直至明、清討論漸繁，對《十九首》在諸多探討上皆以「眞」為主軸來說明，茲歸納明、清論述《十九首》在作者與版本、情辭經營、承先啓後等三方面為例。

首先，在作者與版本的探討上：雖然明人未有直接的證據，但因明人推許先秦、漢朝詩歌淳厚樸質、不假人為雕飾，故多以此作為評斷的基礎。如：探究作者時，常以「直寫襟臆而已」、「未嘗以詩人自命也」、「皆天授，非人力也」、「其眞切處，慷慨蘊藉，非人能擬也」等等諸如此類的評語，認為「《十九首》，非一人作也」，正可如「孟子論〈小弁〉，直許為仁人，不問為誰作也」，甚至多數論者因而推測《十九首》為東漢之作。又如探討版本時，或以「詞皆絕到」與「奇警略遜」來論《文選》鑑裁古詩之妙，或以辭氣、文意來判別《十九首》之版本等等。而正是由於明代各家從「眞」發端，使得明人在探討《十九首》作者與版本時雖有歧見，但經統計發現：明人較主張《十九首》非出於一人之手，並且肯定《文選》未著錄作者名氏，甚至推翻了作者為枚乘之說，將《十九首》定位在東漢。

到了清代，對其作者和版本的意見雖有很大的歧異，但各家仍以「眞」為基礎來立論，如：清代前期王士禎等人以「風味」、「氣味高古」將《十九首》評為西漢之作，並據此作為判別《十九首》為古詩之佐證。又如：沈德潛、李重華、費錫璜等人承繼明人非一人之辭的見解，並進而拓展為不必一時之作，其中尤以沈德潛論之為「大率逐臣棄妻，朋友闊絕，遊子他鄉，死生新故之感」、費錫璜論其「多非為一人一事而作，讀之久自能感人」，將其內容感人、能引人共鳴等

────────────────

〔註4〕〔明〕梁橋：《冰川詩式》卷之九〈學詩要法上〉，收錄於周維德集校：《全明詩話》，（濟南：齊魯書社，2005年），第二冊，頁1743。

作爲《十九首》不必一人、一時之作的理由，更能顯現出清代對「情
眞，景眞，事眞，意眞」之拓展。

其次，在情辭經營方面：明人無論是選篇論之或整體評述，皆以
情眞來評論，如：以「首首皆情」、「語斷而意屬，曲折有餘而寄興無
盡」、「其趣愈悲，而其情益可憫矣」、「此作感慨而氣悠長也」⋯⋯等
分析其內容，同時亦注意到《十九首》內容具有「雖本乎情之眞，未
必本乎情之正」的現象。又如：在探討句法與格律上，明人評其「平
平道出，且無用工字面」，親切如「家常語」，而情發諸胸臆，「不拘
流例，遇物即言」，反映在字句而有「五仄字」、疊字、對句、重句、
轉韻、犯八病等等情況，但明人以爲「格古調高，句平意遠」，非作
意爲之，是故「不當以小疵棄之」。因此對於《十九首》之整體風格，
明人在情的方面評爲「情意深至」、「委婉悠圓」、「雅淡溫厚」、「意復
寬大」⋯⋯等，在辭的方面，予以「結構天然，絕無痕迹」、「不深刻
而雋永，不藻繪而婉麗」⋯⋯等，視爲「非才高者不能」、「蓄神奇於
溫厚，寓感愴於和平」之作。

至清代，統整明代之見解，對《古詩十九首》內容肯定「能融情
入景」，亦肯定「婉變中自矜風軌」之「豔詩」，如：王夫之推許《十
九首》寫情採「一詩止於一時一事」、「止以一筆入聖證」成篇，故能
如《詩經》「長言永歎，以寫纏綿悱惻之情」，是情眞的表現，同時亦
肯定「豔詩」只要「非沈迷不反」、「豔極而有所止」，則亦是情眞的
表現，可爲寓意高遠的「雅奏」。而吳喬分析《十九首》每首中皆有
十分之八爲抒情，十分之二爲敘景。陳祚明則以「人同有之情」論《十
九首》情眞，故能引起人們共感，使「人人讀之，皆若傷我心者」。
而在句法、格律方面，清人對《十九首》出現疊字、重句、換韻的情
形更不以爲意，不若明代視其爲「小疵」，反倒認爲是「水到渠成，
無定法」，予以正面、無條件的肯定。因此對《十九首》之整體風格，
清人以「天衣無縫」、「元氣結成」、「簡質渾厚」等等來評述其字辭。
較諸明代的評述，清人偏好整體統述「眞」在情辭上的呈現。

　　再者，對《古詩十九首》承先啓後的評述：明人對於襲擬之作，
重視「剽竊模擬」與「偶合古語」的分辨，指出《十九首》具《詩經》
之遺意而有「清婉之微旨」，有《楚辭》之遺音而「意復寬大」、「溫
厚雅淡」，承《左傳》「風人意旨」而情具「風人之體」，並襲擬《詩
經》、《楚辭》、漢樂府等等詩句，但渾化而成，是爲「偶合古語」之
作，故詩歌愈趨成熟。而後世或「剽竊模擬」，或「爲文造情」，已失
去詩歌之「眞」，「語已不倫」。明人有鑑於此，並以宋人之弊爲戒，
提出學詩、作詩當「心志由中，英華發外，形於話言，徵於文獻，必
有式式」，且「取式乎上」，奉《十九首》爲圭臬，在詩法、題目、引
用、議論等等皆須以《十九首》爲法度。可見明人對《十九首》承先
啓後的評述仍不脫「眞」之見，亦因此將之視爲後學者學習之準繩。

　　而清代則從復古、體式、道統、擬古等論《古詩十九首》之承上
啓下，多半主張《十九首》承自《詩經》、《楚辭》，影響陶潛、杜甫
等等，並提出詩歌雖相承，但仍存有個別差異。如：葉燮指出《十九
首》「不可謂即無異於《三百篇》」即是，此無異是「眞」之體現，是
清人對《十九首》傳承上的進一步詮釋。而清人對於是否將《十九首》
奉爲學詩、作詩之圭臬，卻有很大的歧異，這或許與清人論詩之弊有
關。反對者，認爲《十九首》「如天衣無縫」、爲「五言之至」，故以
爲後學者不可學或不易學。贊同者，則以「古詩惟《十九首》音調最
圓」等等，認爲《十九首》「元氣全則元音足」，故主張「學詩須從第
一義著腳」、「必取法乎初」。由此發現，無論是持反對或贊同意見，
皆以「眞」爲出發點來做衡量。

　　而至晚清王國維對明、清二代見解，做了統整與聚焦，不但以「眞」
作爲「境界說」的審美標準，對作者、作品做了規範，並進一步從讀
者角度提出「不隔」來詮釋之。對《古詩十九首》，王氏讚賞〈青青
河畔草〉、〈今日良宴會〉爲「眞」，讚許〈生年不滿百〉、〈驅車上東
門〉爲「不隔」。而「眞」與「不隔」之內涵互相涵攝，正因作者「見
眞」、「知深」，透過眞誠的創作態度，寫下眞實的感受，不僅表達了

作者內心眞切的「眞景物」、「眞感情」，亦「儼有釋迦基督擔荷人類罪惡之意」，道出人類之共感，故而能感人，因此讀者讀作品時，如「語語都在目前」般生動、鮮明、自然，如「字字爲我心中所欲言」般撼動人心。雖然王國維僅以此四首來論述，但結合從明至清對《十九首》的評述，可知《十九首》每首皆具有「眞」和「不隔」的特點。

綜上所述，從明至清，皆以「眞」爲主軸來評述《古詩十九首》，清代承繼並統整了明代之見，甚至又有所拓展，到了晚清王國維更豐富了「眞」之內涵，爲明、清之論做了聚焦。

二、審美主、客體兼顧的日益關注

從明至清，對《古詩十九首》的論述，以「眞」爲主軸，而且可以發現隨著時代推進，時代愈後，愈採取以作者、作品、讀者等三方面兼備的審美角度來探討之。易言之，隨著時代推進，逐漸從原本探討詩歌之重心──審美客體（作者、作品），進一步拓展探討重點，將審美主體（讀者）一併納入探討，呈現審美主體（讀者）與客體（作者、作品）兼顧的二重層次探討方式。

在明代，王世懋結合讀者角度來論《古詩十九首》：

> 《詩》四始之體，惟《頌》專爲郊廟頌述功德而作。其它率因觸物比類，宣其性情，恍惚游衍，往往無定，以故說詩者，人自爲說……後世惟《十九首》猶存此意，使人擊節詠歎，而未能盡究指歸。次則阮公〈詠懷〉，亦自深於寄託。潘、陸而後，雖爲四言詩，聯比牽合，蕩然無情。蓋至於今，餞送投贈之作，七言四韻，援引故事，麗以姓名，象以品地，而拘攣極矣。豈所謂詩之極變乎？故余謂《十九首》，五言之《詩經》也。潘、陸而後，四言之排律也，當以質之識者。〔註5〕

王世懋認爲《十九首》最能顯現《詩經》之「觸物比類，宣其性情，

〔註 5〕〔明〕王世懋：《藝圃擷餘》，收錄於周維德集校：《全明詩話》，第三冊，頁 2151。

恍惚游衍，往往無定」的特色，故「使人擊節詠歎，而未能盡究指
歸」，是故提出此類作品可「人自爲說」，讀者可以有自己的詮釋。
而後，周子文亦同意王世懋的看法，將此段文字完整收錄進其詩話
中。〔註6〕

　　但這種現象，在明代仍是少數。直到清代逐漸興盛，如：首先可
見明末清初王夫之的「興觀群怨」論：

> 興、觀、羣、怨，詩盡於是矣。經生家析〈鹿鳴〉、〈嘉魚〉
> 爲羣，〈柏舟〉、〈小弁〉爲怨，小人一往之喜怒耳，何足以
> 言詩？「可以」云者，隨所以而皆可也。《詩三百篇》而下，
> 唯《十九首》能然。李杜亦髣髴遇之，然其能俾人隨觸而
> 皆可，亦不數數也。又下或一可焉，或無一可者。故許渾
> 允爲惡詩，王僧孺、庾肩吾及宋人皆爾。〔註7〕

> 於所興而可觀，其興也深；於所觀而可興，其觀也審。以
> 其群者而怨，怨愈不忘；以其怨者而群，群乃益摯。出于
> 四情之外，以生起四情；遊於四情之中，情無所窒。作者
> 用一致之思，讀者各以其情而自得。〔註8〕

王夫之以「興觀群怨」論《詩》，認爲「詩盡於是」，並從審美角度去
分析作者之「興觀群怨」如何「能俾人隨觸而皆可」、「隨所以而皆可」，
使讀者產生自我的「興觀群怨」，進而推斷只要四情無窒，便能達「作
者用一致之思，讀者各以其情而自得」。而王夫之認爲這種現象是「《詩
三百篇》而下，唯《十九首》能然」，是故正說明《十九首》亦具備「興
觀群怨」四情，並能以作者、讀者二重層次去探究其「眞」之審美心
理內涵——隨物宛轉之「興」、設身處地之「觀」、以情相示之「群」、
溫柔敦厚之「怨」，並能使「作者用一致之思，讀者各以其情而自得」。

〔註6〕詳見〔明〕周子文：《藝藪談宗》卷之六〈藝圃擷餘〉，收錄於周維德
　　　　集校：《全明詩話》，第四冊，頁3123。
〔註7〕〔清〕王夫之：《薑齋詩話》卷下，第一條，收錄於丁福保編：《清詩
　　　　話》，頁8。
〔註8〕〔清〕王夫之：《詩譯》，收錄於〔清〕王夫之：《船山全書》，（長沙：
　　　　嶽麓書社，1996年），第十五冊，頁808。

無獨有偶，其後朱筠說道：

> 詩有性情，興觀群怨是也。詩有倚托，事父事君是也。詩有比興，鳥獸草木是也。言志之格律，盡於此三者矣。後人詠懷寄托（按：「托」應作「託」）不免偏有所著。十九首包涵萬有磕著即是。凡五倫道理，莫不畢該，卻又不入理障，不落言詮，此所以獨高千古也。〔註9〕

朱筠重新詮釋孔子之言，而且與王夫之同樣從審美角度立論，對《古詩十九首》作者著作時之「興觀群怨」、讀者閱讀時之「興觀群怨」做一融合闡釋，並提出「此等詩不必拘定一說」〔註10〕。

而陳祚明談論《十九首》情辭內涵時，亦兼論審美主、客體：

> 《十九首》所以為千古至文者，以能言人同有之情也。……逐臣棄妻與朋友闊絕，皆同此旨。故《十九首》唯此二意，而低迴反復，人人讀之，皆若傷我心者，此詩所以為性情之物。而同有之情，人人各具，則人人本自有詩也；但人有情而不能言，即能言而言不能盡，故特推《十九首》以為至極。……《十九首》善言情，惟是不使情為逕直之物，而必取其宛曲者以寫之，故言不盡而情則無不盡。〔註11〕

論《十九首》作者大率抒發「逐臣棄妻與朋友闊絕」之感，是「人同有之情」，讀者讀之，「皆若傷我心者」，而「同有之情，人人各具，則人人本自有詩也」，是故，讀者融合自身的境遇，產生自己的詮釋，而《十九首》作者「低迴反復」委婉寫情，對作品而言，形成「言不盡而情則無不盡」的效果，對讀者而言，則愈能使其產生言不盡而意無窮的心緒。

〔註9〕〔清〕朱筠口授、〔清〕徐昆筆述：《古詩十九首說・總說》，收錄於隋樹森編著：《古詩十九首集釋》，（香港：中華書局，據單行本，1989年），卷三〈彙解〉，頁51。

〔註10〕〔清〕朱筠口授、〔清〕徐昆筆述：《古詩十九首說》，收錄於隋樹森編著：《古詩十九首集釋》，卷三〈彙解〉，頁61。

〔註11〕〔清〕陳祚明：《采菽堂古詩選》，卷之三〈漢三〉，收錄於《續修四庫全書》編纂委員會編：《續修四庫全書・集部・總集類》，（上海：上海古籍出版社，據遼寧省圖書館藏明刻本影印原書，2005年），第1590冊，頁642。

　　由此可知，從明至清，對《古詩十九首》的詮釋，逐漸轉變從審美的角度去探討，而且到了清代大量出現審美主、客體兼顧的評述，甚至到了清末民初，王國維更進一步提出「不隔」術語，來詮釋讀者在閱讀作品時「語語都在目前」、「字字爲我心中所欲言」等等感受，與「眞」互爲表裡。

第二節　明、清對《古詩十九首》觀點之意義與影響

　　明、清對《古詩十九首》的評述，皆以「眞」爲出發點來立論，因此各家對《十九首》作者，以其內容引人共鳴爲依歸，從非一人之辭，拓展爲非一時之作；對版本，則以辭氣、文意、氣味等等來判斷；對情辭經營，則肯定「本乎情之眞，未必本乎情之正」，主張「喜怒哀樂，亦人心中之一境界」，只要作者創作態度眞懇，即便是「豔詩」，亦是「有境界」之作；至於對《十九首》之承先啓後，則認爲《十九首》「自有境界」，其襲擬古語處，是將「古人之境」化用，融入「我之境界」，故仍保有其「眞」，應視爲「偶合古語」，此外，清人更提出傳承中仍有差異之處，亦即「文字有氣骨」，呈現出「作者面目」。而且時代愈後，不僅對審美客體（作者、作品）有所探討，亦重視審美主體（讀者）的感受，及其所造成的影響。

　　而明、清持這樣的觀點論《古詩十九首》，不僅落實了「眞」之意涵，亦可視爲對歷來各家，甚至是明、清當時的論者在探討《十九首》諸多分歧的情況所做的回應──從「眞」立論，不但統整了歧見，更注入別開生面的看法。而筆者以爲，在這些觀點中，尤以明、清二代對諸多分歧意見提出「不必拘定一說」，以及在悲觀、享樂論上復見其「不自決絕之念」等二者，足以作爲代表。是故，本節分兩部分來分別統整與說明之，歸納明、清評述觀點之意義與影響，以見其價值。

一、提出「不必拘定一說」

從明至清，對《古詩十九首》的探討，以「眞」爲主軸，並且愈趨向兼顧審美主、客體的方式來分析，而由此作者、讀者二重層次去探究《十九首》後，可以發現，更能深入了解其「眞」之審美心理內涵：隨物宛轉之「興」、設身處地之「觀」、以情相示之「群」、溫柔敦厚之「怨」——從作者角度而言，作者透過設身處地之「觀」，「見眞」、「知深」，觀離別時局、觀人生苦短，進而精神受到感發，秉持著眞誠的創作態度書寫內心眞實的感受，或以藝術創作之「興」（聯想）託物言情，或僅取一二事流露出溫柔敦厚之「怨」，因而能使讀者感到「字字爲我心中所欲言」，能「不隔」、能「群」。而從讀者角度言之，作品因「眞」而「不隔」，讀者可以「觀」作者身處時代的政治、社會生活、時人心境等等，進而以同理心「觀」作者心志，與作者情感交流，體悟其溫柔敦厚的怨情，而讀者因爲作品「不隔」，故其精神受到感染而有所「興」，結合了自身的生活經驗，產生感動與反思，進而選擇面對生活的態度。而透過此一分析，可以知道《十九首》因「興觀群怨」四情無窒，而「意復寬大」〔註12〕，因此能使「作者用一致之思，讀者各以其情而自得」，在豐富作品詩意的同時，又不失其「眞」，這正是《十九首》「極得《三百篇》遺意」、「清婉之微旨」之處。然而《十九首》「眞」之內涵尚具有「風骨」，其不僅呈現出「作者面目」，復具「漢魏風骨」特點，因此作品語言勁健精約、情調抑鬱悲苦，使人感到驚心動魄，由此可見《十九首》獨特之處。

透過明、清審美主、客體兼備的方式，對《古詩十九首》「眞」之內涵詳細分析後，除了暸解明、清所闡發《十九首》「極得《三百

〔註12〕明代陳沂在《拘盧詩談》評《古詩十九首》之語，原說爲：「漢之詩，有騷之遺音，而意復寬大，若《十九首》與蘇、李諸作，自是風人之體，雅淡溫厚。」見〔明〕陳沂：《拘盧詩談》，收錄於周維德集校：《全明詩話》，第一冊，頁674。原是用來指《古詩十九首》承襲自《楚辭》的特色，但筆者以爲「意復寬大」亦可不必侷限於「騷之遺音」，故在此化用此語以詮釋《十九首》讀者能有不同的解釋。

篇》遺意」、「清婉之微旨」之「眞」如何呈現外，並能從而理解明、清各家評述之緣由，亦對其評述有深一層的體悟。

從審美主、客體兼顧之觀點而論，作者將其「興觀群怨」寫進作品，讀者讀之亦能有自己的「興觀群怨」。若以王國維之「境界」來說，則是作品之「眞景物」、「眞感情」具作者之個性，道出了人類的共感，因而使讀者感到「字字爲我心中所欲言」，而「自得之」，使其「眞景物」、「眞感情」具讀者之個性，因此作品能「入於人者至深，而行於世也尤廣」。

因此，明、清二代，對歷來及當代詮釋《古詩十九首》情辭分歧的現象（或釋爲思婦之詩，或認爲是遊子之作，甚或詮解爲諷刺時局託婦人之語等等），提出不必固執一說之意見，如：明代郝敬論道：

　　《詩》自有不須題者，如後世《十九首》之類。比物托（按：「托」應作「託」）興，婉轉不定，而以題擬之，亦莫不肖。亦有有題而詩不似題者，如屈平之《楚辭》，唐人之〈感遇〉。雜興引喻，泛濫不可指據，或泥文生解，而實不必解。故說《詩》非必執題，賦、比與興合，文辭與志合，即妙達風人之旨矣。〔註13〕

而許學夷亦認爲：

　　漢人五言，惟《十九首》觸物興懷，未嘗先立題而爲之，故興象玲瓏，無端倪可執。此外因題命詞，則漸有形跡可求矣……。〔註14〕

二者皆以《十九首》無題的角度論之，注意到其「比物託興，婉轉不定」、「興象玲瓏，無端倪可執」的現象，可視爲不必固執一說之端委。

至清代張庚在闡釋〈客從遠方來〉時，說道：

　　此與前篇後半相似，但不知何故將前篇截去上六句更不成

〔註13〕〔明〕郝敬：《讀詩》，收錄於周維德集校：《全明詩話》，第四冊，頁 2868。

〔註14〕〔明〕許學夷：《詩源辯體》卷三〈漢魏總論　漢〉，收錄於周維德集校：《全明詩話》，第四冊，頁 3212。

篇；將此詩亦效前篇法加幾句在頭上亦不成篇；其故在讀
者自得之。〔註15〕

張庚從篇章段落角度著眼，認為讀者對其詩意、脈絡的劃分與詮解，
皆可「自得之」，讀者可以自行做理解，不必拘泥一說。

對此，朱筠更明確提出：

此等詩不必拘定一說，正不可不為之說。鍾伯敬謂「古詩
以雍穆平遠為貴。樂府之妙，能使人驚；《十九首》之妙，
能使人思。其性情光燄，常有一段千古長新不可磨滅處。」
思之，思之。吾願學詩者從此入手，忠臣孝子，義友節婦，
其性情皆可從此陶鑄也。〔註16〕

朱筠評價《十九首》具有可思之處，一則能使其長新、不可磨滅，二
則能陶鑄世人之性情，故作《古詩十九首說》來為之說。雖然朱筠自
為一說，但終究認為《十九首》「此等詩不必拘定一說」，亦同意讀者
能有自己的詮解。

而明、清二代提出「不必拘定一說」，雖是針對歷來及當代詮釋
《古詩十九首》分歧現象所做的回應，但從明、清對《十九首》作者、
時代的討論，從明代多數主張的「非止一人之詩」，到清代拓展為「不
必一人之辭，一時之作」，可以發現皆與「不必拘定一說」有異曲同
工之處。

由上所述，可知以「真」為主軸，並採審美主、客體兼顧的方式
探究《古詩十九首》，能深入了解其內涵，知悉作品包含作者之「興
觀群怨」外，亦有讀者「自得之」的「興觀群怨」，故「不必拘定一
說」。而因《十九首》作者以真誠的創作態度書寫真實的感受，道出
「人同有之情」，故能使讀者感到「字字為我心中所欲言」，因而對《十
九首》作者、時代的討論，則可拓展為「不必一人之辭，一時之作」，

〔註15〕〔清〕張庚：《古詩十九首解》，收錄於隋樹森編著：《古詩十九首集
釋》，（據《藝海珠塵》本），卷三〈彙解〉，頁37。
〔註16〕〔清〕朱筠口授、〔清〕徐昆筆述：《古詩十九首說》，收錄於隋樹森
編著：《古詩十九首集釋》，卷三〈彙解〉，頁61。

亦即：就廣義言之，可以「不必拘定一說」。如是，明、清二代對歷來及當代諸多意見分歧的狀況提出的「不必拘定一說」，則可視爲自《文選》以降，對《十九首》作者、時代、情辭詮釋等等眾說紛紜的總結。

二、見其「不自決絕之念」

　　雖然明、清對《古詩十九首》之評述，因其「眞」，而提出「不必拘定一說」，賦予了讀者詮解《十九首》極大的自由。然而，《十九首》自《文選》收錄後，一直到今日，各家一致認爲其內容思想是較爲悲觀，如：南朝梁鍾嶸於《詩品》說道：

　　其體源出於國風。陸機所擬十四首，文溫以麗，意悲而遠，驚心動魄，可謂幾乎一字千金。其外去者日以疎，四十五首，雖多哀怨，頗爲總雜，舊疑是建安中曹王所製。客從遠方來，橘柚垂華實，亦爲驚絕矣。人代冥滅，而清音獨遠，悲夫。〔註17〕

評《十九首》「意悲」、「多哀怨」等等。而明、清二代，亦不例外，多認爲「其趣愈悲，而其情益可憫矣」〔註18〕，許多闡述皆由此而發。

　　而對於這種在悲觀之下，所產生的享樂思想，明、清各家則予以肯定，提出「雖本乎情之眞，未必本乎情之正」、「婉孌中自矜風軌」……等評述。此外，明、清二代在《古詩十九首》悲觀、厭世、享樂思想之上，又復見其「氣骨」，如：明代胡應麟詮釋《十九首》「辭藻氣骨，略無可尋」、清代方東樹間接指出《十九首》「文字有氣骨」，而陳祚明更明確提出《十九首》寫情雖怨，但仍具有「不自決絕之念」：

　　《十九首》所以爲千古至文者，以能言人同有之情也。……

〔註17〕〔南朝梁〕鍾嶸著、〔民國〕汪中選注：《詩品注》，（臺北：正中書局，1969 年），卷上〈古詩〉，頁 51。

〔註18〕王世貞評〈驅車上東門〉之語。見〔明〕王世貞：《藝苑巵言》卷三，收錄於周維德集校：《全明詩話》，第三冊，頁 1910。

惟含蓄不盡，故反言之，乃使人足思。蓋人情本曲，思心
至不能自已之處，徘徊度量，常作萬萬不然之想。今若決
絕一言則已矣，不必再思矣。故彼棄予矣，必曰亮不棄也。
見無期矣，必曰終相見也。有此不自決絕之念，所以有思，
所以不能已於言也。《十九首》善言情，惟是不使情爲逕
直之物，而必取其宛曲者以寫之，故言不盡而情則無不
盡。〔註19〕

可見明、清二代在《十九首》悲觀、厭世、享樂思想上，復從其「含
蓄不盡」、「反言」之詩句中，見其「不自決絕之念」，以「氣骨」來
評述之，不視爲消極頹廢之思想，反倒更爲《十九首》「驚心動魄」、
「一字千金」做了註解。而從當時各家對《十九首》詩意的闡釋（或
早於陳祚明，或未受到其論點的影響），雖未明確指出「不自決絕之
念」處，但或多或少呼應了陳祚明所提出的「不自決絕之念」論點，
是明、清對《十九首》詮釋的進一層見解。

　　至於民國以來的學者，如：梁啓超因推論《十九首》爲東漢安順
桓靈間之作，認爲是此將亂未亂之際促成《十九首》內容悲觀：

從內容實質上研究十九首，則厭世思想之濃厚——現世享
樂主義之謳歌，最爲其特色。……十九首爲東漢安順桓靈
間作品，若所測不謬，那麼，正是將亂未亂極沉悶極不安
的時代了……十九首正孕育於此等社會狀況下，故厭世
的色彩極濃。……「服食求神仙，多爲藥所誤。不如飲美
酒，被服紈與素」、「愚者愛惜費，但爲後世嗤。仙人王子
喬，難可與等期」，眞算把這種頹廢思想盡情揭穿。他的文
辭既「驚心動魄，一字千金」，故所詮寫的思想，也給後人
以極大印象，千餘年來中國文學，都帶悲觀消極的氣象，
十九首的作者怕不能不負點責任哩！〔註20〕

〔註19〕〔清〕陳祚明：《采菽堂古詩選》，卷之三〈漢三〉，收錄於《續修四庫
　　　　全書》編纂委員會編：《續修四庫全書・集部・總集類》，第 1590
　　　　冊，頁 642。
〔註20〕梁啓超：《中國之美文及其歷史》，（臺北：臺灣中華書局，1987 年），

而張清鐘卻反推來探究，以悲觀內容作爲探討《十九首》各首作者年代的評斷依據，將第三首〈青青陵上柏〉、第四首〈今日良宴會〉、第十一首〈迴車駕言邁〉、第十三首〈驅車上東門〉、第十四首〈去者日以疎〉、第十五首〈生年不滿百〉等六首歸爲東漢作品。〔註21〕雖然如此，但張清鐘對《十九首》的整體特質分析，亦不脫悲觀之論：

> 古詩十九首大抵爲失意士人之作，其内容緣於士人或遊學受挫，無顏返鄉，造成家庭破裂……。或士人無法施展其抱負，找到安身立命之處……。士人由於欲歸無因及抱負難舒，於是厭世思想極爲濃厚。由於身處此種濃厚厭世思想，感到其生命無常又切身而無奈，於是或「疾沒世而名不稱」……。或及時行樂。玩世不恭……。或爲追求名利而不以「固窮」爲可取……。或想超越現實悲苦之人生，跳出塵世之外……。此其内容皆合於「詩者志之所之也，在心爲志，發言爲詩」之義，且爲建安以後，遊子思婦，眷戀愁思，失意士人，厭世曠達，追求名利與及時行樂等詩人之典範。〔註22〕

指出「此種由悲觀厭世而轉趨享樂之思想，至魏、晉遂成士大夫人生

頁114～115。
〔註21〕張清鐘分析道：「青青陵上柏詩中之『人生天地間，忽如遠行客。斗酒相娛樂，聊厚不爲薄……極宴娛心意，戚戚何所迫。』今日良宴會詩中之『人生寄一世，奄忽若飈塵。何不策高足，先據要路津。無爲守窮賤，轗軻長苦辛。』迴車駕言邁詩中之『人生非金石，豈能長壽考。奄忽隨物化，榮名以爲寶。』驅車上東門詩中之『人生忽如寄，壽無金石固。萬歲更相送，聖賢莫能度。服食求神仙，多爲藥所誤。不如飲美酒，被服紈與素。』去者日以疎詩中之『去者日以疎，生者日以親。出郭門直視，但見丘與墳……思還故里閭，欲歸道無因。』生年不滿百詩中之『生年不滿百，常懷千歲憂。晝短苦夜長，何不秉燭遊。爲樂當及時，何能待來兹。』其詩句皆表示悲觀、厭世、憤懣，充滿人生無常，及時行樂之消極頹廢，則應是東漢黑暗、混亂之際所作。」見張清鐘：《古詩十九首彙說賞析與研究》，（臺北：臺灣商務印書館股份有限公司，1994年），頁147。
〔註22〕張清鐘：《古詩十九首彙說賞析與研究》，頁182。

思想之主幹」〔註23〕。

由此可知，自古迄今，對《古詩十九首》的情辭詮解雖然分歧，或以爲思婦之詩，或認爲是遊子之作，甚至詮解爲諷刺時局託婦人之語等等，然而對《十九首》的討論，皆認爲其富含悲觀、厭世等消極頹廢思想，而且在人生無常的感受下，復提倡追求曠達自適、榮祿名聲、及時行樂等等享樂選擇。〔註24〕

綜上所述，明、清提出「不必拘定一說」和見其「不自決絕之念」，不單是對歷來、當代注入了新的見解，亦可提供今日讀者新的思路，如：自古迄今，各家常以悲觀、厭世、享樂思想來解讀《十九首》，並且「糾纏於解開『作者與寫作年代』之謎」〔註25〕，執著於分辨其情辭爲遊子或思婦之作等等，今日的讀者在閱讀時，則可透過明、清之論，對歷代各家、今日學者們的說法做重新修正或補充，更可依循明、清之見，以「不必拘定一說」、「不自決絕之念」重新詮釋《十九首》。

〔註23〕葉慶炳：《中國文學史》，（臺北：臺灣學生書局，1997年），上冊，頁102。

〔註24〕而這種悲觀思想，不僅《古詩十九首》具有，甚至是整個漢朝詩歌的普遍現象，據趙敏俐研究：「漢人作歌往往主悲，在歷史上有很多記載。這種迥異於先秦的審美思潮，正是漢人對個體生命看重的新的人生態度在藝術中的表現。……一個時代的藝術審美風氣總是和時代意識聯繫在一起，《古詩十九首》之類以感傷情調爲主的詩篇之所以產生，除了複雜的社會政治因素與個人遭際外，兩漢社會這種看重個人生命與追求享樂的時代意識，也是其中最主要的歷史原因，需要我們從這一角度給以探討。」見趙敏俐：《兩漢詩歌研究》，（臺北：文津出版社，1993年），頁72～73。趙敏俐研究指出：兩漢詩人因主體意識傾向個人主義思想，並進一步分析個人主義思想反映於詩歌，則多具有「人生無常的情緒體驗」、「遊子思婦的離愁別緒」、「及時行樂與遊仙詩」等題材，詳見趙敏俐：《兩漢詩歌研究》第二章第三節，頁89～103。

〔註25〕李祥偉：〈《古詩十九首》研究述論〉，（《廣州大學學報（社會科學版）》，第5卷第6期，2006年6月），頁68。

重要徵引書目

一、專書（古籍依朝代先後排序，民國以來著作依出版年排序）

（一）《古詩十九首》相關著作

1. ［南朝梁］蕭統編、［唐］李善注：《文選》，臺北：華正書局有限公司，新校胡刻宋本，2000 年。

2. ［南朝陳］徐陵編、［清］吳兆宜注、程琰刪補、穆克宏點校：《玉臺新詠箋注》，臺北：明文書局，1988 年。

3. ［宋］郭茂倩編撰：《樂府詩集》，第一冊，臺北：里仁書局，1999 年。

4. 方祖燊：《漢詩研究》，臺北：正中書局，1969 年。

5. 隋樹森編著：《古詩十九首集釋》，香港：中華書局，1989 年。

6. 馬茂元：《古詩十九首探索》，高雄：復文圖書出版社，1991 年。

7. 趙敏俐：《兩漢詩歌研究》，臺北：文津出版社，1993 年。

8. 張清鐘：《古詩十九首彙說賞析與研究》，臺北：臺灣商務印書館股份有限公司，1994 年。

9. 葉嘉瑩：《葉嘉瑩說漢魏六朝詩》，北京：中華書局，2010 年。

10. 朱自清：《古詩十九首釋》，臺北：五南圖書出版股份有限公司，2011 年。

（二）詩詞話、詩文評

1. ［南朝梁］劉勰、［清］黃叔琳注、［清］李詳補注、［民國］楊明

照校注拾遺：《增訂文心雕龍校注》，上冊，北京：中華書局，2005年。

2. 〔南朝梁〕鍾嶸著、〔民國〕汪中選注：《詩品注》，臺北：正中書局，1969年。

3. 〔明〕李贄：《焚書》，臺北：漢京文化事業有限公司，1984年。

4. 〔明〕陸時雍編：《古詩鏡》，收錄於〔清〕紀昀：《景印文淵閣四庫全書·集部·總集類》，第1411冊，臺北：臺灣商務印書館，據國立故宮博物院藏本影印，1986年。

5. 〔清〕王夫之：《四書箋解》，收錄於〔清〕王夫之：《船山全書》，第六冊，長沙：嶽麓書社，1996年。

6. 〔清〕王夫之：《四書訓義》，收錄於〔清〕王夫之：《船山全書》，第七冊，長沙：嶽麓書社，1996年。

7. 〔清〕王夫之：《古詩評選》，收錄於〔清〕王夫之：《船山全書》，第十四冊，長沙：嶽麓書社，1996年。

8. 〔清〕王夫之：《詩譯》，收錄於〔清〕王夫之：《船山全書》，第十五冊，長沙：嶽麓書社，1996年。

9. 〔清〕陳祚明：《采菽堂古詩選》，收錄於《續修四庫全書》編纂委員會編：《續修四庫全書·集部·總集類》，第1590冊，上海：上海古籍出版社，據遼寧省圖書館藏明刻本影印原書，2005年。

10. 〔清〕何文煥輯：《歷代詩話》，全二冊，臺北：漢京文化事業有限公司，1983年。

11. 〔清〕方東樹：《昭昧詹言》，臺北：漢京文化事業有限公司，2004年。

12. 〔清〕王國維著、徐調孚校注：《校注人間詞話》，臺北：頂淵文化事業有限公司，2007年。

13. 丁福保編：《清詩話》，臺北：明倫出版社，1976年。

14. 丁福保輯：《歷代詩話續編》，上、中、下冊，臺北：木鐸出版社，1983年。

15. 郭紹虞編選、富壽蓀校點：《清詩話續編》，上、中、下冊，臺北：木鐸出版社，1983年。

16. 杜松柏主編：《清詩話訪佚初編》，全十冊，臺北：新文豐出版公司，1987年。

17. 周維德集校：《全明詩話》，全六冊，濟南：齊魯書社，2005年。

18. 吳文治主編：《明詩話全編》，全十冊，南京：鳳凰出版社，2006年。

（三）詩學、詩文評相關著作

1. 〔明〕釋眞空：《玉鑰匙歌訣》，收錄於朱光潛：《詩論》，臺北：正中書局，1962 年。

2. 〔清〕紀昀：《沈氏四聲考》，收錄於《叢書集成初編》，第 1252 冊，北京：中華書局，1985 年。

3. 喻守眞：《唐詩三百首詳析》，高雄：復文圖書出版社，1972 年。

4. 陳國球：《唐詩的傳承——明代復古詩論研究》，臺北：臺灣學生書局，1990 年。

5. 嚴明：《中國詩學與明清詩話》，臺北：文津出版社有限公司，2003 年。

6. 董同龢：《漢語音韻學》，臺北：文史哲出版社，2005 年。

7. 羅常培、周祖謨合著：《漢魏晉南北朝韻部演變研究》，北京：中華書局，2007 年。

8. 童慶炳：《童慶炳談文心雕龍》，開封：河南大學出版社，2008 年。

9. 黃永武：《新增本中國詩學：設計篇》，臺北：巨流圖書股份有限公司，2009 年。

10. 蘇珊玉老師：《人間詞話之審美觀》，臺北：里仁書局，2009 年。

（四）其他

1. 〔漢〕毛亨傳、鄭元箋、〔唐〕孔穎達疏：《毛詩注疏》，收錄於〔清〕阮元校勘：《十三經注疏》，第二冊，臺北：藝文印書館，1997 年。

2. 〔魏〕何晏集解、〔宋〕邢昺疏：《論語注疏》，收錄於〔清〕阮元校勘：《十三經注疏》，第八冊，臺北：藝文印書館，1997 年。

3. 〔南朝宋〕范曄撰、〔唐〕李賢等注：《後漢書》，臺北：史學出版社，1974 年。

4. 〔唐〕李延壽撰：《南史》，收錄於藝文印書館編：《二十五史》，第十九冊，臺北：藝文印書館，1973 年。

5. 〔宋〕司馬光撰、〔元〕胡三省音註：《資治通鑑》，臺北：啓明書局，1960 年。

6. 〔宋〕朱熹：《四書章句集注》，高雄：復文書局，1990 年。

7. 〔清〕張廷玉等奉敕纂修：《明史》，收錄於藝文印書館編：《二十五史》，第四十九冊，臺北：藝文印書館，1973 年。

8. 王易：《詞曲史》，臺北：廣文書局，1971 年。

9. 梁啓超：《中國之美文及其歷史》，臺北：臺灣中華書局，1987 年。

10. 葉朗：《中國美學史》，臺北：文津出版社，1996 年。

11. 葉慶炳：《中國文學史》，上、下冊，臺北：臺灣學生書局，1997年。

二、期刊論文（依出版年月排序）

（一）臺灣期刊論文

1. 葉嘉瑩：〈談古詩十九首之時代問題〉，《現代學苑》，第 2 卷第 4 期，1965 年 7 月，頁 9～12。

2. 唐亦璋：〈古詩十九首用韻考〉，《淡江學報》，第 4 期，1965 年 11月，頁 27～50。

3. 康培初：〈古詩十九首新釋〉，《中國語文》，第 22 卷第 3 期，1968年 3 月，頁 71～74。

4. 康培初：〈古詩十九首新釋〉，《中國語文》，第 22 卷第 4 期，1968年 4 月，頁 46～54。

5. 康培初：〈古詩十九首新釋〉，《中國語文》，第 22 卷第 5 期，1968年 5 月，頁 44～49。

6. 康培初：〈古詩十九首新釋〉，《中國語文》，第 22 卷第 6 期，1968年 6 月，頁 39～45。

7. 康培初：〈古詩十九首新釋〉，《中國語文》，第 23 卷第 2 期，1968年 8 月，頁 56～68。

8. 康培初：〈古詩十九首新釋〉，《中國語文》，第 23 卷第 3 期，1968年 9 月，頁 40～46。

9. 康培初：〈古詩十九首新釋〉，《中國語文》，第 23 卷第 4 期，1968年 10 月，頁 48～53。

10. 葉嘉瑩：〈一組易懂而難解的好詩〉，《文學季刊》，第 2 卷第 7、8期，1968 年 11 月，頁 17～24。

11. 林端常：〈古詩十九首之作者及時代〉，《中華詩學》，第 3 卷第 3 期，1970 年 8 月，頁 21～33。

12. 王成荃：〈古詩十九首與古樂府〉，《中國詩季刊》，第 2 卷第 4 期，1971 年 12 月，頁（3）1～（3）13。

13. 方祖燊：〈古詩十九首的分析與欣賞〉，《幼獅月刊》，第 44 卷第 3期，1976 年 9 月，頁 42～48。

14. 周樹華：〈古詩十九首的時間觀念〉，《中山學術文化集刊》，第 19期，1977 年 3 月，頁 79～105。

15. 吉川幸次郎著、鄭清茂譯：〈推移的悲哀（上）——古詩十九首的主題〉，《中外文學月刊》，第 6 卷第 4 期，1977 年 9 月，頁 24～54。

16. 吉川幸次郎著、鄭清茂譯：〈推移的悲哀（下）——古詩十九首的主題〉，《中外文學月刊》，第 6 卷第 5 期，1977 年 10 月，頁 113～131。

17. 王成荃：〈古詩十九首與古樂府〉，《文學思潮》，第 5 期，1979 年 10 月，頁 135～146。

18. 廖蔚卿：〈論古詩十九首的藝術技巧〉，《文學思潮》，第 5 期，1979 年 10 月，頁 147～170。

19. 董金裕：〈古詩十九首總論〉，《明道文藝》，第 71 期，1982 年 2 月，頁 77～79。

20. 洪宏亮：〈「行行重行行」等四首賞析〉，《明道文藝》，第 71 期，1982 年 2 月，頁 80～87。

21. 顏崑陽：〈「去者日以疏」等五首賞析〉，《明道文藝》，第 71 期，1982 年 2 月，頁 88～97。

22. 陳啓佑：〈古詩十九首賞析（中）〉，《明道文藝》，第 72 期，1982 年 3 月，頁 43～53。

23. 林明德：〈古詩十九首賞析（下）〉，《明道文藝》，第 75 期，1982 年 6 月，頁 109～120。

24. 楊翠：〈漢樂府詩與古詩十九首所反映的時代精神〉，《史苑》，第 38 期，1984 年 1 月，頁 18～33。

25. 趙修禮：〈古詩十九首析論〉，《新埔學報》，第 9 期，1984 年 4 月，頁 51～146。

26. 吳天任：〈漢詩的發展與古詩十九首〉，《中國詩季刊》，第 15 卷第 2 期，1984 年 6 月，頁 9～41。

27. 吳天任：〈漢詩的發展與古詩十九首〉，《夏聲月刊》，第 246 期，1985 年 5 月，頁 7～20。

28. 沈謙：〈從譬喻論古詩十九首的藝術技巧〉，《古典文學》，上卷第 7 期，1985 年 8 月，頁 189～208。

29. 鍾吉雄：〈古詩十九首析賞〉，《中國語文》，第 58 卷第 5 期，1986 年 5 月，頁 61～70。

30. 王令樾：〈古詩十九首管窺（上）〉，《輔仁學誌——文學院之部》，第 17 期，1988 年 6 月，頁 275～313。

31. 蔡宗齊：〈《詩經》與《古詩十九首》：從比興的演變來看它們的內在聯係〉，《中外文學》，第 17 卷第 11 期，1989 年 4 月，頁 116～141。

32. 王令樾：〈古詩十九首管窺（下）〉，《輔仁學誌——文學院之部》，第 18 期，1989 年 6 月，頁 165～201。

33. 沈謙：〈羈旅愁懷的遊子飄泊之歌〉，《中國語文》，第 66 卷第 4 期，1990 年 4 月，頁 14～24。

34. 徐傳勝、林蔚蘭：〈委婉含蓄餘味無盡——《古詩十九首·冉冉孤生竹》賞析〉，《國文天地》，第 8 卷第 5 期，1992 年 10 月，頁 64～68。

35. 黃瑞枝：〈析探古詩十九首意象特質〉，《屏東師院學報》，第 7 期，1994 年 6 月，頁 195～209。

36. 葉嘉瑩講、安易整理：〈古詩十九首講錄（第一講）〉，《國文天地》，第 10 卷第 1 期，1994 年 6 月，頁 48～58。

37. 葉嘉瑩講、安易整理：〈古詩十九首講錄（第二講）〉，《國文天地》，第 10 卷第 2 期，1994 年 7 月，頁 4～10。

38. 葉嘉瑩講、安易整理：〈古詩十九首講錄〈青青河畔草〉、〈今日良宴會〉（第三講）〉，《國文天地》，第 10 卷第 3 期，1994 年 8 月，頁 37～43。

39. 葉嘉瑩講、安易整理：〈古詩十九首講錄——〈西北有高樓〉（第四講）〉，《國文天地》，第 10 卷第 4 期，1994 年 9 月，頁 28～36。

40. 葉嘉瑩講、安易整理：〈古詩十九首講錄——〈東城高且長〉（第五講）〉，《國文天地》，第 10 卷第 5 期，1994 年 10 月，頁 7～13。

41. 陳清俊：〈生與死的關懷——中國詩人對死亡的凝視〉，《中國學術年刊》，第 16 期，1995 年 3 月，頁 79～97。

42. 夏松涼：〈《古詩十九首·迢迢牽牛星》賞析〉，《中國語文》，第 77 卷第 1 期，1995 年 7 月，頁 39～41。

43. 陳玉倩：〈論古詩十九首與漢代樂府詩的關係〉，《輔大中研所學刊》，第 5 期，1995 年 9 月，頁 143～160。

44. 陳志源：〈古詩十九首中的植物意象〉，《輔大中研所學刊》，第 7 期，1997 年 6 月，頁 216～226。

45. 陳瑋倩：〈清和平遠，言情不盡的古詩十九首〉，《育達學報》，第 11 期，1997 年 12 月，頁 35～41。

46. 林彩淑：〈漢代樂府詩與古詩十九首之關係析論〉，《中國文化大學中文學報》，第 4 期，1998 年 3 月，頁 163～183。

47. 魏靖峰：〈試析古詩十九首的比興〉，《中國語文》，第 84 卷 2 期，1999 年 2 月，頁 93～95。

48. 林香伶：〈從人物性格的二重組合談《古詩十九首》〉，《中國學術年

刊》，第 20 期，1999 年 3 月，頁 335～354、607～608。

49. 鄭愁予：〈《古詩十九首》的造化〉，《明報月刊》，第 35 卷第 7 期，2000 年 7 月，頁 38。

50. 呂明修：〈「古詩十九首」之主題探討〉，《中華技術學院學報》，第 22 期，2001 年 3 月，頁 245～261。

51. 李綉玲：〈試探「古詩十九首」的音韻與詞彙風格〉，《中正大學中國文學研究所研究生論文集刊》，第 3 期，2001 年 5 月，頁 17～45。

52. 楊鴻銘：〈古詩十九首（一）──行行重行行析評〉，《孔孟月刊》，第 39 卷第 12 期，2001 年 8 月，頁 47～49。

53. 楊鴻銘：〈古詩十九首（二）──青青河畔草析評〉，《孔孟月刊》，第 40 卷第 1 期，2001 年 9 月，頁 47～49。

54. 蕭馳：〈論船山對儒家傳統詩學「興觀羣怨」概念之再詮釋〉，《中國文哲研究集刊》，第 19 期，2001 年 9 月，頁 109～146。

55. 楊鴻銘：〈古詩十九首（三）──青青陵上柏析評〉，《孔孟月刊》，第 40 卷第 2 期，2001 年 10 月，頁 47～49。

56. 楊鴻銘：〈古詩十九首（四）──今日良宴會析評〉，《孔孟月刊》，第 40 卷第 3 期，2001 年 11 月，頁 47～49。

57. 楊鴻銘：〈古詩十九首（五）──西北有高樓析評〉，《孔孟月刊》，第 40 卷第 4 期，2001 年 12 月，頁 46～49。

58. 楊鴻銘：〈古詩十九首（六）──涉江采芙蓉析評〉，《孔孟月刊》，第 40 卷第 5 期，2002 年 1 月，頁 45～47。

59. 楊鴻銘：〈古詩十九首（七）──明月皎夜光析評〉，《孔孟月刊》，第 40 卷第 6 期，2002 年 2 月，頁 50～53。

60. 楊鴻銘：〈古詩十九首（八）──冉冉孤生竹析評〉，《孔孟月刊》，第 40 卷第 7 期，2002 年 3 月，頁 46～49。

61. 楊鴻銘：〈古詩十九首（九）──庭中有奇樹析評〉，《孔孟月刊》，第 40 卷第 8 期，2002 年 4 月，頁 47～49。

62. 楊鴻銘：〈古詩十九首（十）──迢迢牽牛星析評〉，《孔孟月刊》，第 40 卷第 9 期，2002 年 5 月，頁 47～49。

63. 楊鴻銘：〈古詩十九首（十一）──迴車駕言邁析評〉，《孔孟月刊》，第 40 卷第 10 期，2002 年 6 月，頁 47～49。

64. 楊鴻銘：〈古詩十九首（十二）──東城高且長析評〉，《孔孟月刊》，第 40 卷第 11 期，2002 年 7 月，頁 45～48。

65. 楊鴻銘：〈古詩十九首（十三）──驅車上東門析評〉，《孔孟月刊》，第 40 卷第 12 期，2002 年 8 月，頁 46～49。

66. 楊鴻銘：〈古詩十九首（十四）──去者日以疏析評〉，《孔孟月刊》，第 41 卷第 1 期，2002 年 9 月，頁 47～49。

67. 楊鴻銘：〈古詩十九首（十五）──生年不滿百析評〉，《孔孟月刊》，第 41 卷第 2 期，2002 年 10 月，頁 47～49。

68. 楊鴻銘：〈古詩十九首（十六）──凜凜歲云暮析評〉，《孔孟月刊》，第 41 卷第 3 期，2002 年 11 月，頁 45～48。

69. 侯迺慧：〈〈古詩十九首〉時間悲劇主題的意識層遞與自我治療〉，《中國古典文學研究》，第 8 期，2002 年 12 月，頁 1～18。

70. 楊鴻銘：〈古詩十九首（十七）──孟冬寒氣至析評〉，《孔孟月刊》，第 41 卷第 4 期，2002 年 12 月，頁 44～47。

71. 楊鴻銘：〈古詩十九首（十八）──客從遠方來析評〉，《孔孟月刊》，第 41 卷第 5 期，2003 年 1 月，頁 47～49。

72. 楊鴻銘：〈古詩十九首（十九）──明月何皎皎析評〉，《孔孟月刊》，第 41 卷第 6 期，2003 年 2 月，頁 47～49。

73. 羅文華：〈古詩十九首的時間意象〉，《中國語文》，第 92 卷第 4 期，2003 年 4 月，頁 53～60。

74. 何寄澎、許銘全：〈模擬與經典之形成、詮釋──以陸機〈擬古詩〉為對象之探討〉，《成大中文學報》，第 11 期，2003 年 11 月，頁 1～3、5～36。

75. 朱曉海：〈論陸機〈擬古詩〉十二首〉，《臺大中文學報》，第 19 期，2003 年 12 月，頁 91～130。

76. 洪慧敏：〈《人間詞話》境界說之理論核心──主真〉，《東吳中文研究集刊》，第 11 期，2004 年 7 月，頁 177～200。

77. 胡淑貞、簡宗梧：〈試析古詩十九首之聲情〉，《中臺學報》，第 17 卷第 1 期，2005 年 9 月，頁 171～190。

78. 鄭滋斌：〈論陳子龍、柳如是擬〈古詩十九首〉〉，《東方文化》，第 40 卷第 1、2 期，2005 年 12 月，頁 39～77。

79. 吳蕙君：〈陸機〈擬古詩〉與古詩十九首之比較〉，《世新中文研究集刊》，第 2 期，2006 年 6 月，頁 237～256。

80. 王玥琳：〈詩騷合流與文人短章抒情典範的確立──《古詩十九首》研究〉，《新亞論叢》，第 8 期，2006 年 10 月，頁 266～272。

81. 沈子杰：〈亙古的盼──古詩十九首中的等待主題試析〉，《孔孟月刊》，第 45 卷第 5、6 期，2007 年 2 月，頁 25～29。

82. 蕭馳：〈「書寫聲音」中的群與我、情與感──〈古詩十九首〉詩學質性與詩史地位的再檢討〉，《中國文哲研究集刊》，第 30 期，2007

年 3 月，頁 45～85。

83. 蕭馳：〈再論中國詩歌自口頭公共表達向書寫個人體驗的轉變〉，《淡江中文學報》，第 17 期，2007 年 12 月，頁 23～48。

84. 祁立峰：〈戲擬、互文、重寫文學史：論陸機〈擬古十二首〉的歷代評價與書寫策略〉，《思辨集》，第 11 期，2008 年 3 月，頁 63～84。

85. 方淑美：〈簡釋 Ezra Pound 的漢代詩歌譯本──以〈陌上桑〉、〈青青河畔草〉及〈迢迢牽牛星〉三首詩歌為例（上）〉，《中國語文》，第 103 卷第 2 期，2008 年 8 月，頁 70～80。

86. 林綉亭：〈《古詩十九首》女性形象探析〉，《玄奘人文學報》，第卷第 9 期，2009 年 7 月，頁 115～138。

87. 施靜宜：〈古詩十九首之開創性意涵探析〉，《高應科大人文社會科學學報》，第 8 卷第 1 期，2011 年 7 月，頁 45～66。

88. 吳國豪：〈陳淳，米芾，黑白配──記一件被改款的〈古詩十九首〉卷〉，《典藏古美術》，第 234 期，2012 年 3 月，頁 154～161。

89. 王瓊瑤：〈從重疊詞彙運用探討《古詩十九首》語言風格〉，《中國語文》，第 110 卷第 4 期，2012 年 4 月，頁 65～83。

（二）大陸期刊論文

1. 解德楓：〈個體生命的自覺──《古詩十九首》主題意義闡釋〉，《南都學壇（哲學社會科學版）》，第 16 卷第 2 期，1996 年，頁 19～21。

2. 許曉晴：〈論《古詩十九首》的生命意象與主題〉，《山西大學學報（哲學社會科學版）》，第 1 期，1999 年，頁 54～57。

3. 曾也魯：〈王船山與《古詩十九首》〉，《衡陽師範學院學報（社會科學）》，第 21 卷第 1 期，2000 年 2 月，頁 113～115。

4. 劉明怡：〈近二十年《古詩十九首》研究概觀〉，《文史知識》，第 10 期，2002 年，頁 119～127。

5. 張幼良：〈20 世紀《古詩十九首》研究述評〉，《貴州文史叢刊》，第 4 期，2003 年，頁 1～5。

6. 周念先：〈解讀王船山《擬古詩十九首》〉，《衡陽師範學院學報（社會科學）》，第 24 卷第 5 期，2003 年 10 月，頁 64～68。

7. 木齋：〈初論古詩十九首產生在建安曹魏時代──從五言詩形成歷程角度的探尋〉，《山西大學學報（哲學社會科學版）》，第 28 卷第 2 期，2005 年 3 月，頁 71～77。

8. 木齋：〈略論古詩十九首的產生時間和作者階層〉，《山西大學學報

（哲學社會科學版）》，第 28 卷第 4 期，2005 年 7 月，頁 28～32。

9. 木齋：〈《古詩十九首》「東漢」說質疑〉，《中華文化論壇》，第 2 期，2006 年，頁 67～69。

10. 趙燕：〈胡應麟與《古詩十九首》〉，《蘭州學刊》，第 4 期，2006 年，頁 53～55、52。

11. 李祥偉：〈《古詩十九首》研究述論〉，《廣州大學學報（社會科學版）》，第 5 卷第 6 期，2006 年 6 月，頁 65～68。

12. 木齋：〈試論曹植與古詩十九首的女性題材寫作——兼論《青青河畔草》的作者和寫作背景〉，《新疆大學學報（哲學‧人文社會科學版）》，第 34 卷第 4 期，2006 年 7 月，頁 127～131。

13. 陳斌：〈論清初陳祚明對《古詩十九首》抒情藝術的發微〉，《中國韻文學刊》，第 20 卷第 4 期，2006 年 12 月，頁 13～18。

14. 高政銳：〈方東樹《昭昧詹言》論《古詩十九首》簡評〉，《大慶師範學院學報》，第 27 卷第 6 期，2007 年 12 月，頁 83～85。

15. 石彥：〈《古詩十九首》百年研究綜述〉，《語文學刊》，第 11 期，2008 年，頁 58～62。

16. 木齋：〈從語彙語句角度考量古詩十九首與建安詩歌〉，《山西大學學報（哲學社會科學版）》，第 32 卷第 1 期，2009 年 1 月，頁 30～34。

17. 木齋：〈論《古詩十九首》與曹植的關係——兼論〈涉江采芙蓉〉為曹植建安十七年作〉，《社會科學研究》，第 4 期，2009 年，頁 24～34。

18. 崔海峰：〈興觀群怨說——從孔子到王夫之〉，《船山學刊》，第 4 期，2009 年，頁 5～10。

19. 歐明俊：〈《古詩十九首》百年研究之總檢討〉，《社會科學研究》，第 4 期，2009 年，頁 18～24。

20. 孫艷紅、焦寶：〈百年《古詩十九首》研究史的第一次大收穫〉，《江西師範大學學報（哲學社會科學版）》，第 5 期，2009 年，頁 56～58。

21. 木齋：〈《古詩十九首與建安詩歌研究》反思〉，《社會科學研究》，第 2 期，2010 年，頁 54～66。

22. 宋賢：〈王世貞對《古詩十九首》的接受〉，《考試周刊》，第 19 期，2010 年，頁 23～24。

23. 宋賢：〈胡應麟《詩藪》論《古詩十九首》及其批評史意義〉，《傳承》，第 6 期，2011 年，頁 64～65、67。

三、學位論文（依發表年排序）

（一）臺灣學位論文

1. 郭姿秀：《古詩十九首抒情美學研究》，南華大學文學研究所碩士論文，2003 年。

2. 王莉莉：《《古詩十九首》修辭藝術探究》，玄奘人文社會學院中國語文研究所碩士論文，2004 年。

3. 陳瑩珠：《古詩十九首語言藝術研究》，國立彰化師範大學國文研究所國語文教學碩士班碩士論文，2006 年。

4. 周育如：《「古詩十九首」的音韻風格研究》，國立彰化師範大學國文研究所國語文教學碩士班碩士論文，2010 年。

5. 傅雪芬：《《古詩十九首》篇章結構探析》，國立臺灣師範大學國文學系教學碩士班碩士論文，2010 年。

（二）大陸學位論文

1. 何國平：《山水詩前史——以《古詩十九首》到玄言詩的審美經驗變遷爲中心》，浙江大學博士論文，2006 年。

2. 陳嵩明：《唐前《古詩十九首》接受史》，黑龍江大學碩士論文，2011 年。

3. 劉酩詩：《《古詩十九首》在魏晉六朝唐代的傳播接受》，暨南大學碩士論文，2011 年。

四、學術官方網站（依首字筆劃排序）

1. 中國博士學位論文全文數據庫：http://cnki50.csis.com.tw.rpa.lib.nknu.edu.tw:81/kns50/Navigator.aspx?ID=CDFD，（西元 2012 年 10 月 23 日搜尋）。

2. 中國期刊全文數據庫：http://cnki50.csis.com.tw.rpa.lib.nknu.edu.tw:81/kns50/Navigator.aspx?ID=CJFD，（西元 2012 年 10 月 23 日搜尋）。

3. 中國優秀碩士學位論文全文數據庫：http://cnki50.csis.com.tw.rpa.lib.nknu.edu.tw:81/kns50/Navigator.aspx?ID=CMFD，（西元 2012 年 10 月 23 日搜尋）。

4. 國家圖書館‧臺灣廣域數位圖書館「臺灣博碩士論文知識加值系統」：http://ndltd.ncl.edu.tw.rpa.lib.nknu.edu.tw:81/cgi-bin/gs32/gsweb.cgi/ccd=_Vnz6W/webmge?mode=basic，（西元 2012 年 10 月 23 日搜尋）。

5. 國家圖書館期刊文獻資訊網「臺灣期刊論文索引系統」：http://readopac.ncl.edu.tw/nclJournal，（西元 2012 年 10 月 23 日搜尋）。

附　錄

附錄一：明代詩話論及的
《古詩十九首》

（葉宛樺製表，按周維德集校《全明詩話》收錄先後排序）

序號	重　點	出　　處	內　　　容
1	論作者	朱權：《江西詩法・詩體源流》	夫自《風》、《雅》、《頌》既泯，一變而為《離騷》，再變而為西漢五言，三變而為歌行雜體，四變而為沈、宋律詩。五言起於李陵、蘇武，《古詩十九首》，或云枚乘作。七言起於漢武〈柏梁〉。四言起於韋孟。六言起於谷永皆漢人。三言起於晉夏侯湛。九言起於高貴鄉公。〔註1〕
2	論五言古詩法	朱權：《江西詩法・五言古詩法》	或興起，或比起，或賦起。須要寓意深遠，託辭溫厚，反覆優游，雍容不迫。或感古懷今，或懷人傷己，或瀟灑閒適。寫景要雅淡，推人心之至情，寫感慨之微意，悲喜含蓄而不傷，美刺宛曲而不露，要有《三百篇》之遺意。觀漢魏諸古詩，藹然有感動人處，如《古詩十九首》，皆當熟讀，久之自見其趣。〔註2〕

〔註1〕 〔明〕朱權：《江西詩法・詩體源流》，收錄於周維德集校：《全明詩話》，（濟南：齊魯書社，2005年），第一冊，頁65。
〔註2〕 〔明〕朱權：《江西詩法・五言古詩法》，收錄於周維德集校：《全明詩話》，第一冊，頁80。

序號	重點	出處	內容
3	論詩源流	周敘:《詩學梯航·敘詩》	詩之起自舜、禹賡歌,其源遠矣。逮周之《三百篇》,作詩之爲體始具,及經孔聖刪定,四詩六義之說以明。以之被絃歌、薦郊廟,而詩之爲用益著。秦漢以來,歌曲寖盛,至柏梁之賦而七字成,即柏梁體。蘇、李諸作而五言出;漢蘇武有詩四首,李陵有〈與蘇武〉三首,及無名氏《古詩十九首》,皆五言詩。或謂蘇、李諸作非眞,而〈飲馬長城窟行〉、〈長歌行〉等篇,皆漢樂府。以上並見《文選》。率皆五字爲句,則五七言之俱起於漢無疑。然漢去古未遠,風氣淳厚,惜乎漢詩傳於今者絕少,其可見不過樂府之類數章,固非後世所能及也……。〔註3〕
4	論韻	周敘:《詩學梯航·辨格》	古詩有三韻者,五言如唐李益「漢家今上郡」之篇,唐人多作之;七言如杜牧〈送王侍御赴夏口座主幕〉詩之類。有五韻六韻以至百韻者。此等唐人多作,於各集中可考而見。有換韻者。如《十九首·行行重行行》本押「離」韻,至中間換「遠」韻之類。有古詩全不押韻者。如〈採蓮曲〉是也。有押六七韻者。如韓昌黎「此日足可惜」之篇是也。有重用兩三韻者。如曹子建〈美女篇〉兩用「難」字;任彥昇〈哭范僕射〉詩三用「情」字。用重用二十許韻者。漢〈焦仲卿妻〉詩內有之。〔註4〕
5	論八病	周敘:《詩學梯航·辨格》	有平頭、第一字二字不得與第六、七字同聲。如「今日良宴會,歡樂難具陳。」「今」、「歡」皆平聲也。上尾、謂第五字不得與第十字同聲。如「青青河畔草,鬱鬱園中柳。」「草」、「柳」皆上聲也……。〔註5〕

〔註3〕 〔明〕周敘:《詩學梯航·敘詩》,收錄於周維德集校:《全明詩話》,第一冊,頁88。小字爲作者原註。

〔註4〕 〔明〕周敘:《詩學梯航·辨格》,收錄於周維德集校:《全明詩話》,第一冊,頁90～91。小字爲作者原註。

〔註5〕 〔明〕周敘:《詩學梯航·辨格》,收錄於周維德集校:《全明詩話》,第一冊,頁93。

序號	重點	出處	內容
6	論風格	陳沂：《拘虛詩談》	漢之詩，有騷之遺音，而意復寬大，若《十九首》與蘇、李諸作，自是風人之體，雅淡溫厚。魏乘漢後，意短而氣蹙矣。惟子建才足以充之，獨步於時。至晉，句刻削而意凡近。淵明在義熙時，追古近道，駕軼黃初之上，又不可以世代論也。〔註6〕
7	論學詩	徐禎卿：《談藝錄》	……詩賦粗精，譬之絺綌，而不深探研之力，宏識誦之功，何能益也？故古詩三百，可以博其源；遺篇十九，可以約其趣；樂府雄高，可以厲其氣；《離騷》深永，可以裨其思。然後法經而植旨，繩古以崇辭，雖或未盡臻其奧，吾亦罕見其失也……。〔註7〕
8	論作詩	徐禎卿：《談藝錄》	詩貴先合度，而後工拙；縱橫格軌，各具風雅。繁欽〈定情〉，本之鄭魏；「生年不滿百」，出自《唐風》；王粲〈從軍〉，得知（按：「知」應作「之」）二《雅》；張衡〈同聲〉，亦合〈關雎〉。諸詩固自有工醜，然而並驅者，託之軌度也。〔註8〕
9	論承襲	徐禎卿：《談藝錄》	「生年不滿百」四語，〈西門行〉亦掇之，古人不諱重襲，若相援爾。覽〈西門行〉終篇，固咸自鑠古詩，然首尾語精，可二也。 溫裕純雅，古詩得之。遒深勁絕，不若漢鐃歌樂府詞。〔註9〕

〔註6〕〔明〕陳沂：《拘虛詩談》，收錄於周維德集校：《全明詩話》，第一冊，頁674。

〔註7〕〔明〕徐禎卿：《談藝錄》，收錄於周維德集校：《全明詩話》，第一冊，頁789。

〔註8〕〔明〕徐禎卿：《談藝錄》，收錄於周維德集校：《全明詩話》，第一冊，頁790。

〔註9〕〔明〕徐禎卿：《談藝錄》，收錄於周維德集校：《全明詩話》，第一冊，頁791。

序號	重 點	出 處	內 容
10	論〈客從遠方來〉	楊慎：《升菴詩話》卷三〈古詩〉	古詩：「文綵雙鴛鴦，裁爲合歡被。著以長相思，緣以結不解。」「著」，昌慮切。鄭玄《儀禮註》：「著，充之以絮也。」緣以絹也，鄭玄《禮記註》：「緣，飾邊也。」長相思，謂以絲縷絡錦交互綱之，使不斷，長相思之義也。結不解，按《說文》結而可解曰紐，結不解曰締。締謂以針縷交鎖連結，混合其縫，如古人結綢繆，同心製，取結不解之義。既取其義以著愛而結好，又美其名曰相思，曰不解云。合歡被，宋趙德麟《侯鯖錄》有解。會而觀之，可見古人詠物托(按：「托」應作「託」)意之工夫矣。〔註10〕
11	論《古詩十九首》拾遺	楊慎：《升菴詩話》卷三〈古詩十九首拾遺〉	「閨中有一婦，搗衣寄遠人。深夜不安寢，杵聲聞四鄰。夫婿從軍久，別離無冬春。欲寄向何處，邊塞多風塵。蘭莖徒芬香，無由近君身。」此《古詩十九首》之遺也。鍾嶸云，古詩凡四十餘首，陸機所擬十餘首，至梁昭明選十九首，其餘有見於《樂府》及《玉臺新詠》者，若「上山採蘼蕪」、「橘柚垂華實」、「紅塵蔽天地」、「十五從軍征」、「四坐且莫諠」、「悲與親友別」、「穆穆清風至」、「蘭若生春陽」、「步出城東門」、「白楊初生時」，凡十首，皆首尾全。近又閱《類要》及《北堂書鈔》、《修文殿御覽》，會合叢殘得此首，其碎句無首尾者，載之於《詩話補遺》。〔註11〕
12	論漢古詩逸句	楊慎：《升菴詩話》卷十二〈漢古詩逸句〉	「庭中有奇樹，上有悲鳴蟬。」「泛泛江漢萍，飄蕩永無根。」「青青陵中草，傾葉晞朝日。陽春被惠澤，枝葉可攬結。」「餓狼食不多，饑豹食有餘。」「蝴蝶游西園，莫宿桑樹間。」「天霜木葉下，鴻

〔註10〕 〔明〕楊慎：《升菴詩話》卷三〈古詩〉，收錄於周維德集校：《全明詩話》，第二冊，頁 894～895。

〔註11〕 〔明〕楊慎：《升菴詩話》卷三〈古詩十九首拾遺〉，收錄於周維德集校：《全明詩話》，第二冊，頁 895。

序號	重　點	出　處	內　　容
			雁當南飛。」古詩四十餘首，《文選》收其十九首，今其遺句見於類書多有之，聊錄其一二。斷圭缺璧，猶勝瓦礫如山也……。〔註12〕
13	論用字	楊慎：《升菴詩話》卷十二〈賤妾亦何爲〉	古詩：「君亮執高節，賤妾亦何爲。」《文選·范雲〈古意〉》詩注引之作「擬何爲」，「擬」字勝「亦」字。〔註13〕
14	論漢古詩逸句	楊慎：《詩話補遺》卷一〈漢古詩逸句〉	「庭中有奇樹，上有悲鳴蟬。」「泛泛江漢萍，飄蕩永無根。」「青青陵中草，傾葉晞朝日。」「陽春被惠澤，枝葉可攬結。」「餓狼食不多，饑豹食有餘。」「胡蝶遊西園，暮宿桑樹間。」「天霜木葉下，鴻鴈當南飛。」古詩四十餘首，《文選》收其十九首，今其遺句見於類書多有之，聊錄其一二。斷珪缺璧，猶勝瓦礫如山也……。〔註14〕
15	論對句	謝榛：《四溟詩話》卷一	《詩》曰：「覯閔既多，受侮不少。」初無意於對也。《十九首》云：「胡馬依北風，越鳥巢南枝。」屬對雖切，亦自古老。六朝惟淵明得之，若「芳草何茫茫，白楊亦蕭蕭」是也。〔註15〕

〔註12〕〔明〕楊慎：《升菴詩話》卷十二〈漢古詩逸句〉，收錄於周維德集校：《全明詩話》，第二冊，頁1047。小字爲作者原註。
〔註13〕〔明〕楊慎：《升菴詩話》卷十二〈賤妾亦何爲〉，收錄於周維德集校：《全明詩話》，第二冊，頁1053。
〔註14〕〔明〕楊慎：《詩話補遺》卷一〈漢古詩逸句〉，收錄於周維德集校：《全明詩話》，第二冊，頁1103。小字爲作者原註。
〔註15〕〔明〕謝榛：《四溟詩話》卷一，收錄於周維德集校：《全明詩話》，第二冊，頁1306。

序號	重 點	出 處	內 容
16	論韻	謝榛:《四溟詩話》卷一	古詩之韻如《三百篇》協用者,「西北有高樓,上與浮雲齊」是也。如洪武韻互用者,「灼灼園中葵,朝露待日晞」是也。如沈韻拘用者,「有鳥西南飛,熠熠似蒼鷹」是也。漢人用韻參差,沈約《類譜》,始爲嚴整。「早發定山」,尙用「山」、「先」二韻。及唐以詩取士,遂爲定式;後世因之,不復古矣。楊誠齋曰:「今之《禮部韻》,乃是限制士子成文,不許出韻,因難以見工爾。至於吟詠性情,當以《國風》、《離騷》爲法,又奚《禮部韻》之拘哉?」鄒國忠曰:「不用沈韻,豈得謂之唐詩。」古詩自有所叶,如「靡室靡家,玁狁之故。」曹大家字本此。〔註16〕
17	論氣	謝榛:《四溟詩話》卷二	陳琳曰:「騁哉日月遠,年命將西傾。」陸機曰:「容華夙夜零,體澤坐自捐。茲物苟難停,無壽安得延。」謝靈運曰:「夕慮曉月流,朝忌嘵日馳。」李長吉曰:「天東有若木,下置銜燭龍。吾將斬龍足、嚼龍肉,使之朝不得迴、夜不得伏。自然老者不死、少者不哭。」此皆氣短。無名氏曰:「人生不滿百,常懷千歲憂。晝短苦夜長,何不秉燭遊。」此作感慨而氣悠長也。〔註17〕
18	論聲色	謝榛:《四溟詩話》卷二	謝靈運「池塘生春草」,造語天然,清景可畫,有聲有色,乃是六朝家數,與夫「青青河畔草」不同。葉少蘊但論天然,非也。又曰:「若作『池邊』、『庭前』,俱不佳。」非關聲色而何?〔註18〕
19	論用字	謝榛:《四溟詩話》卷三	《古詩十九首》,平平道出,且無用工字面,若秀才對朋友說家常語,略不作意。如「客從遠方來,寄我雙鯉魚。呼童烹鯉

〔註16〕 〔明〕謝榛:《四溟詩話》卷一,收錄於周維德集校:《全明詩話》,第二冊,頁1307~1308。

〔註17〕 〔明〕謝榛:《四溟詩話》卷二,收錄於周維德集校:《全明詩話》,第二冊,頁1326。

〔註18〕 〔明〕謝榛:《四溟詩話》卷二,收錄於周維德集校:《全明詩話》,第二冊,頁1327。

序號	重點	出處	內 容
			魚，中有尺素書」是也。及登甲科，學說官話，便作腔子，昂然非復在家之時。若陳思王「遊魚潛綠水，翔鳥薄天飛。始出嚴霜結，今來白露晞」是也。此作平仄妥帖，聲調鏗鏘，誦之不免腔子出焉。魏晉詩家常話與官話相半，迨齊、梁開口，俱是官話。官話使力，家常話省力；官話勉然，家常話自然。夫學古不及，則流於淺俗矣。今之工於近體者，惟恐官話不專，腔子不大，此所以泥乎盛唐，卒不能超越魏進（按：「進」應作「晉」）而追兩漢也。嗟夫！〔註19〕
20	論重句	謝榛：《四溟詩話》卷四	詩賦各有體製，兩漢賦多使難字，堆垛聯綿，意思重疊，不害於大義也。詩自蘇、李五言暨《十九首》，格古調高，句平意遠，不尚難字，而自然過人矣……。〔註20〕
21	論承襲	皇甫汸：《解頤新語》卷三〈考證〉	漢魏、六朝、三唐，以迄宋、元，豈徒綴辭不倫，雖命題亦異矣。 擬古題如「西北有高樓」、「青青河畔草」之類，樂府題「冉冉孤生竹」，「棗下何纂纂」之類……。〔註21〕
22	論承襲	皇甫汸：《解頤新語》卷四〈詮藻〉	《談藝錄》云：「生年不滿百」四語，〈西門行〉亦掇之，古人不諱重襲，若相援耳，魏武之掇〈鹿鳴〉是也……。〔註22〕
23	論風格	皇甫汸：《解頤新語》卷四〈詮藻〉	皎然論：蘇、李天與其性，發言自高。少卿意悲詞切，《十九首》之流也。鄴中七子，語與興驅，勢逐情起，猶傷用氣。康

〔註19〕〔明〕謝榛：《四溟詩話》卷三，收錄於周維德集校：《全明詩話》，第二冊，頁1338～1339。

〔註20〕〔明〕謝榛：《四溟詩話》卷四，收錄於周維德集校：《全明詩話》，第二冊，頁1359。

〔註21〕〔明〕皇甫汸：《解頤新語》卷三〈考證〉，收錄於周維德集校：《全明詩話》，第二冊，頁1392。

〔註22〕〔明〕皇甫汸：《解頤新語》卷四〈詮藻〉，收錄於周維德集校：《全明詩話》，第二冊，頁1396。

序號	重　點	出　處	內　　容
			樂本於性情，尚於作用。沈建昌謂，靈均以來一人而已。皆確論也。〔註23〕
24	論承襲	皇甫汸:《解頤新語》卷八〈雜紀〉	若謂聯綿交絡之格，則如陸士衡「遠遊越山川，山川修且廣」，王仲宣「但問所從誰，所從神且武」，李義山「棹裏自成歌，歌竟乘流去。」各自一體也。 古詩:「胡馬依北風，越鳥巢南枝。」梁范雲詩:「越鳥巢北樹，胡馬畏南風。」借其意而反其辭，亦一體也。〔註24〕
25	論風格	何良俊:《元朗詩話》卷一	詩以性情為主，《三百篇》亦只是性情。今詩家所宗，莫過于《十九首》。其首篇「行行重行行」，何等情意深至，而辭句簡質。其後或有托（按:「托」應作「託」）諷者，其辭不得不曲而婉。然終始只一事，而首尾照應，血脈連屬，何等妥貼。今人但摸（按:「摸」應作「模」）仿古人詞句，餖飣成篇，血脈不相接續，復不辨有首尾，讀之終篇，不知其安身立命在於何處？縱學得句句似曹、劉，終是未善。 詩苟發於情性，更得興致高遠，體勢穩順，措詞妥貼，音調和暢，斯可謂詩之最上乘矣。然豈可以易言哉！ 婉暢二字，亦是詩家切要語。蓋暢而不婉，則近於粗；婉而不暢，則入於晦。 選詩之中，若論華藻綺麗，則稱陳思、潘、陸。苟求風力遒迅，則《十九首》之後，便有劉禎（按:「禎」應作「楨」）、左思。〔註25〕
26	論詩源流	沈騏:《詩體明辯・序》	詩其昉於邈古之世乎？若古詩所傳，有其音無其韻；亦初不限言數，短或二言，多

〔註23〕〔明〕皇甫汸:《解頤新語》卷四〈詮藻〉，收錄於周維德集校:《全明詩話》，第二冊，頁1398。

〔註24〕〔明〕皇甫汸:《解頤新語》卷八〈雜紀〉，收錄於周維德集校:《全明詩話》，第二冊，頁1415～1416。

〔註25〕〔明〕何良俊:《元朗詩話》卷一，收錄於周維德集校:《全明詩話》，第二冊，頁1423。

序號	重　點	出　處	內　　容
			至八九；或韻在末句之上，又或重用叶字。然則道志之言，約如文耳。唐、虞以前，有歌謠之名，《舜典》始著詩稱。蓋雜繇詞歌銘之中，未有定體也。自太史著採風之職，而商、周之間，乃定《風》、《雅》、《頌》之規，有此（按：「此」應作「比」）、興、賦之格。孔子刪之，卓然取游人野女之謳吟，而定曰《詩》。爰是，詩有其區域矣。此後宜盛而衰，迄於戰國，其確然以詩名者，惟見荀卿一章。至楚屈平別衍詩體爲騷，斯變風亦絕。漢初，唐山夫人造《安世房中歌》十六首，遂爲樂府祖，而詩遂分今古。武帝製落葉哀蟬而有曲名，班婕妤製〈怨歌〉而有行名，司馬相如製〈封禪〉而有頌名，息夫人製〈絕命〉而有辭名，卓文君製〈白頭〉而有吟名。韋孟諷諫，東方朔誡子，蘇武、李陵贈別，王昭君寫怨，西漢之可見如此。其他《古詩十九》、〈焦仲卿妻〉詩，亦繫之……。〔註26〕
27	論學詩	徐師曾：《詩體明辯·論詩》	大明徐禎卿曰：昔桓譚學賦於揚雄，雄令讀千首賦，蓋所以廣其資，亦得以參其變也。詩賦粗精，譬之絺綌（按：「綌」應作「綌」），而不深探研之力，宏識誦之功，何能益也？故古詩《三百》，可以博其源；遺篇《十九》，可以約其趣；樂府雄高，可以屬其氣；《離騷》深永，可以禪（按：「禪」應作「裨」）其思。然後法經而植旨，繩古以崇辭，雖或未能臻其奧，吾亦罕見其失也。 宋呂本中曰：學詩須以《三百篇》、《楚辭》及漢、魏間人詩爲主，方見古人妙處，自無齊、梁間綺靡氣味也。 宋嚴羽曰：學詩先須熟讀《楚辭》，朝夕諷詠，以爲之本；及讀《古詩十九首》，

〔註26〕〔明〕沈騏：《詩體明辯·序》，收錄於周維德集校：《全明詩話》，第二冊，頁1449。

序號	重　點	出　處	內　　容
			樂府四篇，李陵、蘇武、漢、魏五言，皆須熟讀，即以李、杜二集枕藉觀之，如今人之治經，然後博取盛唐名家，醞釀胸中，久之自然悟入。雖學之不至，亦不失正路。〔註27〕
28	論疊字	徐師曾:《詩體明辯·雜體詩》	疊字體　按古詩「青青河畔草」凡十句，而前六句皆用疊字。「迢迢牽牛星」亦十句，而首四句尾二句皆用疊字。然未有以疊字成篇者，後人仿之，始有此體……。〔註28〕
29	論風格	王文祿:《詩的》	……陶靖節自桓公來世為晉臣，故詩年記義熙有麥秀黍離之嘆，音調法《古詩十九首》，誦之令人起塵外之思。〔註29〕
30	論〈迢迢牽牛星〉	梁橋:《冰川詩式》卷之一〈五言古詩·古詩〉	此詩喻臣之不得事君，如牛女之不得相會。〔註30〕
31	論五言古詩法	梁橋:《冰川詩式》卷之一〈五言古詩·飲酒〉	學五言古詩，須將《古詩十九首》熟讀玩味，方得旨趣，淵明是也。〔註31〕
32	論五言古詩法	梁橋:《冰川詩式》卷之一〈五言古詩〉	五言古詩，雖無定句，《十九首》尚矣。然自六句短古篇放之至百句，大要貴意圓而語深。凡作五言古詩，先須澄靜此心，如滄溟不波，空碧無際，纖月到景，萬象涵精。題目如鏡中物影，悲歡動靜，了無

〔註27〕〔明〕徐師曾:《詩體明辯·論詩》，收錄於周維德集校:《全明詩話》，第二冊，頁1451。
〔註28〕〔明〕徐師曾:《詩體明辯·雜體詩》，收錄於周維德集校:《全明詩話》，第二冊，頁1466。
〔註29〕〔明〕王文祿:《詩的》，收錄於周維德集校:《全明詩話》，第二冊，頁1534。
〔註30〕〔明〕梁橋:《冰川詩式》卷之一〈五言古詩·古詩〉，收錄於周維德集校:《全明詩話》，第二冊，頁1614。
〔註31〕〔明〕梁橋:《冰川詩式》卷之一〈五言古詩·飲酒〉，收錄於周維德集校:《全明詩話》，第二冊，頁1614。

序號	重 點	出 處	內 容
			遁情，懷天地于秋毫，洞古今爲一瞬，視彼區區者，吾談笑道之。大抵五言古詩，所養浩蕩，所見詳明，所取精微，所用輕快。〔註32〕
33	論〈客從遠方來〉協韻	梁橋：《冰川詩式》卷之四〈古詩協韻法・古詩〉	客從遠方來，遺我一端綺。文綵雙鴛鴦，裁爲合歡被。著以長相思，緣以結不解。以膠投漆中，誰能別離此。解字舉履協。〔註33〕
34	論〈生年不滿百〉協韻	梁橋：《冰川詩式》卷之四〈古詩協韻法・古詩〉	生年不滿百，常懷千歲憂。晝短苦夜長，何不秉燭游。爲樂當及時，何能待來茲。愚者愛惜費，但爲塵世嗤。仙人王子喬，難可以等期。「憂」字協音「醫」，「游」字協音「夷」。〔註34〕
35	論學詩	梁橋：《冰川詩式》卷之九〈學詩要法上〉	讀《古詩十九首》，要知情眞、景眞、事眞、意眞。澄至清，發至情。〔註35〕
36	論疊字	梁橋：《冰川詩式》卷之十〈學詩要法下〉	《十九首》：「青青河畔草，鬱鬱園中柳。盈盈樓上女，皎皎當窗牖。娥娥紅粉妝，纖纖出素手。」一連六句，皆用疊字，今人必以爲句法重復之甚。古詩正不當以此論之也。〔註36〕
37	論學詩	譚浚：《說詩》卷之上〈得式・體格〉	心志由中，英華發外，形於話言，徵於文獻，必有式式。必有宗純而不雜，雜而不越。或《經》或《騷》或樂府、或漢、或魏、或唐，古詞不可雜以近體，

〔註32〕 〔明〕梁橋：《冰川詩式》卷之一〈五言古詩〉，收錄於周維德集校：《全明詩話》，第二冊，頁 1615。

〔註33〕 〔明〕梁橋：《冰川詩式》卷之四〈古詩協韻法・古詩〉，收錄於周維德集校：《全明詩話》，第二冊，頁 1670。小字爲作者原註。

〔註34〕 〔明〕梁橋：《冰川詩式》卷之四〈古詩協韻法・古詩〉，收錄於周維德集校：《全明詩話》，第二冊，頁 1670。小字爲作者原註。

〔註35〕 〔明〕梁橋：《冰川詩式》卷之九〈學詩要法上〉，收錄於周維德集校：《全明詩話》，第二冊，頁 1743。

〔註36〕 〔明〕梁橋：《冰川詩式》卷之十〈學詩要法下〉，收錄於周維德集校：《全明詩話》，第二冊，頁 1754。

序號	重　點	出　處	內　　容
			漢風不可雜以唐律，律絕不可雜以《經》、《騷》也。李空同於晉魏，則曰：「有意者比詞而屬義也。」於《騷》，則曰：「有蹊者異其志而襲其言也。」然不糟粕，其似古必入《風》而出《雅》焉。故曰取式乎上，僅得乎中。為上而未極，猶勝其下者。若失始於下而圖上，難矣。朱子曰：「取漢魏古詞如蘇、李、《十九首》及曹、劉七才子選以附《楚騷》。又次等近古者如阮、陶、李、杜選各為一編，羽翼輿衛。其不合者，悉去之。不使接吾耳目，入吾胸次，使方寸無一世俗語，意則不期高遠而自高遠矣。」……。〔註37〕
38	論雜詩	譚浚：《說詩》卷之中〈章句‧雜詩〉	不拘流例，遇物即言，命題曰「雜」。雜宜不越區而有別。漢《古詩十九首》，魏晉因之。《文選》又以荊軻〈大風〉諸作，目為雜歌。〔註38〕
39	論燕饗詩	譚浚：《說詩》卷之中〈題目‧燕饗〉	《左傳》：「享以訓共儉，宴以示慈惠。享有體貌，設几不倚，爵盈不飲，肴乾不食。宴有折俎，相與共食。」《詩》云：「既右饗之。」《禮記》：「饗，鄉也。」《漢宣紀》：「上帝嘉饗。」《小雅》：〈湛露〉燕臣、〈魚藻〉答君，〈行葦〉燕父老、〈車舝〉燕新昏。《古詩‧良宴會》。曹、劉〈公讌〉。〔註39〕
40	論贈答詩	譚浚：《說詩》卷之中〈題目‧贈答〉	《衛風‧木瓜》贈而答。《邶風‧靜女》見而贈。〈崧高〉、〈卷阿〉贈物、贈言。古詩〈客從遠方來〉贈物答詞。蘇武、李陵贈詩、答詩。〔註40〕

〔註37〕〔明〕譚浚：《說詩》卷之上〈得式‧體格〉，收錄於周維德集校：《全明詩話》，第三冊，頁1811。小字為作者原註。

〔註38〕〔明〕譚浚：《說詩》卷之中〈章句‧雜詩〉，收錄於周維德集校：《全明詩話》，第三冊，頁1828。

〔註39〕〔明〕譚浚：《說詩》卷之中〈題目‧燕饗〉，收錄於周維德集校：《全明詩話》，第三冊，頁1848。

〔註40〕〔明〕譚浚：《說詩》卷之中〈題目‧贈答〉，收錄於周維德集校：《全

序號	重 點	出 處	內 容
41	論離別詩	譚浚：《說詩》卷之中〈題目・離別〉	〈燕燕〉、〈烝民〉送別，〈渭陽〉、〈崧高〉贈別，〈竹竿〉、〈河廣〉憶別，〈晨風〉、〈九罭〉愁別，〈白駒〉留別唐詩以一旅寓而一歸，曰留別。漢古詩〈行行重行行〉，蘇武〈携手上河梁〉〔註41〕
42	論懷思詩	譚浚：《說詩》卷之中〈題目・懷思〉	〈甘棠〉懷德，〈下泉〉懷國，〈蒹葭〉懷人，〈北風〉懷歸，〈采綠〉懷夫，古詩〈凜凜歲云莫〉，思而夢也。〈孟冬寒氣至〉，思而憂也。〔註42〕
43	論登覽詩	譚浚：《說詩》卷之中〈題目・登覽〉	〈陟岵〉、王粲〈登樓〉，望而思也。〈靈臺〉、〈青青陵上陌〉（按：「陌」應作「柏」），樂同人也。〈山樞〉、〈生年不滿百〉，樂及時也。〔註43〕
44	論作者	譚浚：《說詩》卷之下〈世代・東漢〉	《文心》曰：「古漢《十九首》，或稱枚乘，而〈孤竹〉一篇，則傅毅之詞，兩漢雜收，五言冠冕也。」李善亦曰：「詞兼東都，非一人之作明矣，班、張首出，不逮西都焉。」〔註44〕
45	論學詩	王世貞：《藝苑巵言》卷一	徐禎卿……又云：「古詩三百，可以博其源；遺篇十九，可以約其趣；樂府雄高，可以屬其氣；《離騷》深永，可以裨其思。」〔註45〕
46	論句法	王世貞：《藝苑巵言》卷一	《風雅三百》，《古詩十九》，人謂無句法，非也。極自有法，無階級可尋耳。〔註46〕

明詩話》，第三冊，頁 1850。

〔註41〕 〔明〕譚浚：《說詩》卷之中〈題目・離別〉，收錄於周維德集校：《全明詩話》，第三冊，頁 1850。小字爲作者原註。

〔註42〕 〔明〕譚浚：《說詩》卷之中〈題目・懷思〉，收錄於周維德集校：《全明詩話》，第三冊，頁 1850。

〔註43〕 〔明〕譚浚：《說詩》卷之中〈題目・登覽〉，收錄於周維德集校：《全明詩話》，第三冊，頁 1851。

〔註44〕 〔明〕譚浚：《說詩》卷之下〈世代・東漢〉，收錄於周維德集校：《全明詩話》，第三冊，頁 1855。

〔註45〕 〔明〕王世貞：《藝苑巵言》卷一，收錄於周維德集校：《全明詩話》，第三冊，頁 1883。

〔註46〕 〔明〕王世貞：《藝苑巵言》卷一，收錄於周維德集校：《全明詩話》，第三冊，頁 1889。

序號	重　點	出　處	內　　容
47	論承襲	王世貞：《藝苑巵言》卷二	漢魏人詩語，有極得《三百篇》遺意者，漫記於後：……「胡馬依北風，越鳥巢南枝。」「衣帶日以緩。」「清商隨風發，中曲正徘徊。」「秋蟬鳴樹間，玄鳥逝安適。」「棄我如遺迹。」「盈盈一水間，脈脈不得語。」「絃急知柱促。」「去者日以疏，來者日以親。」「愁多知夜長。」「著以長相思，緣以結不解。」「出戶獨徬徨，憂思當告誰？」……此《國風》清婉之微旨也……。〔註47〕
48	論作者	王世貞：《藝苑巵言》卷二	鍾嶸言「行行重行行」十四首，「文溫以麗，意悲而遠，驚心動魄，可謂幾乎一字千金。」後併「去者日以疏」五首為十九首，為枚乘作。或以「洛中何鬱鬱」「游戲宛與洛」為詠東京，「盈盈樓上女」為犯惠帝諱。按，臨文不諱，如「總齊羣邦」，故犯高諱，無妨。宛、洛為故周都會，但「王侯多第宅」、周世王侯，不言「第宅」、「兩宮」、「雙闕」，亦似東京語。意者中間雜有枚生或張衡、蔡邕作，未可知。談理不如《三百篇》，而微詞婉旨，遂足並駕，是千古五言之祖。〔註48〕
49	論用字	王世貞：《藝苑巵言》卷二	「相去日以遠，衣帶日以緩」，「緩」字妙極。又古歌云：「離家日趨遠，衣帶日趨緩。」豈古人亦相蹈襲耶？抑偶合也？「以」字雅，「趨」字峭，俱大有味。「東風搖百草」，「搖」字稍露崢嶸，便是句法為人所窺。「朱華冒綠池」，「冒」字更捩眼耳。「青袍似春草」，復是後世巧端。〔註49〕

〔註47〕〔明〕王世貞：《藝苑巵言》卷二，收錄於周維德集校：《全明詩話》，第三冊，頁1896～1897。

〔註48〕〔明〕王世貞：《藝苑巵言》卷二，收錄於周維德集校：《全明詩話》，第三冊，頁1898～1899。

〔註49〕〔明〕王世貞：《藝苑巵言》卷二，收錄於周維德集校：《全明詩話》，第三冊，頁1899。

序號	重　點	出　處	內　容
50	論樂府	王世貞：《藝苑巵言》卷二	李少卿三章，清和調適，怨而不怒。子卿稍似錯雜，第其旨法，亦魯、衛也。「上山採蘼蕪」、「四坐且莫喧」、「悲與親友別」、「穆穆清風至」、「橘柚垂華實」、「十五從軍征」、「青青園中葵」、「雞鳴高樹顛」、「日出東南隅」、「相逢狹路間」、「昭昭素明月」、「昔有霍家奴」、「洛陽城東路」、「飛來雙白鵠」、「翩翩堂前燕」、「青青河邊草」，〈悲歌〉、〈緩聲〉、〈八變〉、〈豔歌〉、〈紈扇篇〉、〈白頭吟〉，是兩漢五言神境，可與《十九首》、蘇、李並驅。〔註50〕
51	論建安七子	王世貞：《藝苑巵言》卷三	子桓之〈雜詩〉二首，子建之〈雜詩〉六首，可入《十九首》，不能辨也。若仲宣、公幹，便覺自遠。〔註51〕
52	論重句	王世貞：《藝苑巵言》卷三	子卿第二章，絃歌商曲，錯疊數語。《十九首》：「齊心同所願，含意俱未申。」亦大重犯，然不害為古。「奚必絲與竹，山水有清音。何事待嘯歌，灌木自悲吟。」乃害古也。然使各用之，山水清音，極是妙詠，灌木悲吟，不失佳語。故曰：「離則雙美，合則兩傷。」〔註52〕
53	論情意	王世貞：《藝苑巵言》卷三	「奄忽隨物化，榮名以為寶。」不得已而托（按：「托」應作「託」）之名也。「千秋萬歲後，榮名安所之。」名亦無歸矣，又不得已而歸之酒，曰：「使我有身後名，不如且飲一杯酒。」「服食求神仙，多為藥所誤」，亦不得已而歸之酒，曰：「不如飲美酒，被服紈與素。」至於被服紈素，其趣愈悲，而其情益可憫矣。〔註53〕

〔註50〕〔明〕王世貞：《藝苑巵言》卷二，收錄於周維德集校：《全明詩話》，第三冊，頁1899。

〔註51〕〔明〕王世貞：《藝苑巵言》卷三，收錄於周維德集校：《全明詩話》，第三冊，頁1907。

〔註52〕〔明〕王世貞：《藝苑巵言》卷三，收錄於周維德集校：《全明詩話》，第三冊，頁1908。

〔註53〕〔明〕王世貞：《藝苑巵言》卷三，收錄於周維德集校：《全明詩話》，

序號	重 點	出 處	內 容
54	論承襲	王世貞:《藝苑巵言》卷四	剽竊模擬,詩之大病。亦有神與境觸,師心獨造,偶合古語者,如「客從遠方來」,「白楊多悲風」,「春水船如天上坐」,不妨俱美,定非竊也……。〔註54〕
55	論學詩	李贄:《騷壇千金訣·詩學正源·詩辯》	……夫學詩者以識為主,入門須正,立志須高;以漢、魏、晉、盛唐為師,不作開元天寶以下人物。若自退屈,即有下劣詩魔入其肺腑之間,由立志之不高也。行有未至,可加工力。路頭一差,愈騖愈遠,由入門之不正也。故曰:學其上僅得其中;學其中斯為下矣。又曰,見過于師,僅堪傳授;見與師齊,減師半德也。工夫須從上做下,不可從下做上。先須熟讀《楚辭》,朝夕諷詠,以為之本;及讀《古詩十九首》、《樂府》四篇、李陵、蘇武、漢魏五言,皆須熟讀,即以李、杜二集枕藉觀之,如今人之治經,然後博取盛唐名家,醞釀胸中,久之自然悟入。雖學之不至,亦不失正路。此乃是從頂寧頁上做來,謂之向上一路,謂之直截根源,謂之頓門,謂之單刀直入也。〔註55〕
56	論疊字	李贄:《騷壇千金訣·詩學正源·詩評》	《十九首》:「青青河畔草,鬱鬱園中柳。盈盈樓上女,皎皎當窗牖。娥娥紅粉粧,纖纖出素手。」一連六句,皆用疊字。今人必以為句法重複之甚。古詩正不當以此論之也。〔註56〕
57	論作者和版本	李贄:《騷壇千金訣·詩學正源·考證》	《古詩十九首》,非止一人之詩也。「行行重行行」,樂府以為枚乘之作,則其他可知矣。

第三冊,頁1910。
〔註54〕〔明〕王世貞:《藝苑巵言》卷四,收錄於周維德集校:《全明詩話》,第三冊,頁1929~1930。
〔註55〕〔明〕李贄:《騷壇千金訣·詩學正源·詩辯》,收錄於周維德集校:《全明詩話》,第三冊,頁2069~2070。
〔註56〕〔明〕李贄:《騷壇千金訣·詩學正源·詩評》,收錄於周維德集校:《全明詩話》,第三冊,頁2079。

序號	重　點	出　處	內　　　容
			《古詩十九首》「行行重行行」，《玉臺》作兩首。自「越鳥巢南枝」以下，別爲一首，當以《選》爲正。〔註57〕
58	論八病	李贄：《騷壇千金訣・詩學正源・詩議》	詩有八病：平頭、上尾、蜂腰、鶴膝、大韻、小韻、旁紐、正紐。 平頭者，第一不得與第六字同聲，第二字不與第七字同聲。如「今日良宴會，歡樂難具陳。」「今」、「歡」字同聲，「日」、「樂」字同聲。 上尾者，第五字不得與第十字同聲。如「西北有高樓，上與浮雲齊。」「樓」、「齊」字同聲。 ……鶴膝者，第五字不得與十五自同聲，所以兩頭細中心粗，如鶴膝也。如「客從遠方來，遺我一書札，上言長相思，下言久離別。」「來」、「思」皆平聲也。若一句舉其法，首尾須避之，第三字不得與第五字相犯，第五字不得與第七字相犯……。〔註58〕
59	論五言古詩法	李贄：《騷壇千金訣・詩學正源・詩准繩》	五言古詩：五言古詩或比起、或興起、或賦起，須要寓意深遠，託辭溫厚，反覆優游，雍容不迫。或感古懷今，或懷人傷己，或瀟灑閑適。寫景要雅淡，推人心之至情，懷感慨之微意。悲慨含蓄而不傷，美刺婉曲而不露，要有《三百篇》之遺意，方是觀漢魏古詩，藹然有感動人處。如《古詩十九首》皆當熟讀玩味，自見其趣。〔註59〕

〔註57〕 〔明〕李贄：《騷壇千金訣・詩學正源・考證》，收錄於周維德集校：《全明詩話》，第三冊，頁 2081。

〔註58〕 〔明〕李贄：《騷壇千金訣・詩學正源・詩議》，收錄於周維德集校：《全明詩話》，第三冊，頁 2086。

〔註59〕 〔明〕李贄：《騷壇千金訣・詩學正源・詩准繩》，收錄於周維德集校：《全明詩話》，第三冊，頁 2088。

序號	重點	出處	內容
60	論詩源流	李贄:《騷壇千金訣・詩學正源・詩准繩》	總論：詩體《三百篇》，流爲《楚辭》、爲樂府、爲《古詩十九首》、爲蘇、李五言、爲建安黃初，此詩之祖也。《文選》劉琨、阮籍、左、郭、鮑、謝諸詩，淵明全集，此詩之宗也。老杜全集，詩之大成也。〔註60〕
61	論詩源流	茅一相:《欣賞詩法・詩學淵源之圖》	詩體《三百篇》，流爲《楚詞》，爲樂府，爲《古詩十九首》，爲蘇、李五言，爲建安、黃初，此詩之祖也。《文選》劉琨、阮籍、潘、陸、左、郭、鮑、謝諸詩，《淵明全集》，此詩之宗也。《老杜全集》，詩之大成也。〔註61〕
62	論作者	茅一相:《欣賞詩法・詩評《藝苑卮言》》	鍾嶸言「行行重行行」十四首，「文溫以麗，意悲而遠，驚心動魄，幾乎一字千金。」後併「去者日以疏」五首爲《十九首》，爲枚乘作。或以「洛中何鬱鬱」「游戲宛與洛」爲詠東京，「盈盈樓上女」爲犯惠帝諱。按臨文不諱，如「總齊羣邦」，故犯高諱，無妨。宛、洛爲故周都會，但「王侯多第宅」，周世王侯不言「第宅」；「兩宮」、「雙闕」，亦似東京語。意者中間雜有枚生或張衡、蔡邕作，未可知。談理不如《三百篇》，而微詞婉旨，遂足並駕，是千古五言之祖。〔註62〕
63	論用字	茅一相:《欣賞詩法・詩評《藝苑卮言》》	「相去日以遠，衣帶日以緩」，「緩」字妙極。又古歌云：「離家日趨遠，衣帶日趨緩。」豈古人亦相蹈襲耶？抑偶合也？「以」字雅，「趨」字峭，俱大有味。 「東風搖百草」，「搖」字稍露崢嶸，便是句法爲人所窺。「朱華冒綠池」，「冒」字

〔註60〕 〔明〕李贄：《騷壇千金訣・詩學正源・詩准繩》，收錄於周維德集校：《全明詩話》，第三冊，頁2089。

〔註61〕 〔明〕茅一相：《欣賞詩法・詩學淵源之圖》，收錄於周維德集校：《全明詩話》，第三冊，頁2116。

〔註62〕 〔明〕茅一相：《欣賞詩法・詩評《藝苑卮言》》，收錄於周維德集校：《全明詩話》，第三冊，頁2121。

序號	重 點	出 處	內 容
			更振眼耳。「青袍似春草」，復是後世巧端。〔註63〕
64	論建安七子	茅一相：《欣賞詩法・詩評《藝苑巵言》》	子桓之〈雜詩〉二首，子建之〈雜詩〉六首，可入《十九首》，不能辨也。若仲宣、公幹，便覺自遠。〔註64〕
65	論重句	茅一相：《欣賞詩法・詩評《藝苑巵言》》	子卿第二章，絃歌商曲，錯疊數語。《十九首》：「齊心同所願，含意俱未申。」亦大重犯，然不害爲古。「奚必絲與竹，山水有清音。何事待嘯歌，灌木自悲吟。」乃害古也。然使各用之，山水清音，極是妙詠，灌木悲吟，不失佳語，故曰：「離則雙美，合則兩傷。」〔註65〕
66	論風格	茅一相：《欣賞詩法・詮藻《解頤新語》》	皎然論蘇、李，天與其性，發言自高。少卿意悲調切，《十九首》之流也。鄴中七子，語與興驅，勢逐情起，猶傷用氣。康樂本乎性情，尚於作用。沈建昌謂「靈均以來，一人而已」，皆確論也。〔註66〕
67	論承襲	王世懋：《藝圃擷餘》	《詩》四始之體，惟《頌》專爲郊廟頌述功德而作。其它率因觸物比類，宣其性情，恍惚游衍，往往無定，以故說詩者，人自爲說。若孟軻、荀卿之徒，及漢韓嬰、劉向等，或因事傅會（按：「傅會」應作「附會」），或旁解曲引，而春秋時王公大夫賦詩，以昭儉汰，亦各以其意爲之，蓋詩之來固如此。後世惟《十九首》猶存此意，使人擊節詠歎，而未能盡究指歸。次則阮公〈詠懷〉，亦自深

〔註63〕〔明〕茅一相：《欣賞詩法・詩評《藝苑巵言》》，收錄於周維德集校：《全明詩話》，第三冊，頁2121～2122。

〔註64〕〔明〕茅一相：《欣賞詩法・詩評《藝苑巵言》》，收錄於周維德集校：《全明詩話》，第三冊，頁2125。

〔註65〕〔明〕茅一相：《欣賞詩法・詩評《藝苑巵言》》，收錄於周維德集校：《全明詩話》，第三冊，頁2125～2126。

〔註66〕〔明〕茅一相：《欣賞詩法・詮藻《解頤新語》》，收錄於周維德集校：《全明詩話》，第三冊，頁2146。

序號	重 點	出 處	內 容
			於寄託。潘、陸而後，雖爲四言詩，聯比牽合，蕩然無情。蓋至於今，餞送投贈之作，七言四韻，援引故事，麗以姓名，象以品地，而拘孿極矣。豈所謂詩之極變乎？故余謂《十九首》，五言之《詩經》也。潘、陸而後，四言之排律也，當以質之識者。〔註67〕
68	論學詩	周履靖:《騷壇秘語》卷之上〈範第十二〉	五言古詩　古詩十九首　漢樂府　建安陶淵明　陳子昂　李白　杜甫……初學詩者，且宜模範此數家，成趣之後，方可廣看。〔註68〕
69	論風格	周履靖:《騷壇秘語》卷之中〈體第十五·古體〉	古詩十九首　情眞景眞、事眞意眞，澄至清，發至情。……陶淵明　心存忠義，心處閑逸，情眞景眞、事眞意眞，幾于《十九首》矣，但氣差緩，可至其工。夫精密天然，無斧鑿痕迹，又有出於《十九首》之表者。盛唐諸家風韻皆出此。……陳子昂　初變齊梁之弊，以理勝情，以氣勝辭。祖《十九首》、宋景純、陶淵明，故立意玄而造語精圓。〔註69〕
70	論學詩	周履靖:《騷壇秘語》卷之下〈第九·家數〉	滄浪云：學時者，以識爲主，入門須正，立志須高，以漢魏晉盛唐爲師，不作開元天寶以下人物。行有未至，可加工力，路頭一差，愈鶩愈遠，由入門之不正也。故曰：學其上僅得其中，學其中斯爲下矣。先須熟讀《楚辭》，朝夕諷詠以爲之本，及讀《古詩十九首》、樂府四篇，李陵、蘇武、漢魏五言，皆須熟讀、即以

〔註67〕〔明〕王世懋：《藝圃擷餘》，收錄於周維德集校：《全明詩話》，第三冊，頁2151。

〔註68〕〔明〕周履靖：《騷壇秘語》卷之上〈範第十二〉，收錄於周維德集校：《全明詩話》，第三冊，頁2210。

〔註69〕〔明〕周履靖：《騷壇秘語》卷之中〈體第十五·古體〉，收錄於周維德集校：《全明詩話》，第三冊，頁2215～2217。

序號	重　點	出　處	內　容
			李、杜二集枕籍觀之。然復從取盛唐諸名家詩，醞釀胸中，久之自然悟入。〔註70〕
71	論詩體	周履靖：《騷壇秘語》卷之下〈第十一・辨體〉	誠　檢束防閑曰「誠」。古詩：「人生寄一世，奄忽若飆塵。何不策高足，先據要路津。」 ……達　心迹曠誕曰「達」。古詩：「服食求神仙，多爲藥所誤。不如飲美酒，被服紈與素。」 ……意　立言曰「意」。古詩：「青青陵上柏，磊磊澗中石。人生天地間，忽如遠行客。」〔註71〕
72	論詩源流	胡應麟：《少室山房詩評》	……故四言未興，則《三百》啓其源；五言首創，則《十九》詣其極……。〔註72〕
73	推崇胡應麟《詩藪》	汪道昆：《詩藪・序》	……先是，誦法于鱗，未嘗釋手；推尊元美，兼擅條貫，《三百篇》、《十九首》而下一人……。〔註73〕
74	論承襲	胡應麟：《詩藪》內編卷一〈古體上　雜言〉	「王孫兮不歸，春草生兮萋萋。歲暮兮不自聊，蟪蛄鳴兮啾啾。」漢「凜凜歲云暮，蟪姑（按：「姑」應作「蛄」）夕鳴悲。」齊「春草秋更綠，公子未西歸」，咸自此。《選》出於《騷》，往往可見。〔註74〕
75	論樂府	胡應麟：《詩藪》內編卷	《三百篇》薦郊廟，被絃歌，詩即樂府，樂府即詩，猶兵寓於農，未嘗二也。詩亡

〔註70〕〔明〕周履靖：《騷壇秘語》卷之下〈第九・家數〉，收錄於周維德集校：《全明詩話》，第三冊，頁2231。

〔註71〕〔明〕周履靖：《騷壇秘語》卷之下〈第十一・辨體〉，收錄於周維德集校：《全明詩話》，第三冊，頁2232～2233。

〔註72〕〔明〕胡應麟：《少室山房詩評》，收錄於周維德集校：《全明詩話》，第三冊，頁2467。

〔註73〕〔明〕汪道昆：《詩藪・序》，收錄於周維德集校：《全明詩話》，第三冊，頁2483。

〔註74〕〔明〕胡應麟：《詩藪》內編卷一〈古體上　雜言〉，收錄於周維德集校：《全明詩話》，第三冊，頁2487。

序號	重 點	出 處	內 容
		一〈古體上雜言〉	樂廢，屈、宋代興，〈九歌〉等篇以侑樂，〈九章〉等作以抒情，途轍漸兆。至漢《郊祀十九章》、《古詩十九首》，不相為用，詩與樂府，門類始分，然厥體未甚遠也。如「青青園中葵」，曷異古風？「盈盈樓上女」，靡非樂府。魏文兄弟崛起，建安擬則前規，多從樂府。唱酬新什，更創五言，節奏既殊，格調復別。自是有專工古詩者，有偏長樂府者……。〔註75〕
76	論風格	胡應麟:《詩藪》內編卷一〈古體上雜言〉	思王〈野田黃雀行〉，坦之云:「詞氣縱逸，漸遠漢人。」昌穀亦云:「錐處囊中，鋒穎太露。」二君皆自卓識，然此詩實倣「翩翩堂前燕」。非《十九首》調也。第漢詩如爐冶鑄成，渾融無迹。魏詩雖極步驟，不免巧匠雕鎪耳。〔註76〕
77	論作詩	胡應麟:《詩藪》內編卷一〈古體上雜言〉	文章自有體裁。凡為某體，務須尋其本色，庶幾當行。柴桑〈歸去來辭〉，說者謂雖本楚聲，而無其哀怨切蹙之病。不知不類《楚辭》，正坐阿堵中。如〈停雲〉、〈採菊〉諸篇，非不夷猶恬曠，然第陶一家語，律以建安，面目頓自懸殊，況《三百篇》、《十九首》耶？〔註77〕

〔註75〕 〔明〕胡應麟:《詩藪》內編卷一〈古體上　雜言〉，收錄於周維德集校:《全明詩話》，第三冊，頁2493。

〔註76〕 〔明〕胡應麟:《詩藪》內編卷一〈古體上　雜言〉，收錄於周維德集校:《全明詩話》，第三冊，頁2497。

〔註77〕 〔明〕胡應麟:《詩藪》內編卷一〈古體上　雜言〉，收錄於周維德集校:《全明詩話》，第三冊，頁2499。

序號	重　點	出　處	內　　容
78	論風格	胡應麟：《詩藪》內編卷二〈古體中五言〉	兩漢諸詩，惟《郊廟》頗尚辭，樂府頗尚氣。至《十九首》及諸雜詩，隨語成韻，隨韻成趣，辭藻氣骨，略無可尋，而興象玲瓏，意致深婉，真可以泣鬼神，動天地。魏氏而下，文逐運移，格以人變。若子桓、仲宣、士衡、安仁、景陽、靈運，以詞勝者也；公幹、太沖、越石、明遠，以氣勝者也；兼備二者，惟獨陳思。然古詩之妙，不可復睹矣。 ……詩之難，其《十九首》乎？蓄神奇於溫厚，寓感愴於和平。意愈淺愈深，詞愈近愈遠。篇不可句摘，句不可字求。蓋千古元氣，鍾孕一時，而枚、張諸子，以無意發之，故能詣絕窮微，掩映千古。世以晚近之才，一家之學，步其遺響，即國工大匠，且瞠乎後，況其餘者哉！ 「世人但學蘭亭面，欲換凡骨無金丹」，魯直詩也。「古人遺墨，率有蹊徑可尋，惟〈禊帖〉則探之莫得其端，測之莫窮其際」，光堯語也。二君所論書法耳，然形容《十九首》，極為親切。非沈湎其中，不易知也。〔註78〕
79	論風格（奇警句）	胡應麟：《詩藪》內編卷二〈古體中五言〉	東西京興象渾淪，本無佳句可摘，然天工神力，時有獨至。搜其絕到，亦略可陳。如：「相去日以遠，衣帶日以緩。浮雲蔽白日，遊子不顧返。」「枯桑知天風，海水之天寒。入門各自媚，誰肯相為言？」「青青陵上柏，磊磊澗中石。人生天地間，忽如遠行客。」「南箕北有斗，牽牛不負軛。良無盤石固，虛名復何益。」「河漢清且淺，相去復幾許。盈盈一水間，脈脈不得語。」「所遇無故物，焉得不速老。奄忽隨物化，榮名以為寶。」「浩浩陰陽移，年命如朝露。萬歲更相送，聖賢莫能

〔註78〕〔明〕胡應麟：《詩藪》內編卷二〈古體中　五言〉，收錄於周維德集校：《全明詩話》，第三冊，頁2502～2503。

－267－

序號	重　點	出　處	內　　容
			度。」「去者日以疏，來者日以親。白楊多悲風，蕭蕭愁殺人。」「生年不滿百，常懷千歲憂。畫短苦夜長，何不秉燭遊。」「上言長相思，下言久離別。置書懷袖中，三歲字不滅。」皆言在帶袵之間，奇出塵劫之表，用意警絕，談理玄微，有鬼神不能思、造化不能祕者。〔註79〕
80	論風格（敘景句）	胡應麟：《詩藪》內編卷二〈古體中五言〉	「東城高且長，逶迤自相屬。迴風動地起，秋草萋萋綠。」「迴車駕言邁，悠悠涉長道。四顧何茫茫，東風搖百草。」「文彩雙鴛鴦，裁為合歡被。著以長相思，緣以結不解。」「朱火然其中，青烟颺其間。從風入君懷，四坐莫不歡。」「明月皎夜光，促織鳴東壁。玉衡指孟冬，眾星何歷歷。」「穆穆清風至，吹我羅衣裾。青袍似春草，長條隨風舒。」「冉冉孤生竹，結根泰山阿。與君為新婚，兔絲附女蘿。」「燕、趙多佳人，美者顏如玉。被服羅裳衣，當戶理清曲。」等句，皆千古言景敘事之祖，而深情遠意，隱見交錯其中。且結搆（按：「搆」應作「構」）天然，絕無痕迹，非大冶鎔鑄，何能至此？〔註80〕
81	論風格	胡應麟：《詩藪》內編卷二〈古體中五言〉	古詩短體如《十九首》，長篇如〈孔雀東南飛〉，皆不假雕琢，工極天然，百代而下，當無繼者。〔註81〕

〔註79〕〔明〕胡應麟：《詩藪》內編卷二〈古體中　五言〉，收錄於周維德集校：《全明詩話》，第三冊，頁2503。

〔註80〕〔明〕胡應麟：《詩藪》內編卷二〈古體中　五言〉，收錄於周維德集校：《全明詩話》，第三冊，頁2503～2504。

〔註81〕〔明〕胡應麟：《詩藪》內編卷二〈古體中　五言〉，收錄於周維德集校：《全明詩話》，第三冊，頁2504。

序號	重　點	出　處	內　　容
82	論承襲	胡應麟：《詩藪》內編卷二〈古體中五言〉	子建〈雜詩〉，全法《十九首》意象，規模酷肖，而奇警絕到弗如。〈送應氏〉、〈贈王粲〉等篇，全法蘇、李，詞藻氣骨有餘，而清和婉順不足。然東西京後，惟斯人得其具體。 ……「人生不滿百，戚戚少歡娛」，即「生年不滿百，常懷千歲憂」也。「飛觀百餘尺，臨牖御欞軒」，即「兩宮遙相望，雙闕百餘尺」也。「借問歎者誰，云是蕩子妻」，即「昔爲娼家女，今爲蕩子婦」也。「願爲比翼鳥，施翮起高翔」，即「思爲雙飛燕，銜泥巢君屋」也。子建詩學《十九首》，此類不一。而漢詩自然，魏詩造作，優劣俱見。〔註82〕
83	論〈青青河畔草〉	胡應麟：《詩藪》內編卷二〈古體中五言〉	〈青青河畔草〉，相傳蔡中郎作。中郎文遠遜西京，而此詩之妙，獨絕千古。語斷而意屬，曲折有餘而寄興無盡，即蘇、李不多見。 〈青青河畔草〉，斷而續，近而遠，五言之《騷》也；〈昔有霍家奴〉，整而條，麗而典，五言之賦也；〈孔雀東南飛〉，質而不俚，詳而有體，五言之史也；而皆渾樸自然，無一字造作，誠謂古今絕倡（按：「倡」應作「唱」）。歌行則太白多近騷，王楊多近賦，子美多近史，然皆非三古詩比。〔註83〕
84	論學詩	胡應麟：《詩藪》內編卷二〈古體中五言〉	今人律則稱唐，古則稱漢，然唐之律遠不若漢之古。漢自《十九首》、蘇、李外，餘《郊廟》、《鐃歌》、樂府及諸雜詩，無非神境，即下者猶踞建安右席。唐律惟開元、天寶，元、白而後，浸入野狐道中。

〔註82〕 〔明〕胡應麟：《詩藪》內編卷二〈古體中　五言〉，收錄於周維德集校：《全明詩話》，第三冊，頁2505～2506。

〔註83〕 〔明〕胡應麟：《詩藪》內編卷二〈古體中　五言〉，收錄於周維德集校：《全明詩話》，第三冊，頁2508。小字爲作者原註。

序號	重　點	出　處	內　　容
			今人不屑爲者，往往而是，亦時代使然哉！〔註84〕
85	論作者	胡應麟：《詩藪》內編卷二〈古體中五言〉	《三百篇》，非一代音也；《十九首》，非一人作也。古今專門大家，吾得三人：陳思之古，拾遺之律，翰林之絕。皆天授，非人力也。〔註85〕
86	論學、作詩（宋代之弊）	胡應麟：《詩藪》內編卷二〈古體中五言〉	世多訾宋人律詩，然律詩猶知有杜。至古詩第沾沾靖節，蘇、李、曹、劉，邈不介意。若《十九首》、《三百篇》，殆於高閣束之……。〔註86〕
87	論承襲	胡應麟：《詩藪》內編卷二〈古體中五言〉	擬《十九首》，自士衡諸作，語已不倫。六朝而後，徙（按：「徙」應作「徒」）具篇名，意態風神，不知何在。惟近仲默十八章，格調翩翩，幾欲近之……。〔註87〕
88	論樂天詩	胡應麟：《詩藪》內編卷六〈近體下絕句〉	樂天詩世謂淺近，以意與語合也。若語淺意深，語近意遠，則最上一乘，何得以此爲嫌！〈明妃曲〉云：「漢使卻回頻寄語，黃金何日贖蛾眉？君王若問妾顏色，莫道不如宮裏時。」《三百篇》、《十九首》不遠過也。〔註88〕
89	論承襲	胡應麟：《詩藪》外編卷一〈周漢〉	建安以還，人好擬古，自《三百》、《十九》、樂府《鐃歌》，靡不嗣述，幾於充棟汗牛。獨〈孔雀〉一篇，更千百年無復繼響，非以其難故耶！〔註89〕

〔註84〕　〔明〕胡應麟：《詩藪》內編卷二〈古體中　五言〉，收錄於周維德集校：《全明詩話》，第三冊，頁2508～2509。

〔註85〕　〔明〕胡應麟：《詩藪》內編卷二〈古體中　五言〉，收錄於周維德集校：《全明詩話》，第三冊，頁2509。

〔註86〕　〔明〕胡應麟：《詩藪》內編卷二〈古體中　五言〉，收錄於周維德集校：《全明詩話》，第三冊，頁2512。

〔註87〕　〔明〕胡應麟：《詩藪》內編卷二〈古體中　五言〉，收錄於周維德集校：《全明詩話》，第三冊，頁2513。

〔註88〕　〔明〕胡應麟：《詩藪》內編卷六〈近體下　絕句〉，收錄於周維德集校：《全明詩話》，第三冊，頁2572。

〔註89〕　〔明〕胡應麟：《詩藪》外編卷一〈周漢〉，收錄於周維德集校：《全明詩話》，第三冊，頁2578。

序號	重　點	出　處	內　容
90	論作者	胡應麟：《詩藪》外編卷一〈周漢〉	昔人謂：「三代無文人，《六經》無文法。」竊謂：二京無詩法，兩漢無詩人。即李、枚、張、傅，一二傳耳。自餘樂府諸調，《十九首》雜篇，求其姓名，可盡得乎？即李、枚數子，亦直寫襟臆而已，未嘗以詩人自命也。〔註90〕
91	論重句	胡應麟：《詩藪》外編卷二〈六朝〉	古詩語意重者，如「今日良晏（按：「晏」應作「宴」）會。」「請爲遊子吟」之類，自是樸茂之過。建安諸子，洗削殆盡，晉、宋不應復蹈。嗣宗「多言焉所告，繁辭將訴誰」，士衡「迅雷中宵激，驚電光夜舒」，太沖「豈必絲與竹，何事待嘯歌」，康樂尤不勝數，皆後學所當戒。〔註91〕
92	論疊字	胡應麟：《詩藪》外編卷二〈六朝〉	嚴謂古詩不當較量重複，而引屬國數章見例，是則然矣。古人佳處，豈在是乎？觀少卿三章及兩漢諸作，足知宂（按：「宂」應作「冗」）非所貴，第信筆天成，間遇一二，不拘拘竄定耳。「青青河畔草」一章，六用疊字而不覺，正古詩妙絕處，不可概論，然亦偶爾，未必古人用意爲之……。〔註92〕
93	論承襲	胡應麟：《詩藪》外編卷四〈唐下〉	《十九首》後，得其調者，古今曹子建而已；《三百篇》後，得其意者，古今杜子美而已。元亮之高，太白之逸，自是詞壇絕步，但入此二流不得。〔註93〕

〔註90〕〔明〕胡應麟：《詩藪》外編卷一〈周漢〉，收錄於周維德集校：《全明詩話》，第三冊，頁 2578～2579。

〔註91〕〔明〕胡應麟：《詩藪》外編卷二〈六朝〉，收錄於周維德集校：《全明詩話》，第三冊，頁 2591。

〔註92〕〔明〕胡應麟：《詩藪》外編卷二〈六朝〉，收錄於周維德集校：《全明詩話》，第三冊，頁 2592。

〔註93〕〔明〕胡應麟：《詩藪》外編卷四〈唐下〉，收錄於周維德集校：《全明詩話》，第三冊，頁 2617。

序號	重　點	出　處	內　　容
94	論承襲	胡應麟:《詩藪》外編卷五〈宋〉	胡武平:「西北浮雲連魏闕,東南初日滿秦樓。」上句用「西北有高樓,上與浮雲齊」語,下句用「日出東南隅,照我秦氏樓」語,聯合成句,詞意天然,讀之絕不類引用昔人者……。〔註94〕
95	論作者和版本	胡應麟:《詩藪》雜編卷一〈遺逸上篇章〉	《十九首》之目,漢世無之,第以名氏不詳,總曰古詩。梁鍾嶸《詩品》稱「陸機舊擬十四首,外四十五首,頗為總雜。」今《士衡集·擬古》止十二章,昭明又去其一,益以他作為《十九首》。如「去者日以疏」、「客從遠方來」,皆鍾氏所稱,則「凜凜歲雲(按:「雲」應作「云」)暮」、「孟冬寒氣至」、「生年不滿百」、「迴車駕言邁」等六首,亦當在四十五首之內。外陸所擬「蘭若生朝陽」,與「橘柚垂華實」等九篇,別為章次,較鍾所稱原數,今世僅存十五,大半失亡。然「冉冉孤生竹」、「驅車上東門」,又載《樂府》,則「飲馬長城窟」之類,舊亦鍾氏數中,未可知也。 鍾氏謂古詩士衡擬外四十五首,頗為總雜,疑出建安諸子,而取「客從遠方來」、「橘柚垂華實」二首為優。今讀「去者日以疏」、「生年不滿百」等篇,已列《十九首》者,詞皆絕到,非「行行重行行」下外九首。「上山採蘼蕪」一篇,章旨渾成,特為神妙,第稍與古詩不同,是當時樂府體,「四坐且莫諠」,中四語極工,惟「悲與親友別」、「蘭若生朝陽」七篇,奇警略遜,疑鍾氏所謂總雜者,足睹昭明鑑裁。然詞氣溫厚,非建安所及,謂出曹、王,非也。 ……《古詩十九首》並逸姓名,獨《玉臺新詠》取「西北有高樓」八首,題枚

〔註94〕〔明〕胡應麟:《詩藪》外編卷五〈宋〉,收錄於周維德集校:《全明詩話》,第三冊,頁2646。

序號	重 點	出 處	內 容
			乘，差可據。以諸篇氣法例之，概當爲乘作。然鍾嶸《詩品》已謂「王、楊、枚、馬，吟詠靡聞。」《文選》、《文心》，亦無明指，不知《玉臺》何從得之？至「兩宮雙闕」語，誠類東京，而「凜凜歲云暮」、「孟多寒氣至」、「客從遠方來」、「冉冉孤生竹」，《玉臺》皆別錄，則他篇非乘作明甚。宜昭明通係之於古也。劉彥和云：「〈孤竹〉一篇，傅毅之辭。」而《玉臺》了無作者。〈飲馬長城窟〉，《玉臺》題蔡邕，而《文選》無復撰人，咸似未有定說云。《玉臺》枚乘九首，蘭若生「春陽」，非《文選》中者。〔註95〕
96	論詩源流	胡應麟：《詩藪》續編卷一〈國朝上·洪永成弘〉	……故四言未興，則《三百》啓其源；五言首創，則《十九》詣其極……。〔註96〕
97	論承襲	江盈科：《雪濤詩評》	詩所爲貴古者，自《雅》、《頌》、《離騷》之後，惟蘇、李河梁詩與《十九首》係是眞古。彼其不齊、不整，重複參差，不即法、不離法。後人模之，莫得下手，乃爲未雕之璞。若晉、魏、六朝，則趨於軟媚，縱有美才秀筆，終是風骨脆弱。惟曹氏父子，不乏橫槊躍馬之氣。陶淵明超然塵外，獨闢一家。蓋人非六朝之人，故詩亦非六朝之詩。沿及唐興，畢竟風氣完聚，所以四傑之琳琅，十二家之敦厚，李、杜之逸邁瑰瑋，直凌《離騷》，而方之駕，非六朝所能仿佛萬一也。〔註97〕

〔註95〕 〔明〕胡應麟：《詩藪》雜編卷一〈遺逸上 篇章〉，收錄於周維德集校：《全明詩話》，第三冊，頁 2665～2666。小字爲作者原註。

〔註96〕 〔明〕胡應麟：《詩藪》續編卷一〈國朝上·洪永 成弘〉，收錄於周維德集校：《全明詩話》，第三冊，頁 2737。

〔註97〕 〔明〕江盈科：《雪濤詩評》，收錄於周維德集校：《全明詩話》，第四冊，頁 2752。

序號	重 點	出 處	內 容
98	論承襲	江盈科:《雪濤小書詩評・法古》	詩所爲貴古者,自《雅》、《頌》、《離騷》之後,惟蘇、李河梁詩與《十九首》,係是眞古。彼其不齊不整,重複參差,不即法,不離法,後人模之,莫得下手,乃爲未雕之樸(按:「樸」應作「璞」)。若晉、魏、六朝,則趨于軟媚,縱有美才秀筆,終是風骨脆弱。惟曹氏父子,不乏橫槊躍馬之氣。陶淵明超然塵外,獨闢一家。蓋人非六朝之人,故詩亦非六朝之詩。沿及唐興,畢竟風氣完聚,所以四傑之琳琅,十二家之敦厚,李、杜之逸邁瑰瑋,直淩《離騷》。而方之駕,非六朝所能彷彿萬一也。〔註98〕
99	論承襲	冒愈昌:《詩學雜言》卷上	考《左傳》所載列國聘享賦詩,如鄭伯有賦〈鶉之奔奔〉,楚令尹子圍賦〈大明〉及穆叔不拜肆夏,審武子不拜彤弓。鄭伯如晉,子展賦〈將仲子〉,鄭伯享趙孟及鄭六卿餞韓宣子,子齹賦〈野有蔓草〉,子產賦〈羔裘〉,子大叔賦〈褰裳〉,子游賦〈風雨〉,子旗賦〈有女同車〉,子柳賦〈蘀兮〉之類。雖其時詩未敘于聖人之手,然亦可見風人意旨。所該者博,不可以區區文詞泥也。後惟《十九首》,庶幾遺意。〔註99〕
100	論版本	冒愈昌:《詩學雜言》卷上	《十九首》相傳尙矣。張伯起《文選纂註》定爲二十,以「東城高且長」至「何爲自結束」一首,「燕趙多佳人」以下別爲一首。不知其語意正承「蕩滌放情志」「何爲自結束」而言,第不似後人拘拘照應爾。〔註100〕

〔註98〕 〔明〕江盈科:《雪濤小書詩評・法古》,收錄於周維德集校:《全明詩話》,第四冊,頁 2767。

〔註99〕 〔明〕冒愈昌:《詩學雜言》卷上,收錄於周維德集校:《全明詩話》,第四冊,頁 2803。

〔註100〕 〔明〕冒愈昌:《詩學雜言》卷上,收錄於周維德集校:《全明詩話》,第四冊,頁 2803。

序號	重 點	出 處	內 容
101	論學詩	冒愈昌：《詩學雜言》卷上	古詩《三百》，可以博其源；遺篇《十九》，可以約其趣；樂府雄高，可以勵其氣；《離騷》深永，可以裨其思。〔註101〕
102	論己喜愛之詩	冒愈昌：《詩學雜言》卷上	《十九首》而外，予所最愛者孟德樂府、嗣宗〈詠懷〉、景純〈遊仙〉、太沖〈詠史〉、文通〈擬古〉、叔夜〈送秀才從軍〉。〔註102〕
103	論作詩（題目）	郝敬：《讀詩》	《詩》自有不須題者，如後世《十九首》之類。比物托（按：「托」應作「託」）興，婉轉不定，而以題擬之，亦莫不肖。亦有有題而詩不似題者，如屈平之《楚辭》，唐人之〈感遇〉。雜興引喻，泛濫不可指據，或泥文生解，而實不必解。故說《詩》非必執題，賦、比與興合，文辭與志合，即妙達風人之旨矣。〔註103〕
104	論風格	郝敬：《藝圃傖談》卷之一〈古詩〉	《古詩十九首》，所以妙絕者，不深刻而雋永，不藻繪而婉麗，各章自陳一意，旁薄悠遠，而豐韻開暢。無心遇之而妙合，有意效之而反遠。後世詩人，惟曹子建略近之。〔註104〕
105	論作者	郝敬：《藝圃傖談》卷之一〈古詩〉	或疑《十九首》非一人作。觀其首尾次第，大抵游宦失意，久在風塵，流落無歸者之辭。昔人謂詩以窮工，此類是也。惟蘇、李詩可與頡頏。說者謂人擬作。其真切處，慷慨薀（按：「薀」應作「蘊」）藉，非人能擬也。說詩者，觀其志意情興，不必深究其人。儘有佳詩，出於庸眾之口者。夫子錄《詩三百》，皆不著人

〔註101〕〔明〕冒愈昌：《詩學雜言》卷上，收錄於周維德集校：《全明詩話》，第四冊，頁2805。

〔註102〕〔明〕冒愈昌：《詩學雜言》卷上，收錄於周維德集校：《全明詩話》，第四冊，頁2809。

〔註103〕〔明〕郝敬：《讀詩》，收錄於周維德集校：《全明詩話》，第四冊，頁2868。

〔註104〕〔明〕郝敬：《藝圃傖談》卷之一〈古詩〉，收錄於周維德集校：《全明詩話》，第四冊，頁2885。

序號	重 點	出 處	內 容
			姓名;孟子論〈小弁〉,直許為仁人,不問為誰作也。〔註105〕
106	論作詩	郝敬:《藝圃傖談》卷之一〈古詩〉	後世詩不離情、境、辭三者,即所謂興、比、賦也。太上寄情,漢魏《十九首》是也。其次寫境,六朝諸人之作是也。其次尚辭,唐以後近體是也。〔註106〕
107	論學詩	周子文:《藝藪談宗》卷之一〈談藝錄〉	……詩賦粗精,譬之絺紵,而不深探研之力,宏識誦之功,何能益也?故古詩《三百》,可以博其源;遺篇《十九》,可以約其趣。樂府雄高,可以厲其氣;《離騷》深永,可以裨其思。然後法經而植旨,繩古以崇辭,雖或未盡臻其奧,吾亦罕見其失也……。〔註107〕
108	論作詩	周子文:《藝藪談宗》卷之一〈談藝錄〉	詩貴先合度而後工拙。縱橫、格軌,各具風雅;繁欽〈定情〉,本之鄭、魏;「生年不滿百」,出自《唐風》;王粲〈從軍〉,得之二《雅》;張衡〈同聲〉,亦合〈關雎〉。諸詩固自有工醜,然而並驅者,托(按:「托」應作「託」)之軌度也。〔註108〕
109	論承襲	周子文:《藝藪談宗》卷之一〈談藝錄〉	「生年不滿百」四語,〈西門行〉亦掇之,古人不諱重襲,若相援耳。覽〈西門〉終篇,固咸自鑠古詩,然首尾精美,可二也。溫裕純雅,古詩得之。遒深勁絕,不若漢《鐃歌》樂府詞。〔註109〕

〔註105〕 〔明〕郝敬:《藝圃傖談》卷之一〈古詩〉,收錄於周維德集校:《全明詩話》,第四冊,頁2885。

〔註106〕 〔明〕郝敬:《藝圃傖談》卷之一〈古詩〉,收錄於周維德集校:《全明詩話》,第四冊,頁2888。

〔註107〕 〔明〕周子文:《藝藪談宗》卷之一〈談藝錄〉,收錄於周維德集校:《全明詩話》,第四冊,頁2989。

〔註108〕 〔明〕周子文:《藝藪談宗》卷之一〈談藝錄〉,收錄於周維德集校:《全明詩話》,第四冊,頁2990。

〔註109〕 〔明〕周子文:《藝藪談宗》卷之一〈談藝錄〉,收錄於周維德集校:《全明詩話》,第四冊,頁2991。

序號	重 點	出 處	內 容
110	論承襲	周子文：《藝藪談宗》卷之三〈解頤新語〉	漢、魏、六朝、三唐，以迄宋、元，豈徒綴辭不倫，雖命題亦異矣。 擬古題，如「西北有高樓」、「青青河畔草」之類；樂府題，「冉冉孤生竹」、「棗下何纂纂」之類……。〔註110〕
111	論風格	周子文：《藝藪談宗》卷之三〈解頤新語〉	皎然論蘇、李天與其性，發言自高。少卿意悲詞切，《十九首》之流也。鄴中七子，語與興驅，勢逐情起，猶傷用氣。康樂本於性情，尚於作用。沈建昌謂靈均以來，一人而已，皆確論也。〔註111〕
112	論承襲	周子文：《藝藪談宗》卷之三〈解頤新語〉	若謂聯綿交絡之格，則如陸士衡：「遠遊越山川，山川修且廣。」王仲宣：「但問所從誰，所從神且武。」李義山「棹裏自成歌，歌竟乘流去。」各自一體也。 古詩：「胡馬依北風，越鳥巢南枝。」梁范雲詩：「越鳥巢北樹，胡馬畏南風。」借其意而反其辭，亦一體也。〔註112〕
113	論句法	周子文：《藝藪談宗》卷之四〈藝苑卮言〉	《風》、《雅》三百，《古詩十九》，人謂無句法，非也。極自有法，無階級可尋耳。〔註113〕
114	論作者	周子文：《藝藪談宗》卷之四〈藝苑卮言〉	鍾嶸言「行行重行行」十四首「文溫以麗，意悲而遠，驚心動魄，幾乎一字千金。」後併「去者日以疏」五首爲《十九首》，爲枚乘作。或以「洛中何鬱鬱」、「游戲宛與洛」爲詠東京，「盈盈樓上女」爲犯惠帝諱。按臨文不諱，如「總齊羣邦」故犯高諱，無妨。宛、洛爲故周都會，但王侯

〔註110〕〔明〕周子文：《藝藪談宗》卷之三〈解頤新語〉，收錄於周維德集校：《全明詩話》，第四冊，頁3035。

〔註111〕〔明〕周子文：《藝藪談宗》卷之三〈解頤新語〉，收錄於周維德集校：《全明詩話》，第四冊，頁3041。

〔註112〕〔明〕周子文：《藝藪談宗》卷之三〈解頤新語〉，收錄於周維德集校：《全明詩話》，第四冊，頁3055。

〔註113〕〔明〕周子文：《藝藪談宗》卷之四〈藝苑卮言〉，收錄於周維德集校：《全明詩話》，第四冊，頁3068。

序號	重點	出處	內　　容
			多第宅，周世王侯，不言第宅。「兩宮」、「雙闕」，亦似東京語。意者中間雜有枚生或張衡、蔡邕作，未可知。談理不如《三百篇》，而微詞婉旨，遂足並駕，是千古五言之祖。〔註114〕
115	論用字	周子文:《藝藪談宗》卷之四〈藝苑卮言〉	「相去日以遠，衣帶日以緩。」「緩」字妙極。又古歌云:「離家日趨遠，衣帶日趨緩。」豈古人亦相蹈襲耶？抑偶合也？「以」字雅，「趨」字峭，俱大有味。 「東風搖百草」，「搖」字稍露崢嶸，便是句法爲人所窺。「朱華冒綠池」，「冒」字更捩眼耳。「青袍似春草」，復是後世巧端。〔註115〕
116	論樂府	周子文:《藝藪談宗》卷之四〈藝苑卮言〉	李少卿三章，清和調適，怨而不怒。子卿稍似錯雜，第其旨法，亦魯、衛也。 「上山採蘼蕪」、「四坐且莫喧」、「悲與親友別」、「穆穆清風至」、「橘柚垂華實」、「十五從軍征」、「青青園中葵」、「雞鳴高樹顛」、「日出東南隅」、「相逢狹路間」、「昭昭素明月」、「昔有霍家奴」、「洛陽城東路」、「飛來雙白鵠」、「翩翩堂前燕」、「青青河邊草」、〈悲歌〉、〈緩聲〉、〈八變〉、〈豔歌〉、〈紈扇篇〉、〈白頭吟〉，是兩漢五言神境，可與《十九首》、蘇、李並驅。〔註116〕
117	論建安七子	周子文:《藝藪談宗》卷之四〈藝苑卮言〉	子桓之〈雜詩〉二首，子建之〈雜詩〉六首，可入《十九首》，不能辨也。若仲宣、公幹，便覺自遠。〔註117〕

〔註114〕〔明〕周子文:《藝藪談宗》卷之四〈藝苑卮言〉，收錄於周維德集校:《全明詩話》，第四冊，頁 3069。

〔註115〕〔明〕周子文:《藝藪談宗》卷之四〈藝苑卮言〉，收錄於周維德集校:《全明詩話》，第四冊，頁 3069。

〔註116〕〔明〕周子文:《藝藪談宗》卷之四〈藝苑卮言〉，收錄於周維德集校:《全明詩話》，第四冊，頁 3069～3070。

〔註117〕〔明〕周子文:《藝藪談宗》卷之四〈藝苑卮言〉，收錄於周維德集校:《全明詩話》，第四冊，頁 3073。

序號	重　點	出　處	內　容
118	論情意	周子文:《藝藪談宗》卷之四〈藝苑卮言〉	「奄忽隨物化，榮名以爲寶。」不得已而托（按:「托」應作「託」）之名也。「千秋萬歲後，榮名安所之。」名亦無歸矣，又不得已而歸之酒，日:「使我有身後名，不如且飲一杯酒。」「服食求神仙，多爲藥所誤」，亦不得已而歸之酒，日:「不如飲美酒，被服紈與素。」至于被服紈素，其趣愈卑，而其情益可憫矣。〔註118〕
119	論承襲	周子文:《藝藪談宗》卷之四〈藝苑卮言〉	剿竊模擬，詩之大病。亦有神與境觸，師心獨造，偶合古語者，如「客從遠方來」、「白楊多悲風」、「春水船如天上坐」，不妨俱美，定非竊也⋯⋯。〔註119〕
120	論風格	周子文:《藝藪談宗》卷之五〈四友齋叢說〉	詩以性情爲主，《三百篇》亦只是性情。今詩家所稱，莫過於《十九首》。其首篇「行行重行行」，何等情意深至，而辭句簡質。其後或有托（按:「托」應作「託」）諷者，其詞不得不曲而婉，然終始只一事，而首尾照應，血脈連屬，何等妥貼。今人但模仿古人詞句，餖飣成篇，血脈不相接續，復不辨有首尾，讀之終篇，不知其安身立命在於何處。縱學得句句似曹、劉，終是未善。 《選》詩之中，若論華藻綺麗，則稱陳思、潘、陸。苟求風力遒迅，則自《十九首》之後，便有劉楨、左思。〔註120〕
121	論承襲	周子文:《藝藪談宗》卷之六〈藝圃擷餘〉	詩四始之體，惟《頌》專爲郊廟頌述功德而作。其他率因觸物比類，宣其性情，恍惚游衍，往往無定，以故說詩者，人自爲兒。若孟軻、荀卿之徒，及漢韓嬰、劉向等，或因事傅會（按:「傅會」應作

〔註118〕〔明〕周子文:《藝藪談宗》卷之四〈藝苑卮言〉，收錄於周維德集校:《全明詩話》，第四冊，頁3074。

〔註119〕〔明〕周子文:《藝藪談宗》卷之四〈藝苑卮言〉，收錄於周維德集校:《全明詩話》，第四冊，頁3087。

〔註120〕〔明〕周子文:《藝藪談宗》卷之五〈四友齋叢說〉，收錄於周維德集校:《全明詩話》，第四冊，頁3117。

序號	重　點	出　處	內　　　容
			「附會」），或旁解曲引，而春秋時王公大夫賦詩，以昭儉汰，亦各以其意為之，蓋詩之來固如此。後世惟《十九首》猶存此意，使人擊節詠歎，而未能盡究指歸。次則阮公〈詠懷〉，亦自深於寄託。潘、陸而後，雖有四言詩，聯比牽合，蕩然無情。蓋至於今，餞送投贈之作，七言四韻，援引故事，麗以姓名，象以品地，而拘攣極矣。豈所謂詩之極變乎？故予謂《十九首》，五言之《詩經》也。潘、陸而後，四言之排律也，當以質之識者。〔註121〕
122	論元美詩	周子文:《藝藪談宗》卷之六〈附遺家兄元美書〉	……吾兄境雖神詣，然亦學以年。邵白雲之什，雖經刪改，未離矜莊。逮乎讞獄三輔，建節青土，字字快心，言言破的，性靈劾矣，變化見矣。擊節賞勝，每恨古人無此快句，然謂稍遜古《十九首》意者，亦坐斯嫩……。〔註122〕
123	論詩源流	周子文:《藝藪談宗》卷之六〈少室山房詩評〉	……故四言未興，則《三百》啓其源；五言首創，則《十九》詣其極……。〔註123〕
124	論詩體	許學夷:《詩源辯體・凡例》	一、此編以辯體為名，非辯意也，辯意則近理學矣。故《十九首》「何不策高足」、「燕趙多佳人」等，莫非詩祖，而唐太宗〈帝京篇〉等，反不免為綺靡矣。知此，則可以觀是書。〔註124〕

〔註121〕〔明〕周子文:《藝藪談宗》卷之六〈藝圃擷餘〉，收錄於周維德集校:《全明詩話》，第四冊，頁3123。

〔註122〕〔明〕周子文:《藝藪談宗》卷之六〈附遺家兄元美書〉，收錄於周維德集校:《全明詩話》，第四冊，頁3130。

〔註123〕〔明〕周子文:《藝藪談宗》卷之六〈少室山房詩評〉，收錄於周維德集校:《全明詩話》，第四冊，頁3131。

〔註124〕〔明〕許學夷:《詩源辯體・凡例》，收錄於周維德集校:《全明詩話》，第四冊，頁3161。

序號	重點	出處	內容
125	論作者	許學夷：《詩源辯體・世次・西漢》	無名氏《古詩十九首》中有枚乘之詩，故依昭明編次在李陵前，於十一篇以類附焉。〔註125〕
126	論承襲	許學夷：《詩源辯體》卷一〈周〉	《唐風》〈蟋蟀〉，是詩人美唐俗之詩。〈山有樞〉，雖諷而未爲邪，孔子存之，益以見唐俗之美耳。漢人〈生年不滿百〉及樂府〈西門行〉，語意實出於此，自是益起後世詞人曠達之風矣。〔註126〕
127	論承襲	許學夷：《詩源辯體》卷三〈漢魏總論　漢〉	《三百篇》始，流而爲漢、魏。《國風》流而爲漢《十九首》、蘇、李、魏三祖七子之五言；王欽佩謂：「漢、魏變於《雅》、《頌》，唐體沿於《國風》。」此但以古律聲氣求之。然魏人五言，如子建〈贈白馬王〉及仲宣〈公宴〉、〈從軍〉等作，實出於《雅》，則又不可不知。《雅》流而爲漢韋孟、韋玄成、魏曹植、王粲之四言；《頌》流而爲漢《安世房中》，武帝《郊祀》，魏王粲〈太廟頌〉、〈俞兒舞〉之雜言。然五言於《風》爲近，而四言於《雅》漸遠，雜言於《頌》則愈失之。故鍾嶸《詩品》止於五言，而《昭明文選》亦不及乎雜言也。胡元瑞云：「《國風》、《雅》、《頌》，並列聖經。第風人所賦，多本室家、行旅、悲歡、聚散、感歎、憶贈之詞，故其遺響，後世獨得；《雅》、《頌》閎奧淳深，莊嚴典則，施諸明堂清廟，用既不倫，作自聖佐賢臣，體又迥別，三代而下，寥寥寡和，宜矣。」…… ……漢、魏五言，委婉悠圓，於《國風》爲近，此變之善者。使漢、魏復爲四言，則不免於襲，不能擅美千古矣。胡元瑞云：「四言盛於周，漢一變而爲五言，體

〔註125〕〔明〕許學夷：《詩源辯體・世次・西漢》，收錄於周維德集校：《全明詩話》，第四冊，頁3166。小字爲作者原註。
〔註126〕〔明〕許學夷：《詩源辯體》卷一〈周〉，收錄於周維德集校：《全明詩話》，第四冊，頁3190。

序號	重　點	出　處	內　　容
			雖不同，詞實并駕，乃變之善者也。」語誠有見，然不免或過。說見《十九首》論中。〔註127〕
128	論情意	許學夷:《詩源辯體》卷三〈漢魏總論　漢〉	漢、魏五言，雖本乎情之眞，未必本乎情之正，說見《十九首》論中。故性情不復論耳。或欲以《國風》之情論漢、魏之詩，猶欲以《六經》之理論秦、漢之文，弗多得矣。〔註128〕
129	論漢魏五言	許學夷:《詩源辯體》卷三〈漢魏總論　漢〉	漢、魏五言，委婉悠圓，雖本乎情，然亦非才高者不能，但有才而不露耳。以《十九首》、蘇、李、曹植、王、劉與趙壹、徐幹、陳琳、阮瑀相比，則知非才高者不能也。〔註129〕
130	論疊字	許學夷:《詩源辯體》卷三〈漢魏總論　漢〉	古詩歌不當以小疵棄之。漢、魏五言，中亦有意思重複，詞語質野，字句難訓，雖非可法，不害爲古。又如〈青青河畔草〉，一連六句用疊字，正見天成之妙。〔註130〕
131	論風格	許學夷:《詩源辯體》卷三〈漢魏總論　漢〉	漢、魏五言，渾然天成，初未可以句摘；晉、宋而下，工拙方可以句摘矣。嚴滄浪云:「漢、魏古詩，氣象渾淪，一本作「渾沌」，非。難以句摘。晉以還，方有佳句。」是也。王孝伯稱古詩「所遇無故物，焉得不速老」爲佳句，蓋論理意耳……。

〔註127〕 〔明〕許學夷:《詩源辯體》卷三〈漢魏總論　漢〉，收錄於周維德集校:《全明詩話》，第四冊，頁3205。小字爲作者原註。

〔註128〕 〔明〕許學夷:《詩源辯體》卷三〈漢魏總論　漢〉，收錄於周維德集校:《全明詩話》，第四冊，頁3206。小字爲作者原註。

〔註129〕 〔明〕許學夷:《詩源辯體》卷三〈漢魏總論　漢〉，收錄於周維德集校:《全明詩話》，第四冊，頁3206。

〔註130〕 〔明〕許學夷:《詩源辯體》卷三〈漢魏總論　漢〉，收錄於周維德集校:《全明詩話》，第四冊，頁3206。

序號	重　點	出　處	內　　容
			胡元瑞云：「滄浪謂古詩氣象渾淪，難以句摘。此但可言漢。若『高臺多悲風』、『明月照高樓』、『思君如流水』，皆建安語也。子桓、子建如『丹霞夾明月，華星出雲間』、『秋蘭被長阪，朱華冒綠池』，句法字法，稍稍透露。」予按：《十九首》如「思君令人老」、「磊磊澗中石」、「同心而離居」、「秋草萋以綠」，與子建「高臺多悲風」等，本乎天成，而無作用之跡，作者初不自知耳。如子桓「丹霞夾明月」等語，乃是構結使然。必若陸士衡輩有意雕刻，始可稱佳句也。 漢、魏五言，爲情而造文，故其體委婉而情深；顏、謝五言，爲文而造意，故其語雕刻而意冗。呂氏《童蒙訓》云：「讀《古詩十九首》及曹子建諸詩，如『明月照高樓，流光正徘徊』之類，皆思深遠而有餘意，言有盡而意無窮，學者當以此等詩常自涵養，自然下筆高妙。」呂氏之所謂意，及予之所謂情也。〔註131〕
132	論學、作詩（論詩）	許學夷：《詩源辯體》卷三〈漢魏總論　漢〉	晚唐、宋、元諸人論詩，多失之不及，而國朝諸公論詩，每失之過。如漢五言、《十九首》、蘇、李等作，晚唐、宋、元諸人略不及之，而〈雜言〉、《房中》、《郊祀》等作，國朝徐昌穀諸公則盛推焉。此過與不及也……。〔註132〕
133	論作者	許學夷：《詩源辯體》卷三〈漢魏總論　漢〉	古詩五言《十九首》，舊註：「詩以古名，不知作者爲誰。或云枚乘，而梁昭明既以編諸蘇、李之上，李善謂其詞兼東都，中有「上東門」、「宛洛」等語。非盡爲乘詩，故蒼山曾原演義特列之張衡〈四愁〉之下。蓋《十九首》本非一人之詞，今姑依昭明

〔註131〕　〔明〕許學夷：《詩源辯體》卷三〈漢魏總論　漢〉，收錄於周維德集校：《全明詩話》，第四冊，頁3206～3207。小字爲作者原註。
〔註132〕　〔明〕許學夷：《詩源辯體》卷三〈漢魏總論　漢〉，收錄於周維德集校：《全明詩話》，第四冊，頁3210。

序號	重　點	出　處	內　　容
			編次云」。已（按：「已」應作「以」）上古詩註。今《文選》編次又不同矣。按：鍾嶸云：「古詩〈去者日以疏〉四十五首」云云，則《十九首》與〈上山采蘼蕪〉等篇皆古詩也，昭明刪錄而爲十九首耳。然中既有枚乘之詩，則當爲五言之始。〔註133〕
134	論風格、用字、句法	許學夷：《詩源辯體》卷三〈漢魏總論　漢〉	《古詩十九首》，鍾嶸謂「其體源出於《國風》」，劉勰謂「宛轉附物，怊悵切情」是也。王元美云：「《十九首》談理不如《三百篇》，而微詞婉旨，遂足并駕，是千古五言之祖。」予竊更之云：「十九首」性情不如《國風》，而委婉近之，是千古五言之祖。蓋《十九首》本出於《國風》，但性情未必皆正，如「何不策高足，先據要路津？」「無爲守窮賤，轗軻長苦辛」，「燕趙多佳人，美若顏如玉」，「思爲雙飛燕，銜泥巢君屋」，其性情實未爲正。而意亦時露，又不得以微婉稱之，然於五言，則實爲祖先，正謂「興寄深微，五言不如四言」是也。 「興寄深微，五言不如四言」，以漢、魏較《國風》也。若潘、陸四言，聯比牽合，蕩然無情。《十九首》託物興寄，情致宛然，又不當以此論耳。王敬美云：「《十九首》，五言之《詩經》也。潘、陸而後，顏延年，謝玄暉。四言之排律也。」深得之矣。 漢人五言，惟《十九首》觸物興懷，未嘗先立題而爲之，故興象玲瓏，無端倪可執。此外因題命詞，則漸有形跡可求矣。魏曹、王諸子雜詩，亦然。 《古詩十九首》乃昭明選錄，采眾人之精，故文采完美，略無蒼莽之態。或以此見琢磨之功者，非也。 《古詩十九首》而外，惟〈新樹蘭蕙葩〉、

〔註133〕　〔明〕許學夷：《詩源辯體》卷三〈漢魏總論　漢〉，收錄於周維德集校：《全明詩話》，第四冊，頁3212。小字爲作者原註。

序號	重　點	出　處	內　　容
			〈步出城東門〉二首可與并駕，〈上山采蘼蕪〉、〈四座且莫喧〉、〈十五從軍征〉三首類樂府體，餘則未能完美耳。又楊用修集所載〈閨中有一婦〉一篇，淺近不類，未敢收錄。「青袍似春草，長條隨風舒」，疑亦非漢人語。《十九首》固皆本乎情興，而出於天成。其外如《上山采蘼蕪》等，雖有優劣，要亦非用意爲之也。胡元瑞云：「《十九首》及諸雜詩，隨語成韻，隨韻成趣，詞藻氣骨，略無可尋，而興象玲瓏，意致深婉。」元美乃云：《十九首》人謂無句法，非也，極自有法，無階級可尋耳。」又云：「『東風搖百草』稍露崢嶸，便是句法，爲人所窺。」豈以漢人亦有意斂藏耶？善乎趙凡夫云：「古詩在篇不在句，後人取其句字爲法，謂之步武可耳。何嘗先自有法？」漢人古詩本未可以句摘，但魏、晉以下既有摘句，而漢人無摘，不足以較盛衰，今姑摘起結數十語，以見大略。起語如「行行重行行，與君生別離。相去萬餘里，各在天一涯」，「青青河畔草，鬱鬱園中柳。盈盈樓上女，皎皎當窗牖」，「涉江采芙蓉，蘭澤多芳草。采之欲遺誰？所思在遠道」，「冉冉孤生竹，結根泰山阿。與君爲新婚，兔絲附女蘿」，「東城高且長，逶迤自相屬。迴風動地起，秋草萋以綠」，「驅車上東門，遙望郭北墓。白楊何蕭蕭，松柏夾廣路」；結語如「思君令人老，歲月忽已晚。棄捐勿復道，努力加餐飯」，「不惜歌者苦，但傷知音稀。願爲雙鴻鵠，奮翅起高飛」，「傷彼蕙蘭花，含英揚光輝。過時而不采，將隨秋草萋。君亮執高節，賤妾亦何爲」，「人生非金石，豈能長壽考？奄忽隨物化，榮名以爲寶」，「馳情整巾帶，沉吟聊躑躅。思爲雙飛燕，銜泥巢君屋」，「服食求神仙，多爲藥所誤。不如飲美酒，被服紈與素」等句，不但語出天成，而

序號	重點	出處	內容
			興象玲瓏，意致深婉，亦可概見。熟詠全篇，則建安以還，高下自別矣。〔註134〕
135	論詩源流（五言詩起源）	許學夷：《詩源辯體》卷三〈漢魏總論　漢〉	李陵、字少卿。蘇武字子卿。五言，昭明已錄諸《文選》……。蘇、李七篇，雖稍遜《十九首》，然結撰天成，了無作用之跡，決非後人所能……。
			……鍾嶸云：「李陵始著五言之目。」皎然云：「李陵、蘇武，天與其性，發言自高，未有作用。《十九首》辭粗（按：「粗」應作「精」）義炳，婉而成章，始見作用之功。」作用之功，即所謂完美也。見班固論中。下卷言作用之跡，正興（按：「興」應作「與」）功字不同。功則猶為自然，跡則有形可求矣。信如此說，則五言不始於《十九首》矣。
			宋人謂「蘇、李詩，在長安而言江漢」，又謂「『獨有盈觴酒』與《十九首》『盈盈一水間』俱不避惠帝諱，疑皆非漢人詩」。愚按：子卿第四首乃別友詩，安知其時不在江漢？又韋孟〈諷諫詩〉總齊群邦，於高帝諱且不避，何必惠帝？趙凡夫云：『《說文》止諱東漢『秀』、『莊』、『炟』、『祜』四字，而於西漢邦、盈以下，皆不諱也。」
			……班婕妤樂府五言〈怨歌行〉，託物興寄，而文采自彰。馮元成謂「怨而不怒，風人之遺」，王元美謂「可與《十九首》、蘇、李並驅」是也。成帝品錄詞人，不應遂及後宮，不必致疑。其說見蘇李論中。
			……予嘗謂：漢、魏五言，由天成以變至作用，故編次先《十九首》，次蘇、李、班婕妤，次魏人。然劉勰云：「成帝品錄，三百餘篇，而詞人遺翰，莫見五言，所

〔註134〕〔明〕許學夷：《詩源辯體》卷三〈漢魏總論　漢〉，收錄於周維德集校：《全明詩話》，第四冊，頁3212～3213。小字為作者原註。

－286－

序號	重　點	出　處	內　　容
			以李陵、班婕妤見疑於後代也。」又或疑《十九首》多建安中曹、王所製，其說亦似有見。班固〈詠史〉，質木無文，當爲五言之始。蓋先質木，後完美，其造詣與唐人相類。漢先西京，論四言，雜言也。晉以後五言，則文益勝矣。〔註135〕
136	比較漢五言樂府和古詩	許學夷:《詩源辯體》卷三〈漢魏總論　漢〉	漢人樂府五言與古詩，體各不同：古詩體既委婉，而語復悠圓；樂府體既軼蕩，而語更眞率。下流至曹子建樂府五言。蓋樂府多是敘事之詩，不如此不足以盡傾倒，且軼蕩宜於節奏，而眞率又易曉也。趙凡夫謂:「凡名樂府，皆作者一一自配音節。」予未敢信。樂府如長歌、變歌、傷歌、怨詩等，與古詩初無少異，故知漢人樂府已不必盡被管絃，況魏、晉以下乎？若云采詞以度曲，則《十九首》、蘇、李等篇，皆可入樂府矣。元微之〈樂府古題序〉，亦未盡得。〔註136〕
137	論三曹樂府	許學夷:《詩源辯體》卷四〈漢魏辯　魏〉	王元美云:「曹公莽莽，古質悲涼；子桓小藻，自是樂府本色；子建天才流麗，雖譽冠千古，而實遜父兄。何以故？才太高，詞太華。」愚按:元美嘗謂子桓之〈雜詩〉二首、子建之〈雜詩〉六首，可入《十九首》，而此謂「子建才太高、詞太華，而實遜父兄」，胡元瑞謂論樂府也。然子建樂府五言，較漢人雖多失體，詳論於後。實足冠冕一代。若孟德〈薤露〉、〈蒿里〉，是過於質野，子桓〈西山〉、〈彭祖〉、〈朝日〉、〈朝遊〉四篇，雖若合作，然〈雜詩〉而外，去弟實遠。謂子建實遜父兄，豈爲定論！〔註137〕

〔註135〕〔明〕許學夷:《詩源辯體》卷三〈漢魏總論　漢〉，收錄於周維德集校:《全明詩話》，第四冊，頁3215～3217。小字爲作者原註。

〔註136〕〔明〕許學夷:《詩源辯體》卷三〈漢魏總論　漢〉，收錄於周維德集校:《全明詩話》，第四冊，頁3218。小字爲作者原註。

〔註137〕〔明〕許學夷:《詩源辯體》卷四〈漢魏辯　魏〉，收錄於周維德集

序號	重 點	出 處	內 容
138	論用字	許學夷:《詩源辯體》卷四〈漢魏辯魏〉	謝茂秦謂:「《古詩十九首》不作意,是家常語;子建『游魚潛綠水,翔鳥薄天飛』,是官話。」予謂:擬之未當。若子建〈贈白馬王〉詩,則全是官話也,然當官自不可無,此《風》《雅》之辨。〔註138〕
139	論子建樂府	許學夷:《詩源辯體》卷四〈漢魏辯魏〉	子建樂府五言〈種葛〉、〈浮萍〉二篇,或謂於漢人五言爲近,非也。漢人委婉悠圓,有才不露;子建二篇則才思逸發,情態不窮。王敬美謂「子建始爲宏肆,多生情態」,是也。學者於此能別,方可與論《十九首》矣。〔註139〕
140	論對句	許學夷:《詩源辯體》卷五〈晉〉	《三百篇》有「覯閔既多,受侮不少」、「發彼小豝,殪此大兕」,《十九首》有「胡馬依北風,越鳥巢南枝」、「青青河畔草,鬱鬱園中柳」,曹子建有「始出嚴霜結,今來白露晞」、「秋蘭被長阪,朱華冒綠池」等句,皆文勢偶然,非用意俳偶也。用意俳偶,自陸士衡始。王元美直謂「俳偶之語,《毛詩》已有之」,豈以《三百篇》亦後世詞人才子流耶?又或以《小雅》「昔我往矣,楊柳依依。今我來斯,雨雪霏霏」爲扇對,《楚辭》「蕙肴蒸兮蘭藉,奠桂酒兮椒漿」爲蹉對,大堪撫掌。〔註140〕
141	論張景陽五言詩	許學夷:《詩源辯體》卷五〈晉〉	左太沖名思。五言〈詠史〉,出於班孟堅、王仲宣,而氣力勝之。張景陽五言〈雜詩〉,出於《十九首》、二曹,而淳古弗逮,然華彩俊逸,實有可觀。鍾嶸謂:「景陽雄於潘岳,靡於太沖,風流調達,實曠代之高手。詞彩蔥倩,音韻鏗鏘,使人味之

校:《全明詩話》,第四冊,頁 3223。小字爲作者原註。

〔註138〕〔明〕許學夷:《詩源辯體》卷四〈漢魏辯　魏〉,收錄於周維德集校:《全明詩話》,第四冊,頁 3226。

〔註139〕〔明〕許學夷:《詩源辯體》卷四〈漢魏辯　魏〉,收錄於周維德集校:《全明詩話》,第四冊,頁 3226～3227。

〔註140〕〔明〕許學夷:《詩源辯體》卷五〈晉〉,收錄於周維德集校:《全明詩話》,第四冊,頁 3230～3231。

序號	重　點	出　處	內　　容
			亹亹不倦。」此論甚當。滄浪《詩評》止稱太冲而不及景陽，未免爲過耳。〔註141〕
142	論作詩（引用）	許學夷：《詩源辯體》卷七〈宋〉	漢、魏人詩，但引事而不用事，如《十九首》「誰能爲此曲？無乃杞梁妻」、「仙人王子喬，難可與等期」，曹子建「思慕延陵子，寶劍非所惜」，王仲宣「竊慕負鼎翁，願厲朽鈍姿」等句，皆引事也。至顏、謝諸子，則語既雕刻，而用事實繁，故多有難明耳。秦、漢與六朝人文章亦然。鍾嶸云：「吟詠性情，亦何貴於用事：『思君如流水』，既是即目；『高臺多悲風』，亦惟所見；『清晨登隴首』，羌無故實；『明月照積雪』，詎出經史？觀古今勝語，多非補假，皆由直尋。顏延之、謝莊詩不多見。尤爲繁密，於時化之，故大明、泰始中，文章殆同書抄」云。已（按：「已」應作「以」）上十七句皆鍾嶸語。〔註142〕
143	論詩源流	許學夷：《詩源辯體》卷三十四〈總論〉	胡元瑞云：「……故四言未興，則《三百》啓其源；五言首創，則《十九》詣其極……。」〔註143〕
144	論《詩法源流》	許學夷：《詩源辯體》卷三十五〈總論〉	《詩法源流》一書，乃嘉靖間王用章取元人論述、古人詩增廣而成者。古詩採自《十九首》至陶淵明共九十九首，律詩採杜子美五言九首、七言四十二首。其所引元人語，純駁不齊，而略無己見……。〔註144〕

〔註141〕〔明〕許學夷：《詩源辯體》卷五〈晉〉，收錄於周維德集校：《全明詩話》，第四冊，頁 3232。小字爲作者原註。

〔註142〕〔明〕許學夷：《詩源辯體》卷七〈宋〉，收錄於周維德集校：《全明詩話》，第四冊，頁 3245。小字爲作者原註。

〔註143〕〔明〕許學夷：《詩源辯體》卷三十四〈總論〉，收錄於周維德集校：《全明詩話》，第四冊，頁 3365。

〔註144〕〔明〕許學夷：《詩源辯體》卷三十五〈總論〉，收錄於周維德集校：《全明詩話》，第四冊，頁 3379。

序號	重　點	出　處	內　　容
145	論《藝圃擷餘》	許學夷：《詩源辯體》卷三十五〈總論〉	王敬美《藝圃擷餘》，首論《十九首》及曹子建，次論孟浩然及國朝徐昌穀，高子業，俱有獨得之見。至論七言絕，言言中窾。其他多與乃昆相契。〔註145〕
146	論《昭明文選》	許學夷：《詩源辯體》卷三十六〈總論〉	梁《昭明文選》，自戰國以至齊、梁，凡騷、賦、詩、文，靡不採錄，唐、宋以來，世相宗尚，而詩則多於漢人樂府失之。又子建、淵明，選錄者少，而士衡、靈運選錄最多，終是六朝人意見。且漢、魏、六朝，體製懸絕，世傳《文選》以類分，而不以世次，非昭明之舊。說見《十九首》論中。〔註146〕
147	論劉梅國《廣文選》	許學夷：《詩源辯體》卷三十六〈總論〉	劉梅國《廣文選》，上自唐、虞，下迄齊、梁，採昭明所遺詩賦雜文，凡千有七百九十六篇。其選擇冗濫，彼此誤入，真偽相雜無論，而變題各出，姓名舛錯，每每不一。蓋徒較篇目增入，而於諸詩文實未嘗經目也……。子藝曰：「……如古辭『驅車上東門』、『冉冉孤生竹』、『昭昭素明月』之類，率皆重出，不可枚舉……。」……。〔註147〕
148	論鍾伯敬、譚友夏《詩歸》	許學夷：《詩源辯體》卷三十六〈總論〉	鍾伯敬、譚友夏合選《詩歸》，自少昊至隋十五卷，自初唐至晚唐三十六卷，大抵尚偏奇、黜雅正，與昭明選詩一一相反。首古逸詩二卷，首篇乃少昊母〈皇娥歌〉及他黃帝〈兵法〉、許由〈箕山歌〉等，皆七言也，以為真偽存而弗論。次漢、魏，則樂府多而古詩少。乃至焦氏〈易林〉及凡仙鬼之作，亦多錄入。鍾云：「今非無學古者，大要取古人之極膚、極狹、極熟

〔註145〕　〔明〕許學夷：《詩源辯體》卷三十五〈總論〉，收錄於周維德集校：《全明詩話》，第四冊，頁3380。

〔註146〕　〔明〕許學夷：《詩源辯體》卷三十六〈總論〉，收錄於周維德集校：《全明詩話》，第四冊，頁3384。小字為作者原註。

〔註147〕　〔明〕許學夷：《詩源辯體》卷三十六〈總論〉，收錄於周維德集校：《全明詩話》，第四冊，頁3391。

序號	重　點	出　處	內　　容
			便於口手者，以爲古人在是。故魏人五言，曹、王僅見一二，而公幹不錄；晉人五言，潘、陸僅見一二，而景暘不錄，正以諸子五言膚熟，便於口手者耳。」然則《十九首》、蘇、李之選，乃古今名篇，不得不存，初非眞好也。又凡於生澀、拙樸、隱晦、訛謬之語，訛謬者，如曹子建「輕裾隨風還」，「裾」訛爲「車」。往往以新奇有意釋之，尤爲可笑。大都中郎之論，意在廢古師心；而鍾、譚之選，在借古人之奇以壓服今人耳。〔註 148〕
149	論朱熹	許學夷：《詩源辯體・後集纂要》卷一	朱元晦名熹。五言古最工。宋人五言古，歐、蘇門戶雖大，然悉成大變。國朝諸公則選體稍近，而唐體實疏。元晦五言古，初年常擬《十九首》，既而悉學應物，又既而學子昂，又既而學子美，音節步驟，十不失一，實在我明諸家之上，元瑞稱其「製作頗遡根源」是也……。〔註 149〕
150	論李攀龍	許學夷：《詩源辯體・後集纂要》卷二	李于鱗名攀龍。樂府五言及五言古多出漢、魏，世或厭其摹仿。然漢、魏樂府五言及五言古，自六朝、唐、宋以來，體製音調，後世邈不可得，而惟于鱗得其神隨，自非專詣者不能。至於摹仿餖飣，或不能無，而變化自得者，亦頗有之。若其語不盡變，則自不容變耳，語變則非漢、魏矣。所可議者，於古樂府及《十九首》、蘇、李〈錄別〉以下，篇篇擬之，殆無遺什，觀者不能不厭耳。 于鱗學漢、魏，蓋於六朝及唐體古詩初未嘗習，逮予告而歸，始差次古樂府及《十九首》、〈錄別〉以下諸詩擬之，而盡力於漢、魏。是于鱗學古，初無所染，又能專

〔註 148〕　〔明〕許學夷：《詩源辯體》卷三十六〈總論〉，收錄於周維德集校：《全明詩話》，第四冊，頁 3394～3395。小字爲作者原註。

〔註 149〕　〔明〕許學夷：《詩源辯體・後集纂要》卷一，收錄於周維德集校：《全明詩話》，第四冊，頁 3404。小字爲作者原註。

序號	重　點	出　處	內　容
			習凝領，漸漬歲月，故遂得其神隨耳。王元美云：「西京、建安似非琢磨可到，要在專習凝領之久，神與境會，忽然而來，渾然而就，無歧級可尋，無色聲可指。」元端亦言：「西漢詩非苦思力索所辦，當盡取其詩，玩習凝會，風氣性情，纖屑具領。若楚大夫子身處莊嶽，庶幾齊語。」試觀于鱗學古，則二子之言信有徵也。〔註150〕
151	論疊字	胡震亨：《唐音癸籤》卷四〈法微三〉	體物疊字，本之風雅，詩所不能無；如劉駕之「夜夜夜深聞子規」，吳融之「搣搣淒淒葉葉同」，則多事矣。然未有疊至七聯，如韓退之〈南山〉詩者。豈以「青青河畔草」亦用疊字三聯，有前例與？作法於涼，雖漢人，吾不能無餘憾云。〔註151〕
152	論韻	胡震亨：《唐音癸籤》卷四〈法微三〉	劉勰云：「改韻從調，所以節文辭氣。」「兩韻輒易，則聲韻微燥；百句不遷，則唇吻告勞。」七古改韻，宜衷此論為裁。若五言古畢竟以不轉韻為正。漢魏古詩多不轉韻，《十九首》中亦只兩首轉韻耳。李青蓮五古多轉韻，每讀至接換處，便覺體欠鄭重。為杜少陵雖長篇亦不轉韻，如〈北征〉六十五韻，只一韻到底。一韻五言正體，轉韻五言變體也。遜叟。下同。〔註152〕
153	論學詩	胡震亨：《唐音癸籤》卷四〈法微三〉	古《詩三百》可以博其源；遺篇《十九》，可以約其趣；《樂府》雄高，可以厲其氣；《離騷》深永，可以裨其思。徐禎卿。〔註153〕

〔註150〕　〔明〕許學夷：《詩源辯體·後集纂要》卷二，收錄於周維德集校：《全明詩話》，第四冊，頁3418。小字為作者原註。
〔註151〕　〔明〕胡震亨：《唐音癸籤》卷四〈法微三〉，收錄於周維德集校：《全明詩話》，第五冊，頁3606。
〔註152〕　〔明〕胡震亨：《唐音癸籤》卷四〈法微三〉，收錄於周維德集校：《全明詩話》，第五冊，頁3609。小字為作者原註。
〔註153〕　〔明〕胡震亨：《唐音癸籤》卷四〈法微三〉，收錄於周維德集校：《全明詩話》，第五冊，頁3612。小字為作者原註。

序號	重點	出處	內容
154	論承襲	胡震亨：《唐音癸籤》卷四〈法微三〉	剽竊模擬，詩之大病。亦有神與境觸，師心獨造，偶合古語者，如「客從遠方來」、「白楊多悲風」，「春水船如天上坐」，不妨俱美，定非竊也。其次裒覽既富，機鋒亦圓，古語口吻間，若不自覺，間亦有之，未致足厭。乃至割綴古語，痕跡宛然，斯醜方極，皆不免爲盜跖、優孟所訾。弇州。〔註154〕
155	論詩和樂府	胡震亨：《唐音癸籤》卷十五〈樂通四〉	古人詩即是樂。其後詩自詩，樂府自樂府。又其後樂府是詩，樂曲方是樂府。詩即是樂，《三百篇》是也。詩自詩，樂府自樂府，謂如漢人詩，同一五言，而「行行重行行」爲詩，「青青河畔草」則爲樂府者是也……。〔註155〕
156	論承襲	馮復京：《說詩補遺》卷一	自古郊廟燕射舞歌辭，必出一代名手……。大抵國家鉅典，特選時英，而世運推移，不能淳古。漢篇《十九》，已有靡麗不經之誚，矧在後世，或剽竊周詩，或混淆子史，太樸既散，并華色黯……。〔註156〕
157	論韻	馮復京：《說詩補遺》卷一	古詩大抵一韻成篇。〈行行重行行〉、〈生年不滿百〉，則用二韻，甚至〈青青河畔草〉共有六韻，然皆神氣渾融，不見轉換痕迹。若唐人移韻，則遞送艱而音節舛矣。固不如首尾一韻爲正格也……。〔註157〕
158	論作者和版本	馮復京：《說詩補遺》卷二	《古詩十九首》，《文選》無撰人。按《玉臺新詠》「西北有高樓」、「東城高且長」、「行行重行行」、「相去日已遠」、「涉江探

〔註154〕〔明〕胡震亨：《唐音癸籤》卷四〈法微三〉，收錄於周維德集校：《全明詩話》，第五冊，頁3613。小字爲作者原註。

〔註155〕〔明〕胡震亨：《唐音癸籤》卷十五〈樂通四〉，收錄於周維德集校：《全明詩話》，第五冊，頁3706。

〔註156〕〔明〕馮復京：《說詩補遺》卷一，收錄於周維德集校：《全明詩話》，第五冊，頁3838～3839。

〔註157〕〔明〕馮復京：《說詩補遺》卷一，收錄於周維德集校：《全明詩話》，第五冊，頁3846。

序號	重 點	出 處	內 容
			芙蓉」、「青青河畔草」、「蘭若生朝陽」、「迢迢牽牛星」、「明月何皎皎」九首，題云枚乘〈雜詩〉，蓋截「行行」「相去」為二，而以「庭中有奇樹」附「蘭若生朝陽」，合為一。《文心》云：「古詩佳麗，或稱枚叔。〈孤竹〉一篇，傅毅之辭。」劉通事與昭明同時，徐侍中去蕭梁不遠，作者姓名既確，《選》題何以闕如？《十九首》，當亦雜居古詩樂府中，由昭明鑒定爾。「行行」一章十六句，辭氣相貫，不應為二。《陸機集》亦分擬「蘭若」、「庭中」，不當為一。以《選》為正可也。〔註158〕
159	論李陵、蘇武詩	馮復京：《說詩補遺》卷二	李都尉五言，與《十九首》一律，如周公製作，後世莫能擬議。吾獨愛其「長當從此別，且復立斯須」，注情欵曲。「嘉會難再遇，三載為千秋」，鑄辭精練。至「行人難久留，各言長相思。要知非日月，弦望自有時」，真足以感天地泣鬼神矣。蘇云：「努力愛春華，莫忘歡樂時。生當復來歸，死當長相思。」足以敵之。 蘇、李相去伯仲之間耳，李章法清簡，雖稍勝蘇，而蘇古意鬱浡，廁之《十九首》，亦無慚遜。〈留別妻〉篇，言情入神，典屬國本以節義者，其才情乃爾。 「黃鶴一遠別」篇，中弦歌、絲竹、長歌、清商、疊韻冗雜。較之「昔為鴛與鴦，今為參與辰。昔者滯相近，邈若胡與秦」，尤甚。雖不害古，然自是古人病處。「西北有高樓」亦疊用音曲字，而不覺其繁，益知《十九首》不可及，而蘇之所以遜李也。〔註159〕
160	論風格	馮復京：《說詩補遺》卷二	《十九首》如日月麗空，苞符出水，精芒靈厚，瑞呈天呈。又如南金入冶，荊璧在璞，人欽其寶，莫名其器。文質錯以彪宣，

〔註158〕 〔明〕馮復京：《說詩補遺》卷二，收錄於周維德集校：《全明詩話》，第五冊，頁3856。

〔註159〕 〔明〕馮復京：《說詩補遺》卷二，收錄於周維德集校：《全明詩話》，第五冊，頁3857～3858。

序號	重 點	出 處	內 容
			宮商調而鏘美。情景迴環，不求纖密而自巧；骨膚植附，無待激厲而自清。愈平愈奇，有意無意，譬之於道，所謂階升無自，欲罷不能者也。 章法之妙，不見句法。句法之妙，不見字法。鏡花水月，興象玲瓏，其神化所至邪！以漢諸樂府較之，如〈相逢行〉、〈陌上桑〉，雖自然工妙，微有蹊徑可尋，終未若《十九首》靈和獨秉，神用無方也。 古詩甚質，然太羹玄酒之質，非槁木朽株之質也。古詩甚文，然雲漢為章之文，非女工纂組之文也。魏文云「詩賦欲麗」。陸機云「詩緣情而綺靡」。此二家所知，固漢詩之渣穢耳。 《十九首》外，「悲與親友別」，「穆穆清風至」，「蘭若生春陽」，「橘柚垂華實」，精神凝厚，音調和平，可以參入。「朱火然其中，青烟颺其間。從風入君懷，四坐莫不歡」，驚采絕艷，稍掩其質矣。「馨香易銷歇，繁華會枯槁。恨望何所言，臨風送懷抱」，促節飛響，稍變其音矣。「上山採蘼蕪」，「十五從軍征」是樂府，體製自別。「枯魚過河泣」、「菟絲從長風」、「高田種小麥」，骨法峻古，亦樂府非絕句也。「步出城東門，遙望江南路。前日風雪中，故人從此去」，氣爽而辭宕，恐非漢人作。〔註160〕
161	論風格	馮復京：《說詩補遺》卷二	昭明選漢樂府〈青青河邊草〉、〈昭照素明月〉、〈青青園中葵〉三首，盡惟取其旨趣格調與《十九首》近者。凡樸勁峭古及紀事詳序者，皆在所略，自是昭明選法……。〔註161〕

〔註160〕 〔明〕馮復京：《說詩補遺》卷二，收錄於周維德集校：《全明詩話》，第五冊，頁 3859。

〔註161〕 〔明〕馮復京：《說詩補遺》卷二，收錄於周維德集校：《全明詩話》，第五冊，頁 3861。

序號	重　點	出　處	內　　容
162	論承襲	馮復京:《說詩補遺》卷二	魏晉所奏漢樂府,多取鋒鬱之辭。如「生年不滿百」,增損作〈西門行〉。陳思〈七哀〉,亦改寫〈怨詩行〉,稍更步驟,其體裁遂別。疑漢魏之交,戰爭風鶩,風氣雕悍,一時樂部更定以比絲管,習尙使然也。〈西門行〉末云:「行行去去如雲除,敝車羸馬爲自儲。」矯健殊甚。〔註162〕
163	論詩和樂府（論承襲）	馮復京:《說詩補遺》卷二	「生得復來歸,死當長相思。相去日已遠,衣帶日已緩」,與「若生當相見,亡者會黃泉。離家日趨遠,衣帶日趨緩」,意致大同,氣脈絕異,此又詩與樂府之辨也。〔註163〕
164	論子建詩（論承襲）	馮復京:《說詩補遺》卷二	徐昌穀謂:「樂府氣忌銳逸。陳王〈野田黃雀行〉,大索已露。」當矣。而謂植之才「不堪整栗」,則非也。胡元瑞謂:「子建〈雜詩〉,全法《十九首》。」又謂:「〈南國有佳人〉,嗣宗諸作之祖;〈公子愛敬客〉,士衡群製之宗。」當矣。而謂「〈蝦䱇〉,太沖〈訪史〉所自出」,則非也。〔註164〕
165	論建安七子樂府	馮復京:《說詩補遺》卷二	武文樂府,多擬漢作,所當別論。《十九首》一派,子建源流相接。子桓、仲宣性情未遠,惟公幹氣勝其詞,抗竦過度,譬之孔庭子路,晉宮將種,無復溫醉嬋娟之態,以爲詩之正宗,千古憒憒。〔註165〕
166	論步兵詩	馮復京:《說詩補遺》卷二	步兵蕭條高寄,脫落世塵,想其作詩,何意雕纂,自爾神情宏放,棲託深微。予最愛其「嘉樹下成蹊」、「平生少年時」、「昔

〔註162〕　〔明〕馮復京:《說詩補遺》卷二,收錄於周維德集校:《全明詩話》,第五冊,頁3861。
〔註163〕　〔明〕馮復京:《說詩補遺》卷二,收錄於周維德集校:《全明詩話》,第五冊,頁3862。
〔註164〕　〔明〕馮復京:《說詩補遺》卷二,收錄於周維德集校:《全明詩話》,第五冊,頁3864。
〔註165〕　〔明〕馮復京:《說詩補遺》卷二,收錄於周維德集校:《全明詩話》,第五冊,頁3866。

序號	重　點	出　處	內　容
			年十四五」，有《十九首》之遺韻。「獨坐高堂上」，峭峻，自成一家。蕭《選》餘章，雖主峻潔，不至枯淡，各有風味，鄙哉子昂，腐儒措大，乃輕唐突耶！〔註166〕
167	論士衡詩	馮復京：《說詩補遺》卷三	鍾品極褒士衡，昭明所選多至六十八首，梁世風尚固應耳。閱其全集，神奇獨得之句，僅「照之有餘輝，攬之不盈手」。其次「惡木豈無陰，志士多苦心」、「譬彼伺晨鳥，揚聲當及旦」、「京落多風塵，素衣化為緇。」全篇佳者，「安寢北堂上」、「閒夜命歡友」、「總轡登長路」三首。次則〈羅敷〉、〈從軍〉、〈苦寒〉、〈塘上〉、〈猛虎〉、〈門有車馬客〉、〈贈馮文羆〉、〈贈顧彥先〉前篇、〈贈顧公貞〉、〈為顧彥先贈婦〉後篇、〈從梁陳作〉、〈招隱〉、〈擬蘭若生朝陽〉、〈束城一何高〉（按：「束」應作「東」）、〈庭中有奇樹〉，又得十五首，餘篇多排偶繁複，並綺靡而失之，潘、張未肯北面，太沖當競先鳴，故曰獨在諸人之下也。〔註167〕
168	論子荊、正長詩	馮復京：《說詩補遺》卷三	沈休文稱：「子荊『零雨』之章，正長『朔風』之句。」由是評者，雷同一口。予獨有異議，〈陟陽候作〉，祖述老、莊，正始餘波耳。「鑒之以蒼昊」，「守之與偕老」，造語莽拙。古詩曰：「胡馬嘶北風，越鳥巢南枝。」正長詩曰：「邊馬有歸心，客鳥思故林。」如老措大點化帖括手段，師涓所寫者，濮上新聲，古豈無倫曠之輩可入詠者乎？而舉及涓也。此二詩浪得名久，聊為辨之。〔註168〕

〔註166〕　〔明〕馮復京：《說詩補遺》卷二，收錄於周維德集校：《全明詩話》，第五冊，頁3867。

〔註167〕　〔明〕馮復京：《說詩補遺》卷三，收錄於周維德集校：《全明詩話》，第五冊，頁3870～3871。

〔註168〕　〔明〕馮復京：《說詩補遺》卷三，收錄於周維德集校：《全明詩話》，第五冊，頁3873。

序號	重　點	出　處	內　　容
169	論陶潛詩	馮復京:《說詩補遺》卷三	蕭德施序《陶集》云:「文章不群,詞采精拔,跌宕昭彰,抑揚爽朗。橫素波而傍流,干青雲而直上。」其推尊之,可謂至矣。而《選》儉於八首,蓋序致美一人,可極賞譽,《選》兼詮眾藝,須精簡別也。自宋人劇尚多以理趣求之,至抗之《十九首》之上。又云「見性成佛之宗」,又云「作詩須從陶、柳門中來」。詩道至宋一世,病熱醉夢,無煩具述。陽休之評云:「放逸之致,棲託仍高。」宋則大蘇云:「外枯中膏,似淡實美。」敖器之云:「絳雲在宵,舒卷自如。」亦似知淵明者。予謂:此老胸中,真是一塵不染,千仞獨翔,絕不經意,而翛然自遠,慾平躁釋。後人無此真趣,強擬其格,則不類詩人,浸成田叟。〔註169〕
170	論〈西洲曲〉年代	馮復京:《說詩補遺》卷三	〈西洲曲〉不知何代之作,馮汝言以其綺麗不傷骨,流便不至佻,故定附晉後。四句一轉韻,精采相逼而來,千古獨絕矣。樂辭「休洗紅」,亦未可定為晉。「愛惜加窮袴,防閑託守宮」,語迫梁陳。吳競編《十九首》後,非也……。〔註170〕
171	論學、作詩(謬傳)	馮復京:《說詩補遺》卷六	古詩宗蘇、李、《十九首》,譬之《六經》為聖人法言。曹氏兄弟既左(下缺)。子美雄剛之才,倔強之氣,快心柴骨,不忘粗鄙。時有此喻,狂譎可笑,在杜固不妨其大,後學陷此,永永墮落。宋人如子瞻,尚謂蘇、李詩為偽作,餘子瑣瑣如醯雞培甕,本不解古詩為何物,但見杜陵有此作,則以為詩之至者如是也。繆種流傳,習非勝是,惜哉!〔註171〕

〔註169〕 〔明〕馮復京:《說詩補遺》卷三,收錄於周維德集校:《全明詩話》,第五冊,頁3875。

〔註170〕 〔明〕馮復京:《說詩補遺》卷三,收錄於周維德集校:《全明詩話》,第五冊,頁3877～3878。

〔註171〕 〔明〕馮復京:《說詩補遺》卷六,收錄於周維德集校:《全明詩話》,第五冊,頁3925。

序號	重　點	出　處	內　　容
172	論古詩	鍾惺：《詞府靈蛇二集・精集・衡品上・古詩》	評曰：其源出於《國風》。陸機所擬十四首，文溫以麗。其外四十五首，疑是建安中曹、王所製。然人代寂滅，而清音獨遠，悲夫！〔註172〕
173	論情意	鍾惺：《詞府靈蛇二集・氣集・昕秘・原二雅變旨》	大小《雅》變者，謂君不君，臣不臣，上行酷政，下進諛詞。詩人則變雅而諷刺之，言變者即爲景象移動比之。如詩云：此變大雅也。「日居月諸，胡迭而微。」又詩：「蟬離楚樹鳴猶少，葉到嵩山落更多。」又古詩云：「浮雲翳白日，遊子返不顧。」又詩：「寒禽沾古樹，積雪占蒼苔。」如詩云：此變小雅也。「綠衣黃裳。」〔註173〕
174	論詩中之意	鍾惺：《詞府靈蛇二集・氣集・原創格淵奧・意》	取詩中之意，不形於物象。如古詩云：「行行重行行，與君生別離。」如畫公〈賦巴山夜猿送客〉：「何年有此路，幾客共沾襟。」〔註174〕
175	論起首入興體例	鍾惺：《詞府靈蛇二集・神集・起首入興體例》	感時入興　古詩：「凜凜歲雲（按：「雲」應作「云」）暮，螻蛄多鳴悲。涼風率以厲，遊子寒無衣。」江文通詩：「西北秋風起，楚客心悠哉。日暮碧雲合，佳人殊未來。」二詩皆三句感時，一句敘事。 ……先敘事後衣帶入興　陸士衡詩：「遠遊越山川，山川修且廣。」此詩一句敘事，一句衣帶。古詩：「行行重行行，與君生別離。相去萬餘里，各在天一涯。道路阻且長，會面安可期。胡馬依北風，越鳥巢南枝。」此詩六句敘事，兩句衣帶。 ……把聲入興　王少伯詩：「澿澿三峽水，別怨流《楚辭》。」此詩耳聞也。古

〔註172〕〔明〕鍾惺：《詞府靈蛇二集・精集・衡品上・古詩》，收錄於周維德集校：《全明詩話》，第五冊，頁3977。

〔註173〕〔明〕鍾惺：《詞府靈蛇二集・氣集・昕秘・原二雅變旨》，收錄於周維德集校：《全明詩話》，第五冊，頁4002。小字爲作者原註。

〔註174〕〔明〕鍾惺：《詞府靈蛇二集・氣集・原創格淵奧・意》，收錄於周維德集校：《全明詩話》，第五冊，頁4003。

序號	重點	出處	內容
			詩：「白楊多悲風，蕭蕭愁殺人。」此詩心聞也。〔註175〕
176	論落句	鍾惺：《詞府靈蛇二集・神集・落句體例》	勸勉　古詩：「棄捐勿復道，努力加殤飯。」此詩義在自保愛也。〔註176〕
177	論語勢	鍾惺：《詞府靈蛇二集・神集・三語勢》	好勢　古詩：「浮雲蔽白日，遊子不顧返。」又江文通：「黃雲蔽千里，遊子何時還。」〔註177〕
178	論對句	鍾惺：《詞府靈蛇二集・神集・五勢對例》	意對　陸士衡：「驚颷褰友信，歸雲難寄音。」古詩：「四顧何茫茫，東風搖百草。」〔註178〕
179	論五用例	鍾惺：《詞府靈蛇二集・神集・五用例》	用字　古詩：「秋草萋已綠。」又郭景純：「潛波渙鱗起。」「萋」「渙」二字用字也。 用形用字不如用形也　古詩：「東城高且長，逶迤自相屬。」又謝靈運：「石淺水潺湲，日落山照耀。」 用氣用形不如用氣也　劉公幹：「誰謂相去遙，隔彼西掖垣。」 用勢用氣不如用勢也　王仲宣：「南登灞陵岸，回首望長安。」 用神用勢不如用神也　古詩：「盈盈一水間，脈脈不得語。」〔註179〕

〔註175〕〔明〕鍾惺：《詞府靈蛇二集・神集・起首入興體例》，收錄於周維德集校：《全明詩話》，第五冊，頁4028～4029。

〔註176〕〔明〕鍾惺：《詞府靈蛇二集・神集・落句體例》，收錄於周維德集校：《全明詩話》，第五冊，頁4036。

〔註177〕〔明〕鍾惺：《詞府靈蛇二集・神集・三語勢》，收錄於周維德集校：《全明詩話》，第五冊，頁4037。

〔註178〕〔明〕鍾惺：《詞府靈蛇二集・神集・五勢對例》，收錄於周維德集校：《全明詩話》，第五冊，頁4038。

〔註179〕〔明〕鍾惺：《詞府靈蛇二集・神集・五用例》，收錄於周維德集校：《全明詩話》，第五冊，頁4039～4040。小字爲作者原註。

序號	重點	出處	內容
180	論風格	鍾惺：《詞府靈蛇二集·骨集·確評·李少卿并古詩十九首》	評曰：五言始於李、蘇，二子天與其性，發言自高，未有作用。如《十九首》詞義炳婉而成章。〔註180〕
181	論風格	鍾惺：《詞府靈蛇二集·骨集·確評·鄴中集》	評曰：鄴中七子，陳王最高。劉郎辭氣偏正，得其中，不拘對屬，偶或有之，語與興驅，勢逐情起，不由作意，氣格自高。《十九首》其流亞也。〔註181〕
182	論詩源流	鍾惺：《詞府靈蛇二集·骨集·綜議》	夫詩有三四五六七言之別，今可畧而敘之。三言始《虞典·元首》之歌。四言本於《國風》，流於夏世，傳至韋孟，其文始具。六言散在《離騷》。七言萌於漢代。五言之作，《召南·行露》已有濫觴，漢武帝時，屢見全什，非本李少卿也。少卿意悲詞切，若偶中奇響，《十九首》之流也。建安三祖、七子，五言始盛，終傷用氣。正始何晏、嵇、阮之儔，漸浮侈矣。晉世尤尚綺靡。宋初文格，與晉相左，更顯頹矣。〔註182〕
183	論承襲	陳懋仁：《藕居士詩話》卷之上	漢詩：「胡馬依北風，越鳥巢南枝。」本子胥〈河上歌〉：「胡馬望北風而立，越燕向日而熙。」若不使事而事在其中。…… 《困學紀聞》云：「梁元帝〈賦得蘭澤多芳草〉詩，古詩為題見於此。」仁謂：起於晉陸機〈行行重行行〉、〈今日良宴會〉等篇。其後有劉琨、劉鑠、梁武、簡文、昭明、沈約輩，紛紛繼作，俱在元帝之前。〔註183〕

〔註180〕〔明〕鍾惺：《詞府靈蛇二集·骨集·確評·李少卿并古詩十九首》，收錄於周維德集校：《全明詩話》，第五冊，頁4042。

〔註181〕〔明〕鍾惺：《詞府靈蛇二集·骨集·確評·鄴中集》，收錄於周維德集校：《全明詩話》，第五冊，頁4042。

〔註182〕〔明〕鍾惺：《詞府靈蛇二集·骨集·綜議》，收錄於周維德集校：《全明詩話》，第五冊，頁4044～4045。

〔註183〕〔明〕陳懋仁：《藕居士詩話》卷之上，收錄於周維德集校：《全明

序號	重　點	出　處	內　容
184	論及時行樂詩	葉廷秀:《詩譚》卷二〈行樂及時〉	古詩云:「晝短夜苦長,何不秉燭遊。」教人行樂及時也。樂天詩:「多少朱門鎖空宅,主人到老不曾歸。」司空曙詩:「黃金用盡教歌舞,留與他人樂少年。」唐詩:「白頭縱作花園主,醉折花枝是別人。」讀之,令人悽然。每見入名利場中,終身擺脫不得,且曰:「幾年畢尚平之婚嫁,幾年築晉公之綠野。」嗟嗟,此志果遂,必須與閻羅王先講定也,可發一笑。〔註184〕
185	論承襲	盧世㴶:《讀杜私言・論古言古詩》	五言古詩,其源流吾不及悉也。獨覺老杜深廣無端,波瀾萬狀……。〈留花門〉、〈塞蘆子〉、〈前後出塞〉、「二吏」〈新安〉、〈石壕〉、「二歎」〈夏日〉、〈夏夜〉、「三別」〈新婚〉、〈垂老〉、〈無家〉暨〈客從南溟來〉、〈白馬東北來〉,紆慮老謀,補偏救敝,體人情若雪片,數世事如雨點,情酸味厚,歌短泣長,而一唱三歎,蘊藉優柔,《三百篇》、《十九首》、李陵、蘇武、曹植、陶潛,上下同流,後先一揆……。〔註185〕
186	論五言詩起源(風格)	費經虞:《雅倫》卷二〈體調・蘇李體〉	皎然曰:「五言始於李、蘇。二子天與其性,發言自高,未有作用。如《十九首》辭義精炳,婉而成章。」〔註186〕
187	論風格	費經虞:《雅倫》卷二〈體調・曹劉體〉	皎然曰:「鄴中七子,陳王最高;劉郎辭氣偏正得其中,不拘對屬,偶或有之,語與興驅,勢逐情起,不由作意,氣格自高。《十九首》其流一也。」〔註187〕

詩話》,第五冊,頁4074～4075。

〔註184〕 〔明〕葉廷秀:《詩譚》卷二〈行樂及時〉,收錄於周維德集校:《全明詩話》,第五冊,頁4183。

〔註185〕 〔明〕盧世㴶:《讀杜私言・論古言古詩》,收錄於周維德集校:《全明詩話》,第六冊,頁4374。

〔註186〕 〔明〕費經虞:《雅倫》卷二〈體調・蘇李體〉,收錄於周維德集校:《全明詩話》,第六冊,頁4470。

〔註187〕 〔明〕費經虞:《雅倫》卷二〈體調・曹劉體〉,收錄於周維德集校:《全明詩話》,第六冊,頁4470。

序號	重　點	出　處	內　　容
188	論學詩	費經虞:《雅倫》卷二〈體調・杜少陵體〉	費經虞曰:「……蓋少陵之作,雖古人未有,後來難繼,然亦唐人一種耳。如將相之家,非《三百篇》若天子,《古詩十九首》若諸王,必不能至者也……。」〔註188〕
189	論〈飲馬行〉本辭	費經虞:《雅倫》卷七〈格式五・樂府・瑟調曲・飲馬長城窟〉	飲馬長城窟,水寒傷馬骨。往謂長城吏,愼莫稽留太原卒。官作自有程,舉築諧汝聲。男兒寧當格鬥死,何能怫鬱築長城。長城何連連,連連三千里。邊城多健兒,內舍多寡婦。作書與內舍;(按:「;」應作「:」)「便嫁莫留住。善事新姑嫜,時時念我故夫子。」報書往邊地:「君今出語亦何鄙!身在患難中,何爲稽留他家子。生男愼莫舉,生女哺用脯。君獨不見長城下,死人骸骨相撑住。結髮行事君,慊慊心意關。明知邊地苦,賤妾何能久自全。」孫費錫璜曰:「按此爲〈飲馬行〉本辭,因《文選》作『青青河畔草』,今遂相沿。蓋『青青』一曲,乃當〈飲馬長城窟〉也。」〔註189〕
190	《古詩十九首》原文	費經虞:《雅倫》卷九上〈格式七・五言古詩〉	行行重行行,與君生別離。相去萬餘里,各在天一涯。道路阻且長,會面安可知?胡馬依北風,越鳥巢南枝。相去日已遠,衣帶日已緩。浮雲蔽白日,遊子不顧返。

〔註188〕　〔明〕費經虞:《雅倫》卷二〈體調・杜少陵體〉,收錄於周維德集校:《全明詩話》,第六冊,頁4479。

〔註189〕　〔明〕費經虞:《雅倫》卷七〈格式五・樂府・瑟調曲・飲馬長城窟〉,收錄於周維德集校:《全明詩話》,第六冊,頁4603～4604。小字爲作者原註。而此所舉的〈飲馬行〉,宋代郭茂倩在《樂府詩集》將之標爲魏朝陳琳所作。詳見〔宋〕郭茂倩編撰:《樂府詩集》,第一冊,(臺北:里仁書局,1999年),第三十八卷〈相和歌辭十三〉,頁556～557。而近人梁啓超同意費經虞之孫費錫璜的看法,對陳琳〈飲馬長城窟行〉闡釋道:「此一首純然漢人音節,竊疑此爲飲馬長城窟本調。前節所錄『青青河畔草』一首(筆者按:見其書頁63之清商瑟調〈飲馬長城窟行〉:『青青河畔草,緜緜思遠道……。』),或反是繼起之作,辭沈痛決絕,杜甫〈兵車行〉不獨仿其意境音節,並用其語句。」見梁啓超:《中國之美文及其歷史》,(臺北:臺灣中華書局,1987年),頁88。

序號	重　點	出　處	內　　　容
			思君令人老，歲月忽已晚。棄捐勿復道，努力加餐飯。
			青青河畔草，鬱鬱園中柳。盈盈樓上女，皎皎當窗牖。娥娥紅粉妝，纖纖出素手。昔爲倡家女，今爲蕩子婦。蕩子行不歸，空牀難獨守。
			青青陵上柏，磊磊澗中石。人生天地間，忽如遠行客。斗酒相娛樂，聊厚不爲薄。驅車策駑馬，遊戲宛與洛。洛中何鬱鬱，冠帶自相索。長衢羅夾巷，王侯多第宅。兩宮遙相望，雙闕百餘尺。極宴娛心意，戚戚何所迫。
			今日良宴會，歡樂難具陳。彈箏奮逸響，新聲妙入神。令德唱高言，識曲聽其眞。齊心同所願，含意俱未申。人生寄一世，奄忽若飆塵。何不策高足，先據要路津。無爲守窮賤，轗軻長苦辛。
			西北有高樓，上與浮雲齊。交疏結綺窗，阿閣三重階。上有絃歌聲，音響一何悲！誰能爲此曲？無乃杞梁妻。清商隨風發，中曲正徘徊。一彈再三歎，慷慨有餘哀。不惜歌者苦，但傷知音稀。願爲雙鳴鶴，奮翅起高飛。
			涉江采芙蓉，蘭澤多芳草。采之欲遺誰？所思在遠道。還顧望舊鄉，長路漫浩浩，同心而離居，憂傷以終老。
			明月皎夜光，促織鳴東壁。玉衡指孟冬，眾星何歷歷。白露霑野草，時節忽復易。秋蟬鳴樹間，玄鳥逝安適。昔我同門友，高舉振六翮。不念攜手好，棄我如遺迹。南箕北有斗，牽牛不負軛。良無磐石固，虛名復何益
			冉冉孤生竹，結根泰山阿。與君爲新婚，兔絲附女蘿。兔絲生有時，夫婦會有宜。千里遠結婚，悠悠隔山陂。思君令人老，軒車來何遲？傷彼蕙蘭花，含英楊光輝。過時而不采，將隨秋草萎。君亮執高節，賤妾亦何爲！

序號	重　點	出　處	內　　　容
			庭中有奇樹，綠葉發華滋。攀條折其榮，將以遺所思。馨香盈懷袖，路遠莫致之。此物何足貴，但感別經時。
			迢迢牽牛星，皎皎河漢女。纖纖擢素手，札札弄機杼。終日不成章，涕泣零如雨。河漢清且淺，相去復幾許。盈盈一水間，脈脈不能語。
			回車駕言邁，悠悠涉長道。四顧何茫茫，東風搖百草。所遇無故物，焉得不速老？盛衰各有時，立身苦不早。人生非金石，豈能長壽考？奄忽隨物化，榮名以爲寶。
			東城高且長，逶迤自相屬。回風動地起，秋草萋已綠。四時更變化，歲暮一何速？〈晨風〉懷苦心，〈蟋蟀〉傷局促。蕩滌放情志，何爲自結束。燕趙多佳人，美者顏如玉。被服羅裳衣，當戶理清曲。音響一何悲，絃急知柱促。馳情整巾帶，沈吟聊躑躅。思爲雙飛燕，銜泥巢君屋。
			驅車上東門，遙望郭北墓。白楊何蕭蕭，松柏夾廣路。下有陳死人，杳杳即長暮。潛寐黃泉下，千載永不寤。浩浩陰陽移，年命如朝露。人生忽如寄，壽無金石固。萬歲更相送，聖賢莫能度。服食求神仙，多爲藥所悞。不如飲美酒，被服紈與素。
			去者日以疏，生者日以親。出郭門直視，但見丘與墳。古墓犁爲田，松柏摧爲薪。白楊多悲風，蕭蕭愁殺人。思遠故里閭，欲歸道無因。
			生年不滿百，常懷千歲憂。晝短苦夜長，何不秉燭遊？爲樂當及時，何能待來茲。愚者愛惜費，但爲後世嗤。仙人王子喬，難可與等期。
			凜凜歲云暮，螻蛄多鳴悲。涼風率已厲，遊子寒無衣。錦衾遺洛浦，同袍與我違。獨宿累長夜，夢想見容輝。良人惟古歡，枉駕惠前綏。願得常巧笑，攜手同車歸。既來不須臾，又不處重闈。亮無晨風翼，

序號	重點	出處	內　容
			焉能凌風飛？眄睞以適意，引領遙相睎。徙倚懷感傷，垂涕霑雙扉。
			孟冬寒氣至，北風何慘慄？愁多知夜長，仰觀眾星列。三五明月滿，四五蟾兔缺。客從遠方來，遺我一書札。上言長相思，下言久離別。置書懷袖中，三歲字不滅。一心抱區區，懼君不識察。
			客從遠方來，遺我一端綺。相去萬餘里，故人心尚爾。文綵雙鴛鴦，裁爲合歡被。著以長相思，緣以結不解。以膠投漆中，誰能別離此？
			明月何皎皎，照我羅牀帷。憂愁不能寐，攬衣起徘徊。客行雖云樂，不如早旋歸。出戶獨彷徨，愁思當告誰？引領還入房，淚下霑裳衣。 ……
			費經虞曰：「蘇、李、《十九首》，五古之祖，故備錄。〈悲憤詩〉，長篇序事之體；李白、薛道衡二詩，轉言尼之格。餘散見諸體，不備錄。」〔註190〕
191	論用字	費經虞:《雅倫》卷九上〈格式七・五仄〉	費經虞曰：「五仄字之體，創自梅聖俞，以晏元獻之言也。然元獻所舉『枯桑知天風』，特古詩中之一句，非全篇皆然也。若止一句，則五仄字古人已有矣。《十九首》『歲月忽已晚』，古詩『贈子以自愛』，秦嘉〈贈婦詩〉『既得結大義』，嵇康『但願養性命』，周皇夏『盛德必有後』，陸機〈長歌行〉『迨及歲未暮』，又〈塘上行〉『四節逝不處』，陳思王『利劍不在掌』，陶淵明『結髮念善事』，孔文舉『器漏苦不密』，謝靈運『鼻感改朔氣』等，不可枚舉。聖俞聊復爲戲耳。」〔註191〕

〔註190〕　〔明〕費經虞：《雅倫》卷九上〈格式七・五言古詩〉，收錄於周維德集校：《全明詩話》，第六冊，頁4640～4645。

〔註191〕　〔明〕費經虞：《雅倫》卷九上〈格式七・五仄〉，收錄於周維德集校：《全明詩話》，第六冊，頁4656。

序號	重 點	出 處	內 容
192	論疊字	費經虞:《雅倫》卷九中〈格式八·五言四疊韻·疊字格〉	費經虞曰:「徐師魯云:『古詩「青青河畔草」,前六句,皆用疊字;「迢迢牽牛星」,前四句、後二句,亦皆用疊字。然未有以疊字成篇者。』後人仿之,遂有此體。然多游戲之作。」〔註192〕
193	論鍊句	費經虞:《雅倫》卷十二〈製作·鍊句〉	或云:「一句見意,『股肱良哉』是也;二句見意,『關關雎鳩,在河之洲』是也;四句見意,『青青陵上柏,磊磊澗中石。人生天地間,忽如遠行客。』……。」……《巵言》云:「『東風搖百草』,便是句法,爲人所窺。『青袍似春草』,便是後世巧端。」〔註193〕
194	論對句	費經虞:《雅倫》卷十二〈製作·屬對〉	費經虞曰:「詩之有對,由來久矣。『胡馬依北風,越鳥巢南枝』,但漢、魏偶一聯耳。晉、宋以來,詩屬對之法不一:有音聲之對,雙聲、疊韻是也;有平仄之對,金線、咽泉是也;有法度之對,流水、當句、扇對、開對、綿接、連序、倒插、搓對、牙成、回文、閣子、折腰、借對、影對是也。其餘皆虛實對也。其中對法,又有的中的、有的中差、差中的。如二對千,乃的中的;貳對千,是的中差;獨對千,卻是差中的也,他倣此。惟差中差,不可對,又不可以通對借口也。」〔註194〕
195	論學詩	費經虞:《雅倫》卷十三上〈合論〉	徐禎卿云:「……古詩三百,可以博其源;遺篇十九,可以約其趣;樂府雄高,可以厲其氣;《離騷》深永,可以禆其思。然後法經而植旨,繩古以崇辭……。」〔註195〕

〔註192〕 〔明〕費經虞:《雅倫》卷九中〈格式八·五言四疊韻·疊字格〉,收錄於周維德集校:《全明詩話》,第六冊,頁4683。
〔註193〕 〔明〕費經虞:《雅倫》卷十二〈製作·鍊句〉,收錄於周維德集校:《全明詩話》,第六冊,頁4746～4747。
〔註194〕 〔明〕費經虞:《雅倫》卷十二〈製作·屬對〉,收錄於周維德集校:《全明詩話》,第六冊,頁4752。
〔註195〕 〔明〕費經虞:《雅倫》卷十三上〈合論〉,收錄於周維德集校:《全明詩話》,第六冊,頁4778～4779。

序號	重 點	出 處	內 容
196	論學詩	費經虞:《雅倫》卷十三上〈合論〉	《童蒙訓》云:「讀《古詩十九首》及子建『明月入高樓,流光正徘徊』,皆思致深遠而有餘思,言有盡而意無窮。學者當以此等詩,嘗自涵詠,自然下筆高妙……。」〔註196〕
197	論學詩	費經虞:《雅倫》卷十三中〈工力一〉	嚴儀卿云:「詩有別材,非關書也;詩有別趣,非關理也。然非多讀書,多窮理,則不能極其致。看詩須具金剛眼睛,庶不眩於旁門小法。辨家數,如辨蒼白,方可言詩。工夫須從上做下,不可從下做上。先須熟讀《楚辭》,朝夕諷詠,以為之本。《古詩十九首》、樂府諸篇、李陵、蘇武、漢魏五言,皆須熟讀。李、杜二集,宜枕籍觀之,如今人之治經。然後博取盛唐名家,醞釀胸中,久之自然悟入。雖學之不至,亦不失正路。」〔註197〕
198	論學詩	費經虞:《雅倫》卷十三下〈工力二〉	嚴儀卿云:「詩有別材,非關書也;詩有別趣,非關理也。然非多讀書,多窮理,則不能極其致。看詩須具金剛眼睛,庶不眩於旁門小法。辨家數如辨蒼白,方可言詩。工夫須從上做下,不可從下做上。先須熟讀《楚辭》,朝夕諷詠,以為之本。《古詩十九首》、樂府四篇、李陵、蘇武、漢、魏五言,皆須熟讀。李、杜二集,宜枕藉觀之。如今人之治經,然後博取盛唐名家,醞釀胸中,久之自然悟入。雖學之不至,亦不失正路。」〔註198〕
199	論宋詩之弊	費經虞:《雅倫》卷十五〈鍼砭〉	《彈雅》云:「宋之名人,就其蕪才,無天於上,無地於下,漫興揮灑,可為浩嘆!近體不唐,騷不屈、宋,賦不司馬,古不

〔註196〕 〔明〕費經虞:《雅倫》卷十三上〈合論〉,收錄於周維德集校:《全明詩話》,第六冊,頁4782。

〔註197〕 〔明〕費經虞:《雅倫》卷十三中〈工力一〉,收錄於周維德集校:《全明詩話》,第六冊,頁4792～4793。

〔註198〕 〔明〕費經虞:《雅倫》卷十三下〈工力二〉,收錄於周維德集校:《全明詩話》,第六冊,頁4804～4805。

序號	重　點	出　處	內　容
			《十九首》及蘇、李，憑他上天下地，高者成俗物，卑者作鄙俚……。」〔註199〕
200	論承襲	費經虞:《雅倫》卷二十〈題引上〉	《解頤新語》云:「擬古題，如〈西北有高樓〉、〈青青河畔草〉之類。樂府題如〈冉冉孤生竹〉、〈棗下何纂纂〉之類……。」〔註200〕
201	論承襲	方以智:《通雅詩話》	姑分體裁而言之。古詩直而曲，近而遠，質淡而不蕷，追琢而不剷。或以數句爲一句，或分章以爲篇。或平衍而突立別峰，或激起而旁數歷落。或中斷以爲迴環，或瑣屑而寓冷指。轉折之法，如作古文，奇矯屈詰，嘗類謠諺，殊非黔淺所能夢見也。人不能反復于《三百》、《楚辭》、漢魏樂府，烏有能蘊藉溫雅者乎?六朝組練明儷，別爲《選》體，佳者不數篇。倣之者似乎遒鬱，實拙滯耳。〈河梁〉、《十九首》之後，其曹、阮、陶、杜乎?昌黎太生割，取其莽蒼可也。太白奇放，次山僕質，東野痛快，高、岑取黃初之爽健，王、孟取靖節之清遠，而後元、白，後而宋元，各有所長……。〔註201〕
202	論風格	陸時雍:《詩鏡總論》	《十九首》近於賦而遠於風，故其情可陳，而其事可舉也。虛者實之，紆者直之，則感寤之意微，而陳肆之用廣矣。夫微而能通，婉而可諷者，風之爲道美也。〔註202〕
203	論韻	陸時雍:《詩鏡總論》	詩被於樂，聲之也。聲微而韵，悠然長逝者，聲之所不得留也。一擊而立盡者，瓦缶也。詩之饒韻者，其鉦磬乎?「相去日

〔註199〕 〔明〕費經虞:《雅倫》卷十五〈鍼砭〉，收錄於周維德集校:《全明詩話》，第六冊，頁4841。

〔註200〕 〔明〕費經虞:《雅倫》卷二十〈題引上〉，收錄於周維德集校:《全明詩話》，第六冊，頁4960。

〔註201〕 〔明〕方以智:《通雅詩話》，收錄於周維德集校:《全明詩話》，第六冊，頁5097。

〔註202〕 〔明〕陸時雍:《詩鏡總論》，收錄於周維德集校:《全明詩話》，第六冊，頁5107。

序號	重　點	出　處	內　容
			以遠，衣帶日以緩」，其韻古；「攜手上河梁，遊子暮何之」，其韻悠；「高臺多悲風，朝日照北林」，其韻亮；「晨風飄歧路，零雨被秋草」，其韻矯；「采菊東籬下，悠然見南山」，其韻幽；「皇心美陽澤，萬象咸光昭」，其韻韶；「扣枻新秋月，臨流別友生」，其韻清；「野曠沙岸淨，天高秋月明」，其韻洌；「天際識歸舟，雲中辨江樹」，其韻遠。凡情無奇而自佳，景不麗而自妙者，韻使之也。〔註203〕
204	論情、意之別	陸時雍：《詩鏡總論》	少陵五古，材力作用，本之漢、魏居多。第出手稍鈍，苦雕細琢，降爲唐音。夫一往而至者，情也；苦摹而出者，意也；若有若無者，情也；必然不必然者，意也。意死而情活，意迹而情神，意近而情遠，意僞而情眞。情意之分，古今所由判矣。少陵精矣刻矣，高矣卓矣，然而未齊於古人者，以意勝也。假令以《古詩十九首》與少陵作，便是首首皆意。假令以〈石壕〉諸什與古人作，便是首首皆情。此皆有神往神來，不知而自至之妙。太白則幾及之矣。十五《國風》皆設爲其然而實不必然之詞，皆情也。晦翁說《詩》，皆以必然之意當之，失其旨矣。數千百年以來，慣慣於中而不覺者眾也。〔註204〕
205	論學詩	趙士喆：《石室談詩》卷上〈總論二十四條・第一條〉	……滄浪言學詩者以識爲主，立志須高，入門須正，行有未至，功力可加，入路一差，愈趨愈遠。須先取《楚辭》、《十九首》、漢魏古詩，及李、杜諸大家之作，枕藉觀之，如士子之治經者焉，久之自然悟入。此之謂向上一路，謂之頂門……。〔註205〕

〔註203〕 〔明〕陸時雍：《詩鏡總論》，收錄於周維德集校：《全明詩話》，第六冊，頁5110。

〔註204〕 〔明〕陸時雍：《詩鏡總論》，收錄於周維德集校：《全明詩話》，第六冊，頁5116。

〔註205〕 〔明〕趙士喆：《石室談詩》卷上〈總論二十四條・第一條〉，收錄於周維德集校：《全明詩話》，第六冊，頁5129。

序號	重　點	出　處	內　　容
206	論作詩（涉及議論）	趙士喆：《石室談詩》卷上〈總論二十四條・第十三條〉	王元美言作詩者勿涉議論，其詩未嘗無議論也。「豈不爾思，室是遠爾」，便是議論之祖。《十九首》有云：「服食求神仙，多爲藥所誤。不如飲美酒，被服紈與素。」陶元亮云：「人生會有道，衣食固其端。孰是都不營，而以求自安。」老杜則云：「憶昨狼狽初，事與古先別。不聞夏殷衰，中自誅褒妲。」元次山云：「安人天子命，符節我所持。州縣忽亂亡，得罪復是誰？」則純乎議論矣。或者謂古風用議論則可，近體用之則不可，此亦未然。蓋古風篇大，故議論之用多；近體篇小，故議論之用少。然中晚人作七言詩，有四句之中而三轉者，其轉處即議論也。又如杜牧之詠項籍及周郎事，翻案見奇，論英雄於成敗之外，此非議論之最顯者乎？吾蓋嘗平心論之，《三百篇》《十九首》，以及陶公，非有意於議論，但其詩靈圓活潑，如珠走盤，故有似於議論耳。老杜乃眞議論者，然本其至性之所發，而瓌詞灝氣，足以佐之，令讀者渾然不覺，所以爲佳。杜牧所謂「抱羞忍恥是男兒」，未免露頭巾本色。若歐陽公〈明妃詩〉，元美已笑爲論學繩尺。至云「漢廷當論畫師功」更迂闊，不情之甚。作詩至此，安得不墜魔境乎？初學之士識見未定，骨格未成，凡涉議論者，一切戒之，亦未嘗不可。〔註206〕
207	論詩意	趙士喆：《石室談詩》卷上〈總論二十四條・第十八條〉	……又李石與文宗論古詩「晝長苦夜短」（按：「晝長苦夜短」應作「晝短苦夜長」）者，治日少亂日多也。「何不秉燭遊」，勸之以自炤也。其志雖存乎納牖，眞所謂郢書而燕說矣。〔註207〕

〔註206〕　〔明〕趙士喆：《石室談詩》卷上〈總論二十四條・第十三條〉，收錄於周維德集校：《全明詩話》，第六冊，頁5135。

〔註207〕　〔明〕趙士喆：《石室談詩》卷上〈總論二十四條・第十八條〉，收錄於周維德集校：《全明詩話》，第六冊，頁5137。

序號	重 點	出 處	內 容
208	論學、作詩（學漢魏詩）	趙士喆:《石室談詩》卷下〈論各體二十一條・第四條〉	弇州又云:「建安西京,似非琢磨可到,要在專習凝領之久,神與境會,忽然而成,無階級可尋,聲色可指。三謝固自琢磨人,然琢磨之妙,亦近自然。」予讀之擊節歎服,以爲論學漢魏者,莫妙於斯。但西京之於建安,實未嘗無軒輊也。學漢魏者,固在於專習,不在於琢磨。然王、李之擬《十九首》,皮毛無二,精神力量則遠讓之。此正所謂桓宣武之似,劉司空無所不恨,神與境會者止於斯也耶?漢魏詩如二王帖,學之者易入於庸,遂使人謂學漢魏不如學三謝,學二王不如歐、顏,皆皮相古人之誤。伯敬云:「蘇、李、《十九首》,與樂府不同。樂府能著奇想,著奧詞,而古詩以雍穆平遠勝,作詩者往往擬作,以爲不容變之規。流俗眼中,人人得有《十九首》。使人喜樂府而厭古詩,非古詩之過,而擬古者之過也。」是以樂府猶可擬,而古詩不可輕擬。〔註208〕
209	論風格	趙士喆:《石室談詩》卷下〈論各體二十一條・第八條〉	謝茂秦善於今體,嘗以爲「誦之則行雲流水,聽之則玉振金聲,觀之則明霞散綺,尋之則獨繭抽絲」。予以爲何獨今體,即古詩古文何一不然,而詩尤重。蓋詩以聲用者也,近體之平仄不爽者,自是鏗鏘,即有不拘,翻成拗體,殊不礙其行雲流水之致。惟是五言古一派,有流者有不流者。《十九首》以及建安皆清空一氣,而高下抑揚,自然合拍,至潘、陸則不能矣……〔註209〕
210	論學詩	趙士喆:《石室談詩》卷下〈論諸家二十二條・第七條〉	予與澄嵐論杜詩,澄嵐曰:「老杜不盡似盛唐,吾輩但當學盛唐,不必學老杜。」予以爲老杜不盡似盛唐,是也。謂不必學杜,則愚意有所未安。詩莫盛於唐,唐莫高於杜,不學老杜,將奉何人爲宗主乎?

〔註208〕〔明〕趙士喆:《石室談詩》卷下〈論各體二十一條・第四條〉,收錄於周維德集校:《全明詩話》,第六冊,頁5142～5143。

〔註209〕〔明〕趙士喆:《石室談詩》卷下〈論各體二十一條・第八條〉,收錄於周維德集校:《全明詩話》,第六冊,頁5144。

序號	重　點	出　處	內　　容
			若就老杜全集論，豈止不盡似盛唐，且有絕不似唐者。蓋此老之本領大，規模闊，原非唐人所能囿耳。吾蓋以虛心論之，有似初唐者，有似晚唐者，甚至高有似漢魏者，其至卑有似宋人者，亦有宋人所不為者，⋯⋯若乃其〈三吏〉、〈三別〉、前後〈出塞〉，渾然蘇、李、《十九首》，而不襲其皮毛。〈北征〉詩、〈彭衙行〉、〈麗人行〉、〈哀王孫〉，創漢魏之所未有，而深心厚力，斷非漢魏人不能辦。且寫景宛然，逼真樂行，豈唐人所能辦乎？⋯⋯我輩學杜，但當學其似漢魏盛唐，其似初晚及宋人者，則不必效。更取王、孟、高、岑、陳伯玉、張子壽佐之，則卓然大家，而無復病矣。〔註210〕

〔註210〕　〔明〕趙士喆：《石室談詩》卷下〈論諸家二十二條・第七條〉，收錄於周維德集校：《全明詩話》，第六冊，頁 5152～5153。

附錄二：清代詩話談及的
《古詩十九首》

（葉宛樺製表，按丁福保《清詩話》收錄先後排序）

序號	重　點	出　處	內　　容
1	論承襲	王夫之：《薑齋詩話》卷上，第三條	「采采芣苢」，意在言先，亦在言後，從容涵泳，自然生其氣象。即五言中，《十九首》猶有得此意者。陶令差能彷彿，下此絕矣。「采菊東籬下，悠然見南山」，「眾鳥心有託，吾亦愛吾廬」，非韋應物「兵衛森畫戟，燕寢凝清香」所得而問津也。〔註1〕
2	論疊字	王夫之：《薑齋詩話》卷上，第十五條	用複字者，亦形容之意，「河水洋洋」一章是也。「青青河畔草，鬱鬱園中柳」，顧用之以駢宕。善學詩者，何必有所規畫以取材？〔註2〕
3	論承襲	王夫之：《薑齋詩話》卷下，第一條	興、觀、羣、怨，詩盡於是矣。經生家析〈鹿鳴〉、〈嘉魚〉為羣，〈柏舟〉、〈小弁〉為怨，小人一往之喜怒耳，何足以言詩？「可以」云者，隨所以而皆可也。《詩三百篇》而下，唯《十九首》能然。李杜亦髣髴遇之，然其能俾人隨觸而皆可，亦不數

〔註 1〕〔清〕王夫之：《薑齋詩話》卷上，第三條，收錄於丁福保編：《清詩話》，（臺北：明倫出版社，1976 年），頁 4。

〔註 2〕〔清〕王夫之：《薑齋詩話》卷上，第十五條，收錄於丁福保編：《清詩話》，頁 6。

序號	重 點	出 處	內 容
			數也。又下或一可焉，或無一可者。故許渾允爲惡詩，王僧孺、庾肩吾及宋人皆爾。〔註3〕
4	論內容（詩止於一時一事）	王夫之:《薑齋詩話》卷下，第八條	一詩止於一時一事，自《十九首》至陶、謝皆然。「夔府孤城落日斜」，繼以「月映荻花」，亦自日斜至月出，詩乃成耳。若杜陵長篇，有歷數月日事者，合爲一章，《大雅》有此體。後唯〈焦仲卿〉、〈木蘭〉二詩爲然。要以從旁追敘，非言情之章也。爲歌行則合，五言固不宜爾。〔註4〕
5	論內容（止以一筆入聖證）	王夫之:《薑齋詩話》卷下，第二十三條	王子敬作一筆草書，遂欲跨右軍而上。字各有形埒，不相因仍，尚以一筆爲妙境，何況詩文本相承遞耶？一時、一事、一意，約之止一兩句；長言永歎，以寫纏綿悱惻之情，詩本教也。《十九首》及「上山采蘼蕪」等篇，止以一筆入聖證。自潘岳以凌雜之心，作蕪亂之調，而後元聲幾熄。唐以後間有能此者，多得之絕句耳。一意中但取一句，「松下問童子」是已。如「怪來妝閣閉」，又止半句，愈入化境。近世郭奎「多病文園渴未消」一絕，髣髴得之。劉伯溫、楊用修、湯義仍、徐文長有純淨者，亦無歇筆。至若晚唐餖湊，宋人支離，俱令生氣頓絕。「承恩不在貌，教妾若爲容。風暖鳥聲碎，日高花影重。」醫家名爲關格，死不治。〔註5〕
6	論內容（豔詩）	王夫之:《薑齋詩話》卷下，第四十六條	豔詩有述歡好者，有述怨情者，《三百篇》亦所不廢；顧皆流覽而達其定情，非沈迷不反，以身爲妖冶之媒也。嗣是作者，如「荷葉羅裙一色裁」，「昨夜風開露井桃」，皆豔極而有所止。至如太白〈烏栖曲〉諸

〔註3〕 〔清〕王夫之:《薑齋詩話》卷下，第一條，收錄於丁福保編:《清詩話》，頁8。

〔註4〕 〔清〕王夫之:《薑齋詩話》卷下，第八條，收錄於丁福保編:《清詩話》，頁9。

〔註5〕 〔清〕王夫之:《薑齋詩話》卷下，第二十三條，收錄於丁福保編:《清詩話》，頁13。

序號	重　點	出　處	內　容
			篇，則又寓意高遠，尤爲雅奏。其述怨情者，在漢人則有「青青河畔草，鬱鬱園中柳」，唐人則「閨中少婦不知愁」、「西宮夜靜百花香」，婉孌中自矜風軌。迨元、白起，而後將身化作妖冶女子，備述衾裯中醜態。杜牧之惡其蠱人心，敗風俗，欲施以典刑，非已甚也。近則湯義仍屢爲泚筆，而固不失雅步。唯譚友夏渾作青樓淫咬，鬚眉盡喪；潘之恆輩又無論已。《清商曲》起自晉、宋，蓋里巷淫哇，初非文人所作，猶今之〈劈破玉〉、〈銀紐絲〉耳。操觚者即不惜廉隅，亦何至作〈懊儂歌〉、〈子夜〉、〈讀曲〉？〔註6〕
7	論內容	吳喬:《答萬季埜詩問》,第二十四條	問:「詩唯情景,其用處何如?」答曰:「《十九首》言情者十之八,敘景者十之二。建安之詩,敘景已多,日甚一日。至晚唐有清空如話之說,而少陵如『暫往北鄉去』等,卻又全不敘景。在今卑之無甚高論,但能融景入情,如少陵之『近淚無乾土,低空有斷雲』,寄情於景;如嚴維之『柳塘春水漫,花塢夕陽遲』,哀樂之意宛然,斯盡善矣。明人於此,大不留心,所以無味。」〔註7〕
8	論版本	馮班:《鈍吟雜錄·古今樂府論》	古詩皆樂也,文士爲之辭曰詩,樂工協之於鍾呂爲樂。自後世文士或不閑樂律,言志之文,乃有不可施於樂者,故詩與樂畫境。……樂府之詞,有詞體可愛,文士儗之,如「東飛伯勞」、〈相逢行〉、「青青河畔草」之類,皆樂府之別支也。……漢代歌謠,承《離騷》之後,故多奇語。魏武文體,悲涼慷慨,與詩人不同。然史志所稱,自有平美者,其體亦不一。如班婕妤「團扇」,樂府也。「青青河畔草」,樂府也。

〔註6〕〔清〕王夫之:《薑齋詩話》卷下,第四十六條,收錄於丁福保編:《清詩話》,頁21。

〔註7〕〔清〕吳喬:《答萬季埜詩問》,第二十四條,收錄於丁福保編:《清詩話》,頁33～34。

序號	重　點	出　處	內　容
			《文選注》引古詩多云枚乘樂府，則《十九首》亦樂府也。伯敬承于鱗之後，遂謂奇詭聱牙者爲樂府，平美者爲詩。其評詩至云：某篇某句似樂府，樂府某篇某句似詩。謬之極矣……。〔註8〕
9	論版本	馮班：《鈍吟雜錄・正俗》	伶工所奏，樂也。詩人所造，詩也。詩乃樂之詞耳，本無定體，唐人律詩，亦是樂府也。今人不解，往往求詩與樂府之別，鍾伯敬至云某詩似樂府，某樂府似詩。不知何以判之？祇如西漢人爲五言者二家，班婕妤〈怨詩〉，亦樂府也。吾亦不知李陵之詞可歌與否？如《文選注》引古詩，多云枚乘樂府詩，知《十九首》亦是樂府也。漢世歌謠，當騷人之後，文多遒古。魏祖慷慨悲涼，自是此公文體如斯，非樂府應爾……。〔註9〕
10	論承襲	宋大樽：《茗香詩論》，第六條	太白有云：「將復古道，非我而誰！」古道何如而復也？《三百》後有《補亡》，《離騷》後有《廣騷》、《反騷》、蘇李贈答、《古詩十九首》，樂府後有雜擬，非復古也，勦說雷同也。《三百》後有《離騷》，《離騷》後有蘇李贈答、《古詩十九首》，蘇李贈答、《古詩十九首》外有樂府，後有「建安體」，有嗣宗〈詠懷詩〉，有陶詩，陶詩後有李、杜，乃復古也，擬議以成其變化也。或且患其流而塞其源；病其末而刈其本，蒙竊惑焉。夫古道何爲其不可復也？〔註10〕
11	論承襲	宋大樽：《茗香詩論》，第十七條	前人謂孔氏之門如有詩，則公幹升堂，思王入室，景陽、潘、陸，自可坐於廊廡之間。噫！是何言也？以漢之樂府古歌辭升

〔註 8〕　〔清〕馮班：《鈍吟雜錄・古今樂府論》，收錄於丁福保編：《清詩話》，頁 37〜39。

〔註 9〕　〔清〕馮班：《鈍吟雜錄・正俗》，收錄於丁福保編：《清詩話》，頁 42〜43。

〔註 10〕　〔清〕宋大樽：《茗香詩論》，第六條，收錄於丁福保編：《清詩話》，頁 103〜104。

序號	重　點	出　處	內　容
			堂,《十九首》入室,廊廡之間坐陶、杜,庶幾得之。〔註11〕
12	論作者	王士禛等:《師友詩傳錄》,第二條	(郎廷槐)問:「《古詩十九首》,乃五古之原。按其音節風神,似與《楚騷》同時;而論者指爲枚乘等擬作。枚之文甚著,其詩不多見。且秦、漢風調自殊,何所據而指爲枚作耶?又『蘇李河梁』,亦有《十九首》風味,豈漢人之詩,其妙皆如此耶?求明示其旨。」 阮亭答:「《風》、《雅》後有《楚詞》,《楚詞》後有《十九首》。風會變遷,非緣人力;然其源流則一而已矣。古詩中『迢迢牽牛星』、『庭中有奇樹』、『西北有高樓』、『青青河畔草』等五六篇,《玉臺新詠》以爲枚乘作;『冉冉孤生竹』一篇,《文心雕龍》以爲傅毅之辭。二書出於六朝,其說必有據依;要之爲西京無疑。『河梁』之作,與《十九首》同一風味,皆所謂驚心動魄,一字千金者也。嬴秦之世,但有碑銘,無關風雅。」 歷友答:「昔人謂《十九首》爲風餘,又曰詩母,若自列國之詩涵泳而出者。如太羹醇酒,非復泛齊醍齊可埒,其在《楚騷》之後無疑。況乎《騷》亦出於《風》也,而五言則漢世乃大顯。《十九首》中,如『青青河畔草』、『西北有高樓』、『涉江采芙蓉』、『庭中有奇樹』、『迢迢牽牛星』、『東城高且長』、『明月何皎皎』七章,《玉臺》皆以爲枚乘作。『冉冉孤生竹』,《文心雕龍》以爲傅毅。『驅車上東門』,樂府作『驅車上東門行』。《文選》以《十九首》爲二十首,蓋分『燕趙多佳人』以下自爲一章也。然相其體格,大抵是西漢人口氣。因篇中有『驅車上東門,游戲宛與洛。』故論者或以爲似東漢人口角,斷其非枚乘者。殊

〔註11〕 〔清〕宋大樽:《茗香詩論》,第十七條,收錄於丁福保編:《清詩話》,頁 106。

序號	重　點	出　處	內　　容
			不知西京人亦何必不游戲宛、洛耶？此眞『見與兒童鄰』矣。至如『蘇李河梁錄別』，其風味亦去《十九首》誠不遠，亦非東京以下所能涉筆者。」
			蕭亭答：「《騷》之變爲五言也，風調自別。《十九首》或謂《楚騷》同時，或謂枚乘等作。想考無確據，故不書作者姓名。觀『青青陵上柏』一章內，『兩宮遙相望，雙闕百餘尺』，兩宮：南宮北宮也。蔡質《漢官典職》曰：『南宮北宮，相去七里。』又『明月皎夜光』一章內，『玉衡指孟冬』，如『促織鳴東壁』、『白露霑野草』、『秋蟬鳴樹間，玄鳥逝安適』等語，所序皆秋事，乃漢令也。《漢書》曰：『高祖十月至霸上，故以十月爲歲首。』漢之孟冬，今之七月也。似爲漢人之作無疑。至於『蘇李河梁』詩，可與《十九首》相頡頏。東坡先生謂爲僞作，亦必有見。然氣味高古，縱不出蘇、李，定漢之高手所擬。江文通善於擬古者，似不能及也？不須深辨。總之：漢祚鴻朗，文章作新，《安世》楚聲，渾純厚雅；漢武樂府，壯麗宏奇。〈垓下〉歌於流離；〈白頭〉吟於閨闥。其他可以類推矣。」〔註12〕
13	論唐古詩	王士禛等：《師友詩傳錄》，第五條	（郎廷槐）問：「李滄溟先生嘗稱唐人無古詩，蓋言唐人之五古，與漢、魏、六朝自別也。唐人七言古詩，誠掩前絕後，奇妙難蹤；若五古似不能相頡頏。滄溟之言，果爲定論歟？」
			阮亭答：「滄溟先生論五言，謂：『唐無五言古詩，而有其古詩。』此定論也。常熟錢氏但截取上一句，以爲滄溟罪案，滄溟不受也。要之，唐五言古固多妙緒，較諸《十九首》、陳思、陶、謝，自然區別。七言古若李太白、杜子美、韓退之三家，橫

〔註12〕〔清〕王士禛等：《師友詩傳錄》，第二條，收錄於丁福保編：《清詩話》，頁126～127。

序號	重　點	出　處	內　　容
			絕萬古；後之追風躡景，惟蘇長公一人而已。」……〔註13〕
14	論學詩（五古句法之宗）	王士禎等：《師友詩傳錄》，第九條	（郎廷槐）問：「五古句法宜宗何人？從何人入手簡易？」 阮亭答：「《古詩十九首》如天衣無縫，不可學已。陶淵明純任眞率，自寫胸臆，亦不易學。六朝則二謝、鮑照、何遜，唐人則張曲江、韋蘇州數家，庶可宗法。」 歷友答：「五言之至者，其惟《十九首》乎！其次則兩漢諸家及鮑明遠、陶彭澤駸駸乎古人矣。子建健哉，而傷於麗，然抑五言聖境矣。韋蘇州其後勁也。陳子昂遁入道書矣。」 蕭亭答：「漢、魏古詩，如無縫天衣，未易摹擬。六朝綺靡，實鮮佳篇。故昔人謂當取材於《選》，取法於唐。宋文公謂學詩當從韋、柳入門。愚謂不盡然。盛唐詩或高，或古，或深，或厚，或長，或雄渾，或飄逸，或悲壯，或淒婉，皆可師法，當就筆性所近學之，方易於見長。嚴滄浪云：入門須正，立志須高，行有未至，可加工力，路頭一差，愈緊愈遠。由入門之不正也。」〔註14〕
15	論換韻	王士禎等：《師友詩傳錄》，第十四條	（郎廷槐）問：「五古亦可換韻否？如可換韻，其法何如？」 阮亭答：「五言古亦可換韻，如古〈西洲曲〉之類。唐李太白頗有之。」 歷友答：「五古換韻，《十九首》中已有。然四句一換韻者，當以〈西洲曲〉爲宗。此曲係梁祖蕭衍所作，而《詩歸》誤入晉無名氏，不知何據也。」

〔註13〕〔清〕王士禎等：《師友詩傳錄》，第五條，收錄於丁福保編：《清詩話》，頁129～130。

〔註14〕〔清〕王士禎等：《師友詩傳錄》，第九條，收錄於丁福保編：《清詩話》，頁133～134。

序號	重點	出處	內容
			蕭亭答:「《十九首》『行行重行行』、『冉冉生孤竹』(按:「冉冉生孤竹」應作「冉冉孤生竹」)、『生年不滿百』皆換韻。魏文帝〈雜詩〉『棄置勿復陳,客子常畏人』、曹子建『去去勿復道,沈憂令人老』,皆末二句換韻,不勝屈指。一韻氣雖矯健,換韻意方委曲。有轉句即換者,有承句方換者,水到渠成,無定法也。要之,用過韻不宜重用,嫌韻不宜聯用也。」〔註15〕
16	論版本	王士禛:《師友詩傳續錄》,第十三條	(劉大勤)問:「樂府何以別於古詩?」(阮亭)答:「如〈白頭吟〉、『日出東南隅』、『孔雀東南飛』等篇,是樂府,非古詩。如《十九首》、『蘇李錄別』,是古詩,非樂府。可以例推。」〔註16〕
17	論蘇武、李陵詩	王士禛:《師友詩傳續錄》,第五十六條	(劉大勤)問:「蘇、李詩似可以配《十九首》。論者多以爲贋作,何也?」(阮亭)答:「『錄別』眞出蘇、李與否,亦不可考,要不在《古詩十九首》之下。其爲西漢人作無疑。」〔註17〕
18	論風格	宋犖:《漫堂說詩》,第五條	五言古,漢、魏、晉、宋,名篇甚夥。獨蘇、李《十九首》另爲一派。阮亭云:「如天衣無縫;後之作者,求之鍼縷襞積之間,非愚則妄。」誠哉知言。阮嗣宗〈咏懷〉,陳子昂〈感遇〉,李太白〈古風〉,韋蘇州〈擬古〉,皆得《十九首》遺意。于鱗云:「唐無古詩而有其古詩。」彼厪以蘇、李《十九首》爲古詩耳,然則子昂、太白諸公,非古詩乎?余意歷代五古,各有擅場,不第唐之王、孟、韋、柳,即宋之蘇軾、黃庭堅、梅堯臣、陸游(小字爲編者加註),

〔註15〕 〔清〕王士禛等:《師友詩傳錄》,第十四條,收錄於丁福保編:《清詩話》,頁136～137。

〔註16〕 〔清〕王士禛:《師友詩傳續錄》,第十三條,收錄於丁福保編:《清詩話》,頁151。

〔註17〕 〔清〕王士禛:《師友詩傳續錄》,第五十六條,收錄於丁福保編:《清詩話》,頁159。

序號	重　點	出　處	內　　　容
			要是斐然；而必以少陵爲歸墟。昔人詩評：杜工部如周公制作，後世莫能擬議。蓋篤論也。至杜之〈北征〉、〈詠懷〉，韓之〈南山〉諸大篇，尤宜熟誦，以開拓其心胸。〔註18〕
19	論清人論詩之弊	徐增：《而菴詩話》	而菴曰：詩人自宋、元來，而論詩者備矣。其去唐已遠，要皆得之揣摩，無有師承，規矩放失，至於今日，頽波莫挽，有志之士，爲之慨然。夫《三百篇》、《十九首》之旨，固無有能晰之者；其論唐詩，輒曰雄、曰渾、曰奇、曰奧、曰新、曰秀、曰高、曰亮，總不出於才氣、聲調之間，又極論對仗、照應、重犯等，詩之道如是而已乎？議論愈繁，成就愈少，亦可以知其故矣。今之詩人，務求捷得，不從性情、法律處下手。其所謂性情，非眞性情；其所謂法律，非眞法律。譬彼畫家，多蓄粉本，依樣葫蘆。以爲古人不是過，薄於自待而并薄待古人耶？古人所作，皆由眞才實學，其詩具在，斑斑可得而考也。識得古人，便可造得古人。余所說唐詩諸體，雖不能從萬花樓上出身，亦庶乎不淨殺於虀莱盎中矣。〔註19〕
20	論雜詩與雜擬之別	汪師韓：《詩學纂聞・雜擬雜詩之別》	《選詩》以〈雜詩〉、〈雜擬〉分爲二類。雜詩者，《十九首》、蘇、李詩及諸家雜詩是也。雜擬者，凡〈擬古〉、〈倣古〉諸詩是也。擬古類取往古名篇，規摹其意調，其止一二首者，既直題曰擬某篇，而其擬作多者則雖概題曰擬古，仍於每篇之前，一一標題所擬者爲何篇……。《文選》所載陸士衡〈擬古詩〉十二首，……劉休元〈擬古詩〉二首，……無不顯然示人，是以謂之擬，此意後人不識也。……有唐一代，惟韋蘇州〈擬古〉八首，古意獨存，

〔註18〕　〔清〕宋犖：《漫堂説詩》，第五條，收錄於丁福保編：《清詩話》，頁417。

〔註19〕　〔清〕徐增：《而菴詩話》，收錄於丁福保編：《清詩話》，頁426。

序號	重　點	出　處	內　　容
			如「辭君遠行邁」、「黃鳥何關關」、「綺樓何氛氳」、「嘉樹靄初綠」、「月滿秋夜長」、「春至林木變」、「有客天一方」、「白日淒上沒」，後人刻章詩者，但存〈擬古〉之題，而於每首所擬篇名概從刪削，後人遂不知其旨趣所在。……〈雜詩〉從其異，故六子皆有雜詩，而義各不同；〈雜擬〉從其同，故謝、陸諸人皆依古以爲式也。宋洪文惠适〈擬古詩〉，每篇首句直用古詩，如「明月皎夜光」、「冉冉孤生竹」、「迢迢牽牛星」、「青青河畔草」等作，詞未爲工，而古意不失。……明薛蕙亦有〈擬古詩〉，王弇州《四部稿》又倣江、薛作擬古七十首，自李都尉至休上人凡二十九，廣自蘇屬國至韋左司凡四十一，而闕〈古別離〉一章，後另爲《後十九首》，故不更擬……。〔註20〕
21	論承襲	沈德潛：《說詩晬語》卷上，第四十七條	《風》、《騷》既息，漢人代興，五言爲標準矣。就五言中較然兩體；蘇、李贈答，無名氏《十九首》是古詩體。〈廬江小吏妻〉、〈羽林郎〉、〈陌上桑〉之類，是樂府體。〔註21〕
22	論作者、內容、作法、承襲	沈德潛：《說詩晬語》卷上，第五十條	《古詩十九首》，不必一人之辭，一時之作。大率逐臣棄妻，朋友闊絕，遊子他鄉，死生新故之感。或寓言，或顯言，或反覆言。初無奇闢之思，驚險之句；而西京古詩，皆在其下，是爲《國風》之遺。〔註22〕
23	論承襲	沈德潛：《說詩晬語》卷上，第七十五條	蘇、李《十九首》後，五言最勝。大率優柔善入，婉而多風。少陵才力標舉，縱橫揮霍，詩品又一變矣。要其感時傷亂，憂黎元，希稷、高，生平抱負，悉流露於楮

〔註20〕〔清〕汪師韓：《詩學纂聞‧雜擬雜詩之別》，收錄於丁福保編：《清詩話》，頁443～444。

〔註21〕〔清〕沈德潛：《說詩晬語》卷上，第四十七條，收錄於丁福保編：《清詩話》，頁530。

〔註22〕〔清〕沈德潛：《說詩晬語》卷上，第五十條，收錄於丁福保編：《清詩話》，頁530。

序號	重　點	出　處	內　　　容
			墨間，詩之變，情之正也。宜新甯高氏，別爲大家。〔註23〕
24	論承襲	葉燮：《原詩》卷一〈內篇上〉	……漢蘇、李始創爲五言，其時又有亡名氏之《十九首》，皆因乎《三百篇》者也；然不可謂即無異於《三百篇》，而實蘇、李創之也。建安、黃初之詩，因於蘇、李與《十九首》者也；然《十九首》止自言其情，建安、黃初之詩，乃有獻酬、紀行、頌德諸體，遂開後世種種應酬等類，則因而實爲創，此變之始也……。〔註24〕
25	論學詩	葉燮：《原詩》卷一〈內篇上〉	……且蘇、李五言與亡名氏之《十九首》，至建安、黃初，作者既已增華矣；如必取法乎初，當以蘇、李與《十九首》爲宗，則亦吐棄建安、黃初之詩可也。詩盛於鄴下，然蘇、李《十九首》之意，則浸衰矣……。〔註25〕
26	論承襲	黃子雲：《野鴻詩的》，第七條	詩有道統，不可不究其所自。姑綜其要而言：《風》《騷》之外，於漢曰《十九首》，曰蘇、李，於魏曰曹、劉，於晉曰左、阮、淵明，於宋曰鮑、謝，於齊曰玄暉，於梁曰仲言，於陳曰子堅、孝穆，於周曰子山，之數公者，雖各自爲一家言，而正始之緒，截然不紊。〔註26〕
27	論風格	黃子雲：《野鴻詩的》，第十六條	理明句順，氣斂神藏，是謂平淡。如《十九首》豈非平淡乎？苟非絢爛之極，未易到此。竊見詩家誤以淺近爲平淡，畢世作

〔註23〕　〔清〕沈德潛：《說詩晬語》卷上，第七十五條，收錄於丁福保編：《清詩話》，頁534。

〔註24〕　〔清〕葉燮：《原詩》卷一〈內篇上〉，收錄於丁福保編：《清詩話》，頁566。

〔註25〕　〔清〕葉燮：《原詩》卷一〈內篇上〉，收錄於丁福保編：《清詩話》，頁568。

〔註26〕　〔清〕黃子雲：《野鴻詩的》，第七條，收錄於丁福保編：《清詩話》，頁848。

序號	重　點	出　處	內　　　容
			不經意、不費力，皮殼數語，便栩栩自以爲歷陶、韋之奧，可慨也已。〔註27〕
28	論《文選》之陋	李重華：《貞一齋詩說・論詩答問三則》，第三則	《風》《騷》而後，古詩嗣興，自漢氏迄六朝，《選》體果正宗與？曰：尼父刪詩，錄《國風》、《二雅》、《三頌》，其體井然別矣。三體各具興比賦，其旨瞭然備矣。今觀漢氏詩，若《十九首》、蘇李贈答諸什，《風》之遺也；若班倢〈東京〉五篇及平子〈四愁〉、韋孟〈諷諫〉等作，《雅》之亞也；其《郊祀》、〈天馬〉、《房中》等章，《頌》之流也。凡皆眞意流露，氣厚詞樸，使尼父刪正，各取其體無疑矣。魏以後，若曹、劉、左、陸、阮、陶、顏、謝諸公，各競所長，要三體尙有合者，何者？風骨遒逸，自具情性，尼父諒猶取焉。今《文選》不衷六義，而因事分類裁別，固已陋矣……。〔註28〕
29	論作者	李重華：《貞一齋詩說・詩談雜錄》，第十一條	《十九首》中二漢都有，乃後人類聚者；蘇李贈答或亦漢代擬作，觀「俯觀江漢」等句，兩人離別，何由到此？〔註29〕
30	論學詩、音調	費錫璜：《漢詩總說》，第五條	學詩須從第一義著腳，如立泰華之巔，一切培塿，皆在目中。何謂第一義？自具手眼，熟讀楚騷漢詩；透過此關，然後浸淫於六朝、三唐，旁及宋、元近代。此據上流法，單從唐人入手，猶屬第二義，況入手於蘇、陸乎？齊梁間人喜言音調，平仄互用，不可紊亂，訾前賢未覩此理；然以沈約、謝朓詩與《十九首》並讀，勿問其

〔註27〕〔清〕黃子雲：《野鴻詩的》，第十六條，收錄於丁福保編：《清詩話》，頁850。
〔註28〕〔清〕李重華：《貞一齋詩說・論詩答問三則》，第三則，收錄於丁福保編：《清詩話》，頁923。
〔註29〕〔清〕李重華：《貞一齋詩說・詩談雜錄》，第十一條，收錄於丁福保編：《清詩話》，頁926。

序號	重點	出處	內　容
			他，啻言音調，相去已遠。蓋元氣全則元音足，古詩惟《十九首》音調最圓，子建、嗣宗猶近之，宋、齊則遠矣；律詩惟沈、宋音調最圓，錢、劉猶近之，中唐則遠矣；詞家秦、柳最圓，南宋則遠矣。且《國風》惟《二南》最圓，十三國似微有不同，味之自見。〔註30〕
31	論解詩	費錫璜：《漢詩總說》，第十六條	漢詩有前後絕不相蒙者，如：「東城高且長」、「天上何所有」、「青青河畔草」，未可強合，亦不必以後人貫串法曲為古人斡旋。疑此等詩有前解後解之別，可分可合。如「十五從軍征」在《古詩三首》內，則至「淚落沾我衣」為一首，在樂府則分為數解；《十九首》內分入樂府散為解者甚多。他如〈白頭吟〉、〈塘上行〉，或增或減，多讀古詩自得之。今小曲每割諸曲合唱，亦是此意。〔註31〕
32	論內容	費錫璜：《漢詩總說》，第十八條	〈雞鳴〉、〈相逢行〉「青青陵上柏」諸詩，讀之見太平景象，人民熙皞，上至王侯第宅，下至平康、北里，皆優游宴樂，為盛世之音。迄〈五噫〉、〈於忽操〉等詩作，遂多衰世之感；漢詩至此，不可讀矣。〔註32〕
33	論作者	費錫璜：《漢詩總說》，第三十一條	《十九首》、《五首》、《三首》諸詩，多非為一人一事而作，讀之久自能感人。有能解此語者，吾當與天下共推之。〔註33〕
34	論重句	費錫璜：《漢詩總說》，第三十三條	詩文家不可重複說。此最為俗論。如「行行重行行」，下云「與君生別離」，又云「相去萬餘里，各在天一涯」，又云「道路阻且

〔註30〕　〔清〕費錫璜：《漢詩總說》，第五條，收錄於丁福保編：《清詩話》，頁944。

〔註31〕　〔清〕費錫璜：《漢詩總說》，第十六條，收錄於丁福保編：《清詩話》，頁945～946。

〔註32〕　〔清〕費錫璜：《漢詩總說》，第十八條，收錄於丁福保編：《清詩話》，頁946。

〔註33〕　〔清〕費錫璜：《漢詩總說》，第三十一條，收錄於丁福保編：《清詩話》，頁947～948。

序號	重 點	出 處	內 容
			長」，又云「相去日以遠」，在今人必訝其重複。「昭昭素明月，光輝燭我牀」，曰「昭昭」，又曰「素」，又曰「明」，又曰「光輝」。〈滿歌行〉亦重疊言之；他詩不可枚舉。漢人皆不以爲病。自疊牀架屋之說興，詩文二道皆單薄寡味矣。〔註34〕
35	論風格	費錫璜：《漢詩總說》，第三十四條	有謂：「東風搖百草」、「秋草凄以綠」已逗六朝門徑；又有耑取「古歡」、「新心」等字以爲生別。不知古詩渾渾浩浩，純是元氣結成，若以字句求之，眞是囈語。〔註35〕
36	論作詩	費錫璜：《漢詩總說》，第三十八條	前輩稱曹子建、謝朓、李白工於發端，然皆出於漢人。試舉數句，請學者觀之。「良時不再至，離別在須臾」，「攜手上河梁，遊子暮何之」，「黃鵠一遠別，千里顧徘徊」，「北方有佳人，遺世而獨立」，「雞鳴高樹巔，狗吠深宮中」，「天上何所有？歷歷種白榆」，「西北有高樓，上與浮雲齊」，「去者日以疏，來者日以親」，「紅塵蔽天地，白日何冥冥」，「上山採蘼蕪，下山逢故夫」，「來日大難，口燥脣乾」，「日出入安窮」，「大風起兮雲飛揚」，是豈六朝、唐人所及？太白輩將此等詩千迴百折讀之，然後工於發端耳。〔註36〕
37	論風格	施補華：《峴傭說詩》，第二十四條	五言古詩，厥體甚尊，《三百篇》後，此其繼起，以簡質渾厚爲正宗。蘇、李贈答、《古詩十九首》後，爲陳思諸作及阮公〈詠懷〉、子昂〈感遇〉等篇，不踰分寸。餘皆或出或入，不能一致也。〔註37〕

〔註34〕〔清〕費錫璜：《漢詩總說》，第三十三條，收錄於丁福保編：《清詩話》，頁 948。

〔註35〕〔清〕費錫璜：《漢詩總說》，第三十四條，收錄於丁福保編：《清詩話》，頁 948。

〔註36〕〔清〕費錫璜：《漢詩總說》，第三十八條，收錄於丁福保編：《清詩話》，頁 949。

〔註37〕〔清〕施補華：《峴傭說詩》，第二十四條，收錄於丁福保編：《清詩話》，頁 976。

附錄三：《古詩十九首》 [註1]

一、〈行行重行行〉

行行重行行，與君生別離。相去萬餘里，各在天一涯。
道路阻且長，會面安可知？胡馬依北風，越鳥巢南枝。
相去日已遠，衣帶日已緩。浮雲蔽白日，遊子不顧反。
思君令人老，歲月忽已晚。棄捐勿復道，努力加餐飯。

二、〈青青河畔草〉

青青河畔草，鬱鬱園中柳。盈盈樓上女，皎皎當牕牖。
娥娥紅粉粧，纖纖出素手。昔為倡家女，今為蕩子婦。
蕩子行不歸，空牀難獨守。

三、〈青青陵上柏〉

青青陵上柏，磊磊礀中石。人生天地閒，忽如遠行客。
斗酒相娛樂，聊厚不為薄。驅車策駑馬，遊戲宛與洛。
洛中何鬱鬱，冠帶自相索。長衢羅夾巷，王侯多第宅。
兩宮遙相望，雙闕百餘尺。極宴娛心意，戚戚何所迫。

〔註 1〕〔南朝梁〕蕭統編、〔唐〕李善注：《文選》，（臺北：華正書局有限公
司，新校胡刻宋本，2000 年），卷第二十九〈雜詩上〉，頁 409～412。

四、〈今日良宴會〉

今日良宴會，歡樂難具陳。彈箏奮逸響，新聲妙入神。
令德唱高言，識曲聽其眞。齊心同所願，含意俱未申。
人生寄一世，奄忽若颷塵。何不策高足，先據要路津？
無爲守窮賤，轗軻長苦辛。

五、〈西北有高樓〉

西北有高樓，上與浮雲齊；交疏結綺牕，阿閣三重階。
上有絃歌聲，音響一何悲！誰能爲此曲？無乃杞梁妻！
清商隨風發，中曲正徘徊；一彈再三歎，慷慨有餘哀。
不惜歌者苦，但傷知音稀！願爲雙鳴鶴，奮翅起高飛。

六、〈涉江采芙蓉〉

涉江采芙蓉，蘭澤多芳草。采之欲遺誰，所思在遠道。
還顧望舊鄉，長路漫浩浩。同心而離居，憂傷以終老。

七、〈明月皎夜光〉

明月皎夜光，促織鳴東壁；玉衡指孟冬，眾星何歷歷？
白露沾野草，時節忽復易；秋蟬鳴樹閒，玄鳥逝安適？
昔我同門友，高舉振六翮；不念攜手好，棄我如遺跡。
南箕北有斗，牽牛不負軛；良無盤石固，虛名復何益？

八、〈冉冉孤生竹〉

冉冉孤生竹，結根泰山阿。與君爲新婚，兔絲附女蘿。
兔絲生有時，夫婦會有宜。千里遠結婚，悠悠隔山陂。
思君令人老，軒車來何遲？傷彼蕙蘭花，含英揚光輝。
過時而不采，將隨秋草萎。君亮執高節，賤妾亦何爲？

九、〈庭中有奇樹〉

庭中有奇樹，綠葉發華滋。攀條折其榮，將以遺所思。
馨香盈懷袖，路遠莫致之。此物何足貢，但感別經時。

十、〈迢迢牽牛星〉

迢迢牽牛星，皎皎河漢女。纖纖擢素手，札札弄機杼。
終日不成章，泣涕零如雨。河漢清且淺，相去復幾許？
盈盈一水閒，脈脈不得語。

十一、〈迴車駕言邁〉

迴車駕言邁，悠悠涉長道。四顧何茫茫，東風搖百草。
所遇無故物，焉得不速老？盛衰各有時，立身苦不早。
人生非金石，豈能長壽考？奄忽隨物化，榮名以爲寶。

十二、〈東城高且長〉

東城高且長，逶迤自相屬。迴風動地起，秋草萋已綠。
四時更變化，歲暮一何速！晨風懷苦心，蟋蟀傷局促。
蕩滌放情志，何爲自結束？燕趙多佳人，美者顏如玉。
被服羅裳衣，當戶理清曲。音響一何悲，絃急知柱促。
馳情整中帶，沈吟聊躑躅。思爲雙飛鷰，銜泥巢君屋。

十三、〈驅車上東門〉

驅車上東門，遙望郭北墓。白楊何蕭蕭，松柏夾廣路。
下有陳死人，杳杳即長暮。潛寐黃泉下，千載永不寤。
浩浩陰陽移，年命如朝露。人生忽如寄，壽無金石固。
萬歲更相送，聖賢莫能度。服食求神仙，多爲藥所誤。
不如飲美酒，被服紈與素。

十四、〈去者日以疎〉

去者日以疎，生者日以親。出郭門直視，但見丘與墳。
古墓犁爲田，松柏摧爲薪。白楊多悲風，蕭蕭愁殺人。
思還故里閭，欲歸道無因。

十五、〈生年不滿百〉

生年不滿百，常懷千歲憂。晝短苦夜長，何不秉燭遊？

為樂當及時，何能待來茲。愚者愛惜費，但為後世嗤。
仙人王子喬，難可與等期。

十六、〈凜凜歲云暮〉

凜凜歲云暮，螻蛄夕鳴悲。涼風率已厲，遊子寒無衣。
錦衾遺洛浦，同袍與我違。獨宿累長夜，夢想見容輝。
良人惟古懽，枉駕惠前綏。願得常巧笑，攜手同車歸。
既來不須臾，又不處重闈。亮無晨風翼，焉能凌風飛？
眄睞以適意，引領遙相睎。徒倚懷感傷，垂涕沾雙扉。

十七、〈孟冬寒氣至〉

孟冬寒氣至，北風何慘慄！愁多知夜長，仰觀眾星列。
三五明月滿，四五詹兔缺。客從遠方來，遺我一書札。
上言長相思，下言久離別。置書懷袖中，三歲字不滅。
一心抱區區，懼君不識察。

十八、〈客從遠方來〉

客從遠方來，遺我一端綺。相去萬餘里，故人心尚爾。
文綵雙鴛鴦，裁為合懽被。著以長相思，緣以結不解。
以膠投漆中，誰能別離此。

十九、〈明月何皎皎〉

明月何皎皎，照我羅床幃。憂愁不能寐，攬衣起徘徊。
客行雖云樂，不如早旋歸。出戶獨彷徨，愁思當告誰？
引領還入房，淚下沾裳衣。